FLORES
DA
MORTE

CB045600

JEN WILLIAMS

TRADUÇÃO
Carolina Selvatici
Diego Magalhães

FLORES DA MORTE

TRAMA

Título original: *Dog Rose Dirt*

Dog Rose Dirt © 2021 by Jen Williams

Direitos de edição da obra em língua portuguesa no Brasil adquiridos pela Trama, selo da Editora Nova Fronteira Participações S.A. Todos os direitos reservados. Nenhuma parte desta obra pode ser apropriada e estocada em sistema de banco de dados ou processo similar, em qualquer forma ou meio, seja eletrônico, de fotocópia, gravação etc., sem a permissão do detentor do copirraite.

Editora Nova Fronteira Participações S.A.
Rua Candelária, 60 — 7.º andar — Centro — 20091-020
Rio de Janeiro — RJ — Brasil
Tel.: (21) 3882-8200

Dados Internacionais de Catalogação na Publicação (CIP)

W721f   Williams, Jen
            Flores da morte / Jen Williams; tradução de Carolina Selvatici, Diego Magalhães. – Rio de Janeiro: Trama, 2021.
            328 p.

            Título original: *Dog Rose Dirt*
            ISBN: 978-65-89132-31-8

            1. Literatura inglesa. 2. Suspense. I. Selvatici, Carolina. II. Magalhães, Diego. III. Título.

CDD: 823
CDU: 821.111

André Queiroz – CRB-4/2242

www.editoratrama.com.br

  / editoratrama

Impresso na Edigráfica

*Para Juliet,
o diabinho no meu ombro que sussurrou:
"Escreva um livro que dê medo".*

1

Antes

A luz da porta iluminou o rosto do menino e, pela primeira vez, ele não tentou se afastar da claridade. Seus braços e pernas estavam pesados demais, a coleira em seu pescoço era sólida demais, apertada demais. Além disso, virar-se nunca o tinha salvado antes.

A figura na luz parou, como se notasse aquela mudança de atitude, então se ajoelhou e soltou a tira de couro com movimentos bruscos e grosseiros. A coleira caiu e a figura pegou sua cabeça, agarrando com firmeza um punhado de cabelos negros, bem perto da raiz.

Anos depois, ele não seria capaz de dizer o que havia de diferente naquele dia. Estava faminto e cansado, seus ossos pesavam, seu corpo doía, e ele acreditara que cada centímetro de si estava resignado à realidade de sua existência, mas, naquele dia, quando aqueles dedos puxaram seu cabelo e as unhas arranharam seu couro cabeludo, algo nele *despertou*.

— Moleque burro — disse a figura, distraidamente. Ela cobria todo o espaço da porta do armário, bloqueando a maior parte da claridade. — Seu moleque burro e imundo. Você fede, sabia? Seu imundo de merda.

Talvez no último instante ela tenha percebido o que havia despertado, porque, por um breve segundo, o lampejo de alguma emoção animou seu rosto pálido e bolachudo. A mulher talvez tivesse captado algo nos olhos dele, uma expressão que era estranha para ela, e ele viu claramente o olhar de pânico que ela lançou para a coleira.

Mas era tarde demais. O menino se levantou de repente, com a boca escancarada e as mãos em forma de garras. Ela recuou com um pulo, gritando. A escada ficava logo atrás dela — ele se lembrava daquilo vagamente, da época antes do armário — e os dois caíram juntos; o menino uivando e a mulher gritando. A queda foi muito rápida, mas por anos ele se recordaria de várias sensações muito nítidas: da dor lancinante quando ela arrancara um punhado de cabelo de sua têmpora, da sensação de cair no vazio e do delírio selvagem ao arranhar a pele dela com suas garras. Suas unhas.

Eles caíram no chão. Um silêncio se fez. O menino percebeu que não havia mais ninguém na casa: ninguém falando em voz alta, nenhum dedo afiado, nem as luzes vermelhas assustadoras. A mulher, sua mãe, estava parada debaixo dele em uma constelação de ângulos estranhos, com a garganta arqueada e exposta, como se tentasse acalmá-lo. O osso do antebraço direito se quebrara ao meio, e, surpreendentemente branco contra a pele acinzentada, apontava para a janela. A manga do vestido amarelo que ela usava estava presa nele.

— Mã?

Havia um fio fino de sangue escorrendo do nariz e da boca da mulher, e seus olhos — verdes, como os dele — olhavam para um ponto acima da cabeça do menino. Com cuidado, ele colocou a mão sobre a boca e o nariz dela e pressionou os dois, observando com fascínio a pele da mulher escorregar e enrugar. Ele então pressionou com mais força, apoiou todo o seu peso no braço e sentiu os lábios dela serem esmagados contra os dentes e se partirem e…

Ele parou. Precisava sair dali.

Era uma manhã fria e cinzenta, de outono, imaginou ele. A luz machucou seus olhos, mas não tanto quanto ele esperava. Na verdade, ele pareceu absorver a luz, enquanto encarava o céu e a paisagem desolada com uma sensação crescente de paz. Lá estava a floresta: ele havia brincado ali uma vez, e as folhas estavam ganhando tons de marrom e vermelho. Ali estavam os campos, escurecidos pela chuva recente, e ali estavam também as velhas construções da propriedade, que seu pai havia abandonado. Atrás delas, em algum lugar, havia uma estrada pavimentada, mas era uma longa caminhada. O corpo de sua mãe, que ele arrastara até a grama rasteira, já parecia mais bonito — longe da casa ela ficava diferente. Segurando seus tornozelos, ele a arrastou um pouco mais pela trilha de terra até o campo arado à sua frente.

— Aqui.

Ele abriu a boca para dizer alguma coisa a mais, mas não conseguiu. A grama estava molhada, emoldurando e aconchegando sua mãe, e ele pôde sentir a vida presente no pasto: minúsculas moscas e besouros, o interesse animado das minhocas. O menino se ajoelhou ao lado dela e sentiu seu corpo se encher de uma raiva tão plena e tão enorme que parecia uma paisagem dentro de si, uma raiva que preenchia todos os seus horizontes. Por um momento, ele se desconectou de si mesmo, não viu nada além daquela fúria vermelha e plena, nada além dos trovões. Só voltou a si quando um leve pigarrear atrás dele o assustou. Seus braços estavam ensanguentados até o cotovelo e sua boca, tomada por um gosto metálico. Havia coisas em seus dentes.

— Ora, ora. O que é isso? O que temos aqui?

Havia um homem na grama, alto e de traços angulosos. Ele estava de chapéu e observava o menino com uma espécie de curiosidade gentil, como se tivesse encontrado alguém fazendo uma pipa ou jogando *conkers*. O menino ficou completamente imóvel. O homem não morava na casa, mas aquilo não significava que o menino não seria punido. Claro que seria. Ele olhou para baixo para ver o que havia feito com a mãe, e seus olhos começaram a embaçar.

— Ora… Não fique assim.

O homem deu um passo à frente e, pela primeira vez, o menino viu que ele tinha um cachorro, um enorme cachorro preto, coberto por pelos pretos e desgrenhados. O cão fumegava ligeiramente no ar frio da manhã e olhava para ele com olhos castanho-amarelados.

— Sabe, eu tinha esquecido completamente que os Reave tinham um menino, mas aí está você. Aí está você, no fim das contas.

O menino abriu a boca e voltou a fechá-la. Os Reave eram sua família, e ficariam irritados com ele.

— E que criatura estranha você é.

O menino estremeceu, lembrando-se de como a mãe o chamara de *burro*, *animal* e *imundo*, mas o homem pareceu satisfeito e, quando o menino ergueu os olhos, balançava a cabeça suavemente.

— Acho que você tem que vir comigo, meu lobinho. Meu pequeno *barghest*.

O cachorro abriu a boca e deixou escapar uma longa língua rosada. Então, depois de um instante, começou a lamber o sangue da grama.

Com frio, cansada e sem disposição para bate-papos incômodos, Heather se forçou a abrir um sorriso educado. Um instante depois, ela reconsiderou e, com o mesmo esforço, o abandonou: sorrir demais em um momento como aquele não seria apropriado, e ela já tinha consciência de que era tão bem-vinda quanto cocô em uma piscina.

— Obrigada por me esperar, seu Ramsey. Foi muita gentileza sua.

O sr. Ramsey olhou para ela de cara feia.

— Bom, se você viesse aqui com mais frequência, teria as chaves da casa da sua mãe. — Ele fungou, comunicando com um som bronquial tudo o que pensava de Heather Evans. — Aquela coitada da sua mãe. É... Olha, é uma situação muito triste, claro. Muito triste mesmo. Uma situação terrível.

— Sim, é mesmo. — Heather apertou as chaves, olhando para os arbustos e árvores altíssimos que escondiam a casa de sua mãe da estrada. — Não quero tomar seu tempo, seu Ramsey.

O corpo do homem enrijeceu ao ouvir aquilo. As bolsas sob seus olhos ganharam um tom cinza mais escuro. Ela ficou quieta, deixou o silêncio se desenrolar pela manhã nublada, e logo percebeu que ele estava se perguntando se devia, ou não, respondê-la. Mas, no fim, ele se virou e marchou de volta para a própria casa.

Heather ficou ali por mais um instante, respirando fundo e ouvindo o silêncio. Balesford era uma área residencial com casas e cercas altas, rostos estranhamente semelhantes e o mesmo sotaque em todo canto. Tecnicamente, fazia parte de Londres, já que se situava na fronteira com Kent, mas era um pedaço muito anêmico da cidade — sem cor, sem vida.

Ela suspirou e balançou as chaves antes de respirar fundo e marchar até o portão, meio escondido pelos vastos arbustos de plantas perenes. Do outro lado dele, havia um gramado bem-cuidado com canteiros de flores ligeiramente grandes demais e uma trilha de cascalho, que levava à casa. Não havia nada de especial ali, com certeza nada incomum, e, mesmo assim, Heather sentiu seu estômago embrulhar enquanto caminhava pela trilha. Não era uma construção acolhedora, nunca tinha sido: o chapisco sem vida se fundia às janelas brancas e sugeria um lugar fechado, que ficaria fechado para sempre. A porta tinha sido pintada de um tom fúnebre de magnólia e, no chão ao lado dela, havia um grande vaso terracota. Ele estava cheio de terra preta e, na superfície lisa e alaranjada, um coração havia sido desenhado grosseiramente com linhas irregulares e sobrepostas. Heather franziu a testa ligeiramente — nunca havia imaginado que sua mãe gostasse do estilo rústico. E por que será que estava vazio? Sua mãe não costumava deixar coisas por fazer... o que era irônico, considerando como as coisas tinham acabado. Por um longo momento hesitante, Heather achou que fosse chorar, bem ali na soleira da porta, mas em vez disso deu uma beliscada rápida no braço e as lágrimas recuaram. *Não tenho tempo para isso.* Havia algumas penas cinzentas na soleira da porta, provavelmente de um pombo. Fazendo uma careta, Heather as chutou com o bico do tênis e pegou a chave certa no molho.

Ela entrou em um corredor coberto de silêncio e poeira, algumas cartas e uma pilha escorregadia de propagandas que deslizou quando a porta foi aberta. A manhã já terminava, mas o céu sombrio de setembro e as árvores altas do lado de fora cobriam toda a casa com sombras. Ela rapidamente acendeu todos os interruptores que encontrou, fazendo um abajur colorido ganhar vida em tons pastéis.

A sala de estar estava arrumada e empoeirada. Não havia xícaras sujas nem livros lidos pela metade no sofá. Um velho casaco vermelho estava pendurado nas costas de uma cadeira, com a lã grossa das mangas cheia de bolinhas. A cozinha estava em um estado semelhante: tudo limpo e guardado. Heather percebeu que sua mãe já tinha até virado a página do calendário para mostrar setembro, sem saber que não veria o resto do mês.

— Para quê, mãe?

Ela bateu os dedos nas páginas escorregadias do calendário, observando que não havia nada escrito nas pequenas caixas, nenhum recado dizendo: "Cancelar o leite/me matar".

Heather subiu a escada a passos pesados, abafados pelo tapete grosso. O quarto principal estava tão arrumado quanto o resto da pequena casa. A penteadeira da mãe estava limpa e arrumada, com potes de vidro com cremes e frascos de perfume enfileirados como soldados, enquanto um par de escovas tinha sido deixado ao lado de um espelho de mão antigo. Heather se sentou e olhou para as escovas. Ali, sua mãe havia sido menos cuidadosa, menos meticulosa. Havia fios de cabelo presos nas cerdas, mechas loiras e algumas mechas grisalhas ocasionais.

Material orgânico, pensou Heather. Por algum motivo, a frase pareceu se acomodar em seu peito, pesada e venenosa. *Você deixou material orgânico para trás, mãe. Foi de propósito?*

A única coisa fora do lugar na penteadeira era uma bola de papel amarelado, coberta por letras compactas. Em um esforço para esquecer as escovas de cabelo, Heather a pegou e a desamassou, meio que esperando ver uma página de um dos seus artigos — sua mãe podia não entrar em contato com muita frequência, mas Heather tinha certeza de que ela ainda acompanhava a carreira da filha com um olhar crítico —, mas rapidamente percebeu que era uma página de um livro, possivelmente bem antigo, a julgar pela textura do papel e pela fonte das letras.

Nele, havia uma antiga ilustração em xilogravura que a princípio ela não conseguiu entender — parecia mostrar algo parecido com uma cabra, ou talvez um cordeiro, de pé sobre outro animal. Um cachorro, talvez? A barriga do cachorro havia sido aberta, e cabras menores empurravam pedras para dentro da abertura estranhamente limpa. Os olhos de Heather saltaram para o texto, que lhe informou que, quando o lobo acordara, ele estava com sede e fora até o rio para beber água...

Era a página de um livro de fantasia, mas ela não tinha ideia do que a mãe estava fazendo com aquilo. Colleen nunca gostara das histórias mais antigas e mais sangrentas. Quando Heather era pequena, as histórias seguiam uma dieta restrita de pôneis e meninas felizes no colégio interno. A página a incomodou: aquela imagem estranha e a forma como havia sido amassada e deixada sobre a mesa. Será que sua mãe queria que ela visse aquilo?

— Quem sabe o que você estava pensando, né? Você devia estar... Você devia estar ficando maluca, sei lá...

De repente, a sala pareceu muito quente e fechada, o silêncio alto demais. Heather se levantou, um pouco trêmula, e bateu com força suficiente na penteadeira para que um frasco de perfume tombasse e a tampa do frasco caísse, assustando-a ainda mais.

— Merda.

O perfume encheu o ambiente, floral e forte. Aquilo a fez pensar no necrotério e, especificamente, na sala de espera, que tinha vários arranjos de flores elegantes, como se o cheiro fosse capaz de distrair alguém do que estava prestes a ver. Ela balançou a cabeça. Era importante não se fixar naquilo — foi o que Terry, seu colega de quarto, dissera. Não pense no cheiro, não pense no vento soprando em penhascos ermos e, definitivamente, não pense nas consequências de uma longa queda sobre a *matéria orgânica* de um corpo...

— Merda. Preciso de um pouco de ar.

Heather jogou o papel amassado em uma gaveta onde não pudesse mais vê-lo e desceu a escada. Seguia para a porta dos fundos quando a campainha da casa reverberou.

No mesmo instante, a sensação doentia e angustiante em seu peito foi substituída por raiva. Devia ser alguém vendendo alguma coisa, pedindo doações para uma instituição de caridade ou tagarelando sobre Deus. Ou o maldito do sr. Ramsey. Ela foi até a porta, já saboreando a expressão no rosto do intruso quando dissesse: *não está vendo que estou de luto, como você ousa*. Mas ficou surpresa ao encontrar uma mulher alta e bem-vestida à porta. Ela não tinha uma prancheta nem uma caixa de doações nas mãos, e sim uma caçarola e uma expressão simpática.

— Hum… Posso ajudar?

— Heather? Mas é claro que é você.

A mulher sorriu, e Heather percebeu que sua raiva se dissolvera. A estranha tinha um cabelo grisalho muito curto, cortado em um estilo que não combinaria com a maioria das pessoas, mas ela tinha maçãs do rosto surpreendentemente boas e um rosto longo e bonito. Heather não conseguiu adivinhar sua idade: era claramente velha, mais velha do que sua mãe, mas a pele não tinha rugas e seus olhos cinzentos e brilhantes eram claros e penetrantes. *Mary Poppins*, pensou Heather com admiração. *Ela me lembra Mary Poppins.*

— Sou a Lillian, da casa do fim da estrada, querida. Só quis vir fazer uma visitinha para ter certeza de que você estava bem. — Ela levantou a panela, caso Heather não a tivesse visto. — Posso colocar isso em algum lugar?

Heather se afastou da porta com um pulo.

— Desculpe, é claro. Entre.

A mulher desceu tranquilamente o corredor e seguiu direto para a cozinha; a confiança sugeriu que ela conhecia o lugar.

— É só um ensopado — anunciou Lillian enquanto colocava a panela no balcão. — Cordeiro, cenoura, cebola e outras coisas. Você não é vegetariana, é, querida? Não, imaginei que não. Ótimo. Aqueça em fogo baixo no forno. — Percebendo a expressão no rosto de Heather, ela voltou a sorrir. — Sei como é passar por uma coisa dessas. É muito fácil se esquecer de comer direito, mas isso não vai ajudar em nada. Tem que se lembrar de pôr alguma coisa quente no estômago todas as noites. A Colleen era uma amiga querida minha. Ela estaria arrancando os cabelos se soubesse que você está perdendo a cabeça por causa disso.

Heather assentiu, tentando acompanhar a conversa.

— Foi muito gentileza da sua parte pensar em mim, é… Lillian. Você conhecia bem a minha mãe? Quer dizer, a Colleen. Você disse que mora por aqui, certo? Deve ter se mudado para cá nos últimos anos.

Ela estava tentando se lembrar de Lillian de quando era criança ou em suas raras visitas quando adulta, mas não conseguia identificar a mulher.

— Bem na esquina.

Lillian olhava para a cozinha, como se pudesse ver cada grão de poeira que deixaria Colleen aterrorizada. Embora o sr. Ramsey imediatamente tivesse inspirado desprezo em Heather, a ideia de decepcionar Lillian causava um medo estranho nela.

— A Colleen e eu costumávamos passar as tardes juntas às vezes, tomando chá e conversando sobre coisas de mulher velha.

Heather assentiu, embora fosse estranho pensar em sua mãe como uma "mulher velha".

— Como você acha que ela estava? Ao longo do último mês mais ou menos? — A pergunta pareceu abalar Lillian, então Heather descruzou os braços e tentou parecer mais relaxada. — Eu não a visitava tanto quanto deveria. Tudo isso foi um choque.

— Sua mãe era uma mulher forte. Tanto que me surpreendia. Mas é uma coisa geracional, sabe. As pessoas da minha idade, bom, a gente não fala sobre nossos sentimentos. — Lillian abriu um sorriso amargo. — Não é o certo e acho que, se Colleen estivesse com problemas, eu não teria ideia.

Heather pensou na folha amassada na penteadeira, na cara de sofrimento do policial enquanto lhe dava a aliança de casamento de sua mãe.

— Então, nada que ela disse pareceu estranho? Não percebeu nenhuma atitude diferente?

— Minha nossa. — Lillian olhou para a bancada como se Heather tivesse acabado de dizer um palavrão na frente do vigário. — A Colleen mencionou que você era jornalista, mas…

— Me desculpe… Eu… — Com um sorriso amarelo, Heather desviou o olhar. *Eu não consigo nem bater papo direito. Minha mãe provavelmente teria achado isso engraçado.* — Você aceita uma xícara de chá?

— Não, obrigada, querida. — Lillian fez um gesto com a mão, como se varresse a possibilidade. — Eu jamais viria te atrapalhar, não agora. Só queria deixar isso e dar uma olhada em você. A Colleen sempre falava de você, sabia?

— Sério? — Heather voltou a sorrir, mas pareceu forçado desta vez. — A gente não se dava bem sempre. Eu era um pé no saco quando criança, mas tenho certeza que ela te contou isso.

— Não, não mesmo. — Lillian tirou um bolinho de poeira da manga. — Ela só elogiava a menina de ouro dela.

Heather teve a súbita impressão de que Lillian estava mentindo, mas assentiu mesmo assim. A mulher fez menção de que ia embora, apertando o braço de Heather brevemente ao passar.

— Se precisar de alguma coisa, querida, é só dizer. Como eu falei, moro bem perto daqui e sempre posso cozinhar ou até mesmo lavar roupa, se você estiver se sentindo sobrecarregada…

Heather a seguiu pelo corredor como uma estudante distraída. Imaginou que as pessoas costumavam seguir Lillian daquele jeito, arrastando-se atrás dela.

— Ah, olhe só para isto.

Lillian parara perto de uma mesinha no corredor, onde Colleen costumava deixar a correspondência e as chaves todos os dias. Nela, havia uma fotografia de Heather. Mostrava-a ainda adolescente, sentada na cama em seu antigo quarto. Alta e desengonçada, com o cabelo escuro caindo sobre os olhos, ela segurava um certificado de mérito que havia recebido na escola — por uma redação ou um conto, Heather não conseguia se lembrar. Ver a foto deixou seu peito apertado — ela havia sido tirada poucas semanas antes de seu pai morrer e de o relacionamento entre ela e sua mãe começar a ser envenenado.

— Esta é minha foto favorita sua — disse Lillian, parecendo satisfeita por motivos que Heather não conseguia imaginar. — Não é uma graça?

Heather abriu a boca, sem saber o que dizer. Na foto, ela usava uma camiseta preta larga demais, estampada com o logo de *Arquivo X*, e parecia mal-humorada. Não sabia por que a mãe havia emoldurado aquilo, e menos ainda por que aquela estranha ficara tão encantada com ela.

— Bom, vou deixar você continuar o que estava fazendo. — A mulher já estava do lado de fora da porta, e seus elegantes sapatos brancos esmagavam o cascalho. — Lembre-se, querida, se precisar de alguma coisa, é só me avisar.

Heather recolheu as correspondências do tapete do corredor de entrada e as jogou no balcão da cozinha. Um monte de folhetos brilhantes, algumas contas e vários cardápios de restaurante. Franzindo a testa, ela separou as coisas que precisariam de atenção e jogou o resto na lixeira. Algo no fundo da lata de lixo tinha estragado — um pouco de comida velha, provavelmente os restos do último jantar de sua mãe — e o cheiro de carne podre fez seu estômago revirar. Repentinamente enjoada, Heather foi até a porta dos fundos, certa de que o ar fresco faria com que se sentisse melhor.

Altas árvores perenes obscureciam a vista para a vizinhança. Quando era criança — e morava ali e atrapalhava a vida de sua mãe —, aquelas árvores eram mais baixas e pareciam até mais amistosas. Agora, traziam um ar sombrio ao jardim, escondendo Heather e mantendo-a completamente isolada do mundo exterior. Havia um pequeno quadrado de concreto perto da porta dos fundos, com duas cadeiras de ferro, uma mesa e outro vaso de argila com terra. *Vazio*. Ali fora no ar fresco, ela se sentiu um pouco melhor. Não sabia por que tinha perambulado pela casa, observado os cômodos e as fotos. Mexido nas penteadeiras.

Porque estou me certificando de que ela não está aqui, pensou, estremecendo. *Parte de mim ainda espera encontrá-la no banheiro, esfregando a privada, ou na sala de estar, vendo TV. Estou conferindo se há fantasmas na casa.*

— Puta que pariu. — Ela inspirou longa e profundamente, esperando que a náusea diminuísse. — Mas que coisa, mãe. Sinceramente.

Ela voltou a pensar na folha amassada e imaginou o estado mental da mãe nos dias anteriores a seu suicídio. No que será que ela andava pensando? Era difícil imaginar sua mãe — uma mulher com ideais quase religiosos sobre o uso de porta-copos e marcadores de página — arrancando a página de um livro, e ainda mais a amassando como se fosse lixo. Mas esse era o lado sombrio da situação, a verdade assustadora que Heather não queria ver: sua mãe não estava em seu juízo perfeito. Algo havia interferido e tirado sua razão. Algum estranho cruel e letal fixara residência dentro da cabeça de sua mãe.

— Nada disso faz sentido. Nada.

Pouco depois de Heather ser chamada para identificar o corpo da mãe, a polícia a havia colocado em contato com um assistente social, que fora muito gentil e passara muito tempo falando sobre choque, sobre como pessoas com depressão grave podiam ser muito boas em escondê-la até mesmo dos entes queridos mais próximos. Heather ouvira com paciência, assentindo apesar do próprio entorpecimento, e, embora tivesse entendido perfeitamente o que o assistente social lhe dissera, naquele momento mesmo tudo aquilo já parecera… errado. Os velhos instintos tinham começado a se contorcer dentro dela, aqueles que lhe diziam quando uma história era bobagem e quando podia render.

— Você está sendo ridícula — disse a si mesma, ouvindo como sua voz soava fria e fraca. — Paranoica.

Em algum lugar da rua em frente à casa, uma buzina soou e ela levou um susto. Lágrimas quentes correram por seu rosto e, irritada, ela as enxugou com as costas da mão. Depois de um instante, sacou o telefone do bolso e viu a notificação de uma mensagem de texto piscando na tela.

Oi, desconhecida — *soube que voltou para Balesford. Vamos nos encontrar? Fiquei muito triste em saber da sua mãe, espero que esteja tudo bem. Beijos.*

Nikki Appiah. Heather olhou para as árvores escuras, se perguntando se os vizinhos estavam a vigiando de trás de suas cortinas e comentando sobre sua vida. Ela fungou e piscou rapidamente para limpar os olhos antes de digitar a resposta.

Você está vigiando a vizinhança ou o quê? É, vou ficar aqui por um tempo. Você está por perto? No Spoons? Preciso de uma bebida.

Ela fez uma pausa antes de acrescentar um emoticon de vômito de rosto verde.

A resposta de Nikki foi quase instantânea.

São onze da manhã, Hev. Mas, sim, vamos nos encontrar na cidade. Já faz muito tempo e seria bom ver a sua cara (mesmo que ela esteja verde). Vejo você em uma hora? Beijos

Heather guardou o celular. Estava escurecendo e o ar passava a ganhar um cheiro forte e mineral — logo começaria a chover e seria bom estar em qualquer outro lugar. O vento aumentou, sacudindo os arbustos altos e fazendo-os balançar, e, por um breve instante, Heather achou que haviam se mexido demais, como se algo estivesse se movendo junto com o vento para disfarçar as próprias pegadas. Ela olhou para as sombras mais escuras, tentando discernir alguma forma, então se virou para a porta dos fundos, acreditando que sua imaginação estava à procura de coisas das quais devia ter medo. A casa ainda parecia vazia e desconhecida, uma pequena caixa de coisas mundanas.

— No que você estava pensando, mãe?

Sua voz soou triste e estranha para ela mesma, por isso ela enxugou o resto das lágrimas do rosto e atravessou a casa para chegar até o carro alugado.

3

O vento tinha esfriado no decorrer da manhã, levando embora as nuvens cinzentas e deixando um tipo de céu limpo — frio, mas animador. Beverly estava contente. Seus netos, Tess e James, poderiam, pelo menos, passar algumas horas no jardim. Como todas as crianças da época, eles eram obcecados por seus telefones e aparelhos eletrônicos, mas Beverly tinha ficado orgulhosa em ver que ainda gostavam de ir para o jardim quando o tempo estava bom. Com isso em mente, vestiu seu casaco fino — o outono ainda não tinha chegado — e saiu pelo portão dos fundos. Seu jardim era bonito, mas não tinha castanheiros-da-índia, enquanto os campos ao fundo tinham duas dessas lindas árvores, e ela queria ver se as nozes já estavam caindo.

À frente dela, ficava a série de árvores que limitava o campo, os dois enormes castanheiros-da-índia e um pequeno bosque de carvalhos, bétulas e ulmeiros. Sob a luz do sol, as folhas ficavam brilhantes como vitrais, verdes e amarelas, vermelhas e douradas, e sim, ali estavam os invólucros verdes espinhosos, espalhados pela grama, derramando seu interior leitoso. Beverly começou a encher os bolsos com as oleaginosas caídas, pegando apenas aquelas que tinham sobrevivido ilesas à queda, de olho nos "cortadores de queijo" — sementes com um lado achatado, que eram especialmente boas para derrotar o oponente. Ela encontrou algumas com cascas apenas parcialmente abertas. Beverly as pressionou com a lateral da bota, sorrindo, satisfeita, quando a semente se soltava, toda lisinha e recém-nascida. Uma delas cuspiu um ótimo "cortador de queijo".

— Acho que vou ficar com essa para mim.

Beverly pôs a semente no bolso interno. Jogar *conkers* não seria nada divertido se não pudesse ganhar de pelo menos um de seus netos. Foi a semente que ela achou logo depois, na grama próxima às raízes da velha árvore, que pareceu estranha em sua mão. Fazendo uma careta, ela a ergueu para a luz, sem registrar a mancha vermelha em seus dedos antes de sentir o cheiro: parecia o dos fundos do açougue em um dia de calor.

Beverly gritou e largou a semente. A grama sob seus pés estava escura: saturada de sangue, percebeu ela tardiamente.

— Deve ter sido aquele maldito cachorro — disse com veemência, estendendo a mão suja como se a tivesse queimado. — Aquele maldito cachorro pegou alguma coisa de novo.

Mas ela não via nenhum coelho com as vísceras para fora, nem mesmo um pássaro grande — como já havia notado nos campos algumas vezes. Em vez disso, ao se aproximar do tronco do velho castanheiro-da-índia, viu que o sangue escorria das raízes, como se a própria árvore estivesse sangrando. A grande cavidade na base, normalmente obstruída com folhas velhas e lama, tinha sido preenchida com outra coisa.

— Ai, meu Deus. Ai, meu Deus, não, meu *Deus*...

Os braços de Beverly caíram, seus dedos ficaram dormentes. Havia um rosto no buraco, o rosto de uma mulher com os olhos fechados e a boca aberta como se numa oração. Suas bochechas pareciam feitas de cera e estavam salpicadas com algo escuro, e havia flores saindo por entre seus dentes. *Flores rosa*, observou Beverly, que nunca mais permitiria que flores rosa entrassem em sua casa. *Rosas-mosqueta, ao que me parece.*

Esmagado sob a cabeça da mulher estava um par de pés descalços, a não ser por um anel de prata e pelo esmalte rosa claro. Havia um braço também, com a palma da mão virada para cima, como se estivesse pedindo ajuda ou chamando alguém para se juntar a ela. Estranhamente, Beverly também podia ver a manga de uma jaqueta vermelha, com os botões largos do punho pontilhados com gotas de umidade. Tudo estava tão bem-encaixado que ela não conseguia ver a cor do cabelo da mulher nem qualquer parte de seu torso — se é que ele estava ali com ela —, mas podia ver uma camada macia de coisas roxas parecidas com cordas caindo suavemente dos dois lados do braço. Na casca da árvore acima do buraco, um coração havia sido desenhado: sem dúvida, o gesto romântico de alguém apaixonado.

De repente, ciente de que estava muito perto de desmaiar, Beverly cambaleou para longe da árvore e começou a correr de volta para a casa, com o rosto molhado de lágrimas.

4

— Este lugar sempre foi uma merda.

Heather colocou os dois copos sobre a mesa e largou três pacotes de batatas fritas ao lado deles. Nikki pegou um pacote de batatas sabor sal e vinagre e o analisou de forma crítica.

— Foi você que escolheu — lembrou ela, sem muita irritação.

Irritantemente, ela não havia mudado muito. Seu cabelo estava preso em tranças pretas bem-feitas e seus óculos eram versões mais finas e elegantes dos que ela usara na escola. Estava até usando um suéter grosso de tricô azul marinho, que inevitavelmente fazia Heather se lembrar do antigo uniforme escolar.

— Sei que Balesford não tem um monte de lugares descolados, mas acho que podíamos ter ido a algum lugar melhor do que o Wetherspoons.

— Ah, pelos velhos tempos.

Heather tomou um gole da bebida e fez careta. Ao chegar ao bar, ela voltara aos velhos hábitos e acabara pedindo rum com Coca-Cola — a bebida que mais associava à escola. Nikki pedira um spritzer de vinho branco, embora parecesse mais interessada nas batatas fritas.

— Desculpe não ter avisado antes que estava por aqui, é que… está tudo muito confuso. Aliás, como você soube que eu tinha voltado? Tem alguém vigiando a casa? Virou espiã agora, foi?

Nikki balançou a cabeça, sorrindo.

— Você sabe que minha tia mora na sua rua. E ela basicamente *é* a espiã de Balesford. Todo mundo estava esperando você aparecer depois que o seu Ramsey contou que nem as chaves da casa da sua mãe você tinha. — O sorriso de Nikki diminuiu. — Sinto muito, Hev. Muito mesmo. Que coisa horrível… Você está bem?

Heather deu de ombros e, sem olhar nos olhos de sua amiga, abriu um pacote de batatas fritas. Nikki sempre tinha sido a simpática, a gentil, e ter que lidar com uma compaixão verdadeira era demais naquele momento, especialmente depois de ter passado mal na casa. *Material orgânico.*

— Acho que, dentro do possível, estou bem. Quando fui na casa mais cedo, eu meio que esperava que ela ainda estivesse lá, sabe? Não sei, como se fosse um erro administrativo. É que… — Ela sentiu um aperto no peito e o salão pareceu instável, como se o chão estivesse prestes a cair. — Fazia tempo que eu não vinha. E, bom, você sabe que ela não era muito minha fã.

— Não é bem essa a questão.

— É, eu sei. — Heather tomou um gole de rum com Coca e piscou quando a ardência da bebida atingiu sua garganta. A dor de cabeça que vinha se formando cedeu e um pouco da tensão deixou seus ombros. — Por que ela se mataria, Nikki? Não consigo entender. Tem alguma coisa… que não me parece certa. Não faz sentido.

Nikki pareceu ligeiramente incomodada e mudou de posição na cadeira. O pub estava começando a encher para o almoço; as pessoas vinham por causa do curry de cinco libras.

— A tia Shanice não quis acreditar de início. Disse que o seu Ramsey devia ter tirado essa história do cu… Heather, suicídio é difícil de entender. Sua mãe devia estar muito infeliz, ou até mesmo perturbada. Pode ser que já estivesse assim há muito tempo, e é provável que ninguém soubesse que ela estava sofrendo. Distúrbios mentais podem ser horríveis assim mesmo.

— É. E eu seria a última pessoa a saber, não seria? É que... — Heather deu de ombros. — Você se lembra da minha mãe, eu sei que se lembra. Ela nunca queria criar confusão, preferia que tudo fosse o mais discreto possível. Parece um ato forte demais, como se ela estivesse me dizendo alguma coisa, ou quisesse, sei lá, me castigar. — Ao ver a expressão no rosto de Nikki, ela suspirou. — Eu sei, pareço uma droga de um clichê. Estou me recusando a aceitar o que está na minha cara porque a verdade é desconfortável demais. Como se tudo girasse em torno de mim, pelo amor de Deus. Mas não consigo evitar a sensação de que não estou vendo alguma coisa. Sua tia notou algo de errado com ela? Tipo, nos últimos tempos?

— Hev... — Nikki apertou a mãe dela de leve e, mais uma vez, Heather percebeu que não conseguia olhar para o rosto da amiga. — Algumas coisas... Algumas coisas não podem ser entendidas nem explicadas.

Olhando para o tampo pegajoso da mesa, Heather assentiu.

— Seja como for, não vamos falar sobre isso, está bem? É bobagem. Como você está? Já faz um tempo desde a última vez que a gente saiu para tomar esses drinques esquisitos. O que você está fazendo agora? Ainda dando aulas, imagino?

— Estou, e pela cara que você faz quando digo isso, dá para ver que está horrorizada. — Nikki sorriu e tomou um gole do spritzer. — Estou lecionando meio período em uma faculdade agora, e você saberia se prestasse atenção no meu Facebook. Estou cobrindo os departamentos de Inglês e História. Você ainda está no jornal?

Heather se encolheu e tentou disfarçar o movimento comendo várias batatas de uma vez.

— Não deu certo. Tenho trabalhado como freelancer já há algum tempo e tem sido melhor para mim. — Mais lembranças ruins. Ela tomou o resto da bebida e ergueu as sobrancelhas. — Quer outro?

As duas passaram o resto da tarde no pub, mas passaram a tomar refrigerante quando a sala começou a girar. Em algum momento, uma delas sugeriu que comessem alguma coisa, e logo a mesa estava repleta de pratos, manchas e respingos de um curry amarelo assustadoramente brilhante e pedaços de *poppadum*. Elas conversaram sobre a escola e desenterraram todas as velhas histórias que, por tradição, devem ser desenterradas em ocasiões como aquela. Por fim, o público da noite começou a chegar e elas concordaram que estava na hora de ir para casa — passar o dia todo no bar não pegava muito bem para uma professora, observara Nikki.

— Você é quem sabe, mestra.

Do lado de fora, o dia tinha se tornado sombrio e frio e, quando Nikki chamou um táxi para as duas, Heather percebeu que o pequeno estoque de ânimo que havia acumulado durante a tarde se esvaía para as sombras. Ela não iria para casa, para seu quarto desorganizado e aconchegante, em uma casa compartilhada com outras pessoas desorganizadas. Ia voltar para a casa vazia da mãe e sem dúvida enfrentar uma longa noite de lembranças ruins e perguntas sem respostas. Seu rosto deve ter transparecido alguma coisa, porque, assim que pôs o celular de volta no bolso, Nikki tocou em seu braço com cuidado.

— Ei. O táxi vai demorar alguns minutos. Você está bem?

Heather deu de ombros. Os refrigerantes tinham azedado seu estômago, e ela se sentia cansada demais para fingir.

— A carta que ela deixou ao se suicidar foi muito estranha. Cheguei a falar isso?

Com os olhos castanhos tristes, Nikki balançou a cabeça.

— Olha, como você disse, ela estava mal, e não há nenhum motivo para esperar que uma carta de suicídio faça sentido, eu acho.

Heather tentou sorrir, mas o sorriso em seus lábios virou algo estranho, por isso ela se interrompeu. Em vez disso, abriu a bolsa e tirou uma folha de papel arrancada de um caderno. Era lilás-clara, com a imagem de um passarinho no cabeçalho, ao lado de um banner dizendo "*lembretes*". Por motivos nos quais ela não queria pensar muito,

Heather a mantivera com ela desde que a polícia a entregara, junto com os outros pertences de sua mãe. A letra miúda da mãe se curvava no meio da página. Ela entregou o papel a Nikki, que franziu a testa e o alisou cuidadosamente com os dedos.

— "Para vocês dois. Sei que vai ser um choque e sinto muito que tenham que lidar com toda essa bagunça, mas não consigo mais viver sabendo o que sei e as decisões que tive que tomar. Dizem que este é uma decisão covarde. Bom, quem diz isso não sabe com o que tive que conviver, essa sombra horrível sob a qual vivi por tanto tempo. Todos aqueles monstros da floresta nunca foram embora de verdade, não para mim. E talvez seja isso que eu mereça. Se vale de alguma coisa, realmente sinto muito por tudo que está por vir. Apesar do que vocês possam pensar, amo vocês dois e sempre amei."

Nikki não disse nada. Em vez disso, franziu os lábios e olhou para a rua. Depois de um instante, levou o indicador ao canto do olho e fungou.

— Caramba, Hev, que horror. Coitada da sua mãe.

— Mas você não percebe? — Heather pegou a carta de volta, a dobrou e a pôs na bolsa. Ficou feliz quando deixou de vê-la. — *Para vocês dois. Amo vocês dois.* O que isso quer dizer? Só tem eu. Ela não tinha mais nenhum parente. E do que ela está falando? Que *decisões*?

Nikki balançou a cabeça devagar.

— É, é estranho. Mas talvez ela estivesse falando de você e do seu pai? Se ela estava mal mesmo, pode ter se esquecido de que ele já tinha morrido. Ou... Ou ela podia estar falando com a pessoa que encontrou o corpo.

— Mas *vocês dois* soa muito específico. Como se ela estivesse pensando em duas pessoas. E *monstros na floresta*? O que isso quer dizer, caramba? — Heather suspirou. — Você tem razão, acho que ela podia estar falando sobre meu pai, mas que ódio de não saber. Vou passar o resto da vida me perguntando o que ela quis dizer. Como se lidar com toda essa merda já não fosse ruim o suficiente, ela ainda tinha que deixar um bilhete vago e enigmático de suicídio.

Uma chuva fraca começara a cair e, em algum lugar da rua, um cachorro latia. A rua estava quase deserta, já que as pessoas tinham corrido para fugir da garoa, mas perto do ponto de ônibus uma figura sombria permanecia imóvel. Um ônibus passou voando, sem parar, e a figura desviou o rosto da luz do farol.

— Eu sei. Acho que você vai se sentir melhor depois do enterro. É para isso que servem, não é? Para dar essa sensação de encerramento. — Nikki franziu os lábios, como se não tivesse certeza de que aquilo era verdade. — Você já começou…?

— Ah, já está quase tudo resolvido. — Heather abriu um leve sorriso. Era bom ver Nikki, ter alguém que pudesse puxá-la de volta para a parte prática da situação. — As pessoas gostam muito de ajudar nessas situações, sabe? O celular, por outro lado, estava com ela e… bom, o aparelho não sobreviveu. Então, preciso encontrar a agenda dela, se é que minha mãe tinha uma. As pessoas ainda fazem isso hoje em dia, anotar números de telefone? Acho que, se alguém ainda faz isso, esse alguém seria minha mãe.

— Minha mãe e a tia Shanice estão dispostas a ajudar, é só falar. Qualquer coisa que você precisar. Olhe. — Nikki indicou a calçada com a cabeça. — Lá vem nosso táxi.

Muitas horas depois, Heather acordou no quarto de hóspedes da casa da mãe e abriu os olhos para uma escuridão completa. Em pânico, pegou o celular da mesa de cabeceira e a luz da tela transformou o cômodo em uma coleção de sombras em tons de cinza. *É só o quarto de hóspedes*, lembrou ela a si mesma. *Só as cortinas grossas ridículas*. A janela do seu quarto dava para a luz da rua e o lugar nunca ficava escuro de verdade. Ali, com as árvores do lado de fora e as pesadas cortinas longas e bordadas, ela acordara em meio a uma espécie de cegueira. Tremendo ligeiramente, ela acendeu o abajur e se sentou, com o celular nas mãos.

Um barulho. Um farfalhar vindo de cima dela. Heather esfregou os olhos e se lembrou de que era uma adulta em uma casa diferente, já devia esperar ruídos estranhos e devia também ter previsto que se assustaria. O farfalhar se tornou uma espécie de batida e arrepios tomaram sua pele.

— Está bem — disse ela em voz alta. — Tem um pássaro no sótão. Um pombo entrou lá, ou os estorninhos estão fazendo um ninho ou alguma outra coisa. — Sua voz soou familiar e normal, e ela assentiu para si mesma. — Um pássaro é só um pássaro. Não tenho por que me preocupar.

Ela ficou deitada por mais alguns minutos, ouvindo os ruídos leves e ficando cada vez mais irritada. Por fim, jogou o edredom para o lado e saiu pisando forte do quarto em direção ao corredor. Talvez, pensou, o barulho de seus passos assustasse o pássaro e o fizesse ir embora. A escada estava especialmente escura depois da luz da lâmpada, e Heather piscou repetidamente, esperando que seus olhos se ajustassem. Fazia frio e o tapete sob seus pés descalços estava estranhamente gelado.

— Lugar de merda.

A porta do sótão era apenas uma marca pouco identificável no teto. Quando Heather parou embaixo dela, o farfalhar e as batidas cessaram abruptamente, como se alguém a estivesse ouvindo. Ainda curiosa e muito mais acordada do que antes, ela ficou um tempo embaixo da abertura, só ouvindo e ocasionalmente esfregando os braços. Estava frio o suficiente para que ela acreditasse estar vendo a própria respiração.

A casa estava mergulhada em um silêncio profundo; até os estalos e rangidos da estrutura se acomodando pareciam ter parado.

Heather se virou para voltar para o quarto e viu a janela na ponta da escada. Por um instante, viu movimento do lado de fora, como se algo a estivesse observando da espessa fileira de árvores. Olhos, grandes, brilhantes e com certeza nada humanos espiavam através do vidro escuro.

— Mas que...

Um segundo depois, uma rajada de vento soprou por entre as árvores e o que quer que estivesse causando a ilusão se espalhou e virou nada. *Porque era isso que devia ser*, disse ela a si mesma, *seus olhos pregando peças em você. Idiota*. Ainda assim, ela foi até a janela e deu uma espiada lá fora. Não havia nada além das luzes da rua passando pelos galhos das árvores e do luar criando formas estranhas e indefinidas.

Irritada consigo mesma, ela voltou para a cama. A luz do abajur permaneceu acesa até de manhã. Apesar de ela não ter mais ouvido ruídos naquela noite, sua cabeça não parou de pensar neles e, quando dormiu, sonhou com penas, fofas e marrons, e com o rosto redondo do pai, vermelho de raiva.

5

A manhã seguinte não foi nada agradável para Heather. Ela tinha imaginado que ficar na casa da mãe ia despertar sentimentos desconfortáveis, por isso não ficara surpresa ao sentir um ranço de tristeza cair sobre seu corpo quando acordara em uma cama diferente. Aquele quarto já havia sido o cômodo de tralhas de seu pai, cheio de coisas aleatórias — velhos manuais de carros, baldes grandes de plástico para fazer cerveja em casa e um enorme freezer, que sua mãe enchera com pratos congelados e potes de sorvete napolitano. Quando criança, Heather adorava aquele quarto, pois estava convencida de que continha todos os segredos de seu pai. Mas o quarto de hóspedes se tornara pequeno, arrumado e totalmente sem personalidade, e mesmo assim Heather não podia deixar de sentir que sua mãe ainda estava ali — na pilha de toalhas sobre o banquinho, no paninho no peitoril da janela, no vaso vazio. Estava quieto e frio demais, então ela se levantou, colocou o aquecimento no máximo e ligou a televisão e o rádio. Quando chegou a um nível confortável de ruído, ela preparou uma xícara de chá forte, sentou-se à mesa da cozinha e começou a escrever uma lista das coisas que precisavam ser feitas.

Para sua surpresa, ela encontrou a agenda da mãe muito rápido — estava em um porta-revistas de madeira na sala de estar, meio esquecida — e ligou o mais rápido possível para todos que precisavam ser avisados, dando as más notícias e recebendo pêsames. Quando terminou a tarefa ingrata, ela se viu vagando de volta para o andar de cima e com a mão apoiada na maçaneta de seu antigo quarto. Segurando um suspiro, ela entrou. Ainda era possível considerar aquele cômodo seu: o edredom sobre a cama, cuidadosamente arrumado e limpo, era de uma cor que apenas uma adolescente escolheria, e o papel de parede ainda tinha uma série de minúsculas marcas de fita adesiva para segurar pôsteres no lugar — os pôsteres que sua mãe tinha retirado e enrolado em tubos pouco depois que ela saíra de casa. Durante suas visitas ao longo dos anos, Heather se acostumara ao fato de aquele não ser mais o seu quarto, mas pela primeira vez percebeu que a mãe aparentemente havia começado a usá-lo para outras coisas — tinha uma pequena mesa no canto, coberta com materiais de artesanato.

Abrindo um leve sorriso, Heather se sentou na cadeira dobrável e mexeu nas pequenas peças. Parecia que sua mãe havia resgatado um dos kits de artesanato antigos e abandonados de Heather — um dos caros, com argila de várias cores, que ela fizera campanha para ganhar em um aniversário — e estava fazendo alegres porta-guardanapos enfeitados com pinheirinhos e bonecos de neve. Ao lado das peças já prontas, havia um bilhete com o endereço de um asilo para idosos próximo dali. Será que pretendia doá-los à casa de repouso para o bazar de Natal? As duas tinham ido lá muitas vezes quando ela era criança para comprar bolo e conversar com os queridos idosos. Heather pegou um dos porta-guardanapos e o colocou no dedo. A mãe havia trabalhado muito nele e estava na metade de outro. O que faria alguém abandonar um projeto de artesanato carinhoso e pensar em acabar com a própria vida?

A textura da argila lisa contra seus dedos a fez lembrar das vezes em que tentara fazer artesanato. Era difícil de moldar a argila logo depois de tirá-la da embalagem, então era preciso aquecê-la com as mãos, só que os dedos pequenos de Heather nunca tinham sido muito bons nisso. De repente, lembrou-se de estar sentada naquele mesmo quarto com a mãe, com jornais espalhados cuidadosamente sobre o carpete e pequenos pratos na frente das duas. A mãe pegara cada um dos pedaços de argila colorida e os aquecera com as próprias mãos antes de passá-los para Heather, para que ela pudesse fazer algo...

Com a mão trêmula, Heather colocou o porta-guardanapos de volta na mesa. *Nikki estava certa*, disse a si mesma. *Não tenho como saber pelo que mamãe estava passando. Estou vendo um mistério que não existe.*

Mesmo assim, ao sair do quarto e se virar para olhar mais uma vez para a mesinha de artesanato, a sensação de que havia algo profundamente errado não a abandonou.

Heather passou o dia seguinte andando pela casa, fazendo anotações e pensando no quanto as pessoas acumulam ao seu redor. Na hora do almoço, esquentou o ensopado que Lillian havia deixado para ela e comeu uma tigela grande em frente à televisão. Era saboroso e espesso, mas, no final, ela se sentiu um pouco enjoada e se perguntou se havia esperado demais para esquentá-lo — se algum ingrediente tinha estragado. Lavou a panela com cuidado, só para o caso de Lillian voltar para pegá-la.

Havia muito em que pensar em todos os cômodos: o que fazer com roupas, bugigangas, fotografias antigas — até coisas chatas como roupa de cama e cortinas. E cada cômodo trazia uma nova cascata de memórias, como se o espaço estivesse lotado de fantasmas de sua infância. E a maioria deles não era tão agradável quanto brincadeiras com massa de modelar no chão do seu quarto. Parada de pé à porta do banheiro, lembrando-se de uma discussão violenta que fizera Heather chutar a banheira com tanta força que acabara tendo que ir para o pronto-socorro, ela se perguntou por que diabos não havia trazido alguém para fazer aquilo com ela. Terry, com quem dividia a casa, até tinha se oferecido para ajudar, mas ela recusara automaticamente. Tinha certeza de que Nikki também ficaria feliz em assumir parte daquela carga desagradável.

Por que tinha feito isso? Será que estava com medo de Terry a julgar por sua infância normal no subúrbio? Ou temia que ele a visse em um estado vulnerável?

Examinar todos os documentos e mexer nas coisas tinha espalhado poeira por todo lado, então ela pegou o aspirador de pó e o passou — sem muito entusiasmo — pela sala de estar. Enquanto perseguia alguns fios de cabelo errantes, a ponta do cano do aspirador bateu em algo sólido embaixo do sofá. Ao se abaixar para puxar o que estava bloqueando a passagem, ficou surpresa ao ver que era um livro — e, pelo visto, bastante antigo. Ela limpou a poeira e franziu a testa ao ver a capa. Era uma coleção de contos de fadas, um livro de bolso surrado e velho, e na frente havia um grande lobo preto, com as mandíbulas abertas revelando cada um de seus dentes letais.

— Que esquisito...

Ela o jogou no aparador e terminou de limpar.

Depois de largar um saco de lixo reciclável do lado de fora, Heather parou à porta da frente para inspirar o ar frio outonal. Ali fora, aos sete ou oito anos, ela se sentava com sua lupa nova e queimava pequenos buracos em folhas secas e pedaços de papel, tudo em que conseguisse pôr as mãos. Tinha descoberto que formigas estouravam quando eram queimadas com a lupa e passara uma tarde divertida criando pequenas pilhas de corpos enrugados na calçada até sua mãe sair e a pegar no flagra.

Heather tinha sido proibida de ir ao jardim por uma semana, no auge do verão, e ainda se lembrava de sua fúria de forma tão clara que seu rosto chegou a ficar quente. Trancada em seu quarto, ela iniciara outras formas bobas de destruição — quebrara os pratos em que chegavam os seus sanduíches, jogara o perfume da mãe na pia do banheiro... Tinha ficado com muita raiva — e aquilo só piorara as coisas.

Foi por isso que não quis que o Terry viesse comigo. Quem ia querer que seus amigos adultos vissem a criança que foram? No frio, Heather sentiu uma nova onda de angústia.

— Os fantasmas são barulhentos demais.

Ela esfregou as mãos na frente da calça jeans e voltou para dentro da casa.

Depois de algumas horas de seleção e catalogação, ela se lembrou do sótão. Não ouvira mais nenhum barulho estranho, mas, ao passar novamente por baixo dele com uma xícara de chá nas mãos, percebeu que seus olhos se sentiam atraídos pela porta. *O Homem do Sótão*, pensou ela. *Quando eu era pequena, meu avô costumava culpar o Homem do Sótão sempre que alguma coisa desaparecia.*

Não era uma ideia tranquilizadora, e Heather sabia que teria que subir e dar uma olhada ou estaria condenada a ficar deitada na cama à noite, ouvindo o Homem do Sótão — ou, pior ainda, os passos leves de sua mãe.

— Deus do céu, qual é o meu problema? Não tem monstros no sótão coisa nenhuma. Uns dias sozinha em casa e estou me comportando como uma criança histérica de cinco anos.

Uma hora depois, ela estava sentada, com as pernas cruzadas, no espaço surpreendentemente confortável, mexendo em uma caixa de discos de vinil antigos. Havia muita porcaria — bandas e cantores em ternos estranhos que ela não reconhecia —, mas alguns que eram promissores: Led Zeppelin, Siouxsie Sioux, David Bowie. Sem dúvida, eram do pai dela. Uma vez ele havia dito que, quando namorava sua mãe, estava tentando formar a própria banda: vinha tentando aprender baixo, mas nunca pegara muito o jeito. Sorrindo levemente, ela separou os discos, pensando que podia ficar com eles ou colocá-los à venda na internet. Quando ela voltou a olhar a caixa, viu que escondiam uma lata de biscoitos velha e surrada. Ela a puxou, abriu a tampa e franziu o nariz por causa da poeira. Dentro, havia dois grandes maços bem-embalados de cartas, presos com elásticos.

Todas estavam endereçadas à sua mãe, e as do primeiro bolo pareciam muito antigas. Tinham os envelopes manchados e amassados e a tinta desbotada. As que estavam no topo do segundo pacote pareciam novas — ela até reconheceu uma série de selos mais recentes com os antigos vilões de *Doctor Who*. Incapaz de resistir, Heather puxou uma das cartas do segundo maço e começou a ler. O remetente tinha uma letra confusa, expansiva, e os rabiscos pretos de tinta se estendiam de uma ponta do papel à outra. A ortografia era extremamente aleatória.

Cara Colleen,

Hoje o dia foi tranquilo. Bem calmo. Tenho muito pouco o que fazer aqui e, depois que faço os serviços que me pedem, sinto um vazio me engolir. Ele esta nas luzes amarelas e no chao limpu, um vazio que eh mais do que vazio, eh o nada. Um lugar tao azedo por acoes humanas que nao ha vida real nele entao penso no tempo que passamos juntos. Na grama e nos campus nesses lugares eh que a gente era melhor. Num consigo ver a grama daqui nem nenhuma árvore.

Heather piscou. Ela parou de ler e tirou outra carta do envelope, mais antiga. Reconheceu imediatamente a mesma caligrafia bagunçada.

Voce discreve esses lugares muito bem. Voce ainda fazer isso por mim depois de todos esses anos só prova como sempre estive certu sobre voce. Quando se juntou a comunidade, voce mudou a minha vida.

— Comunidade?

Ela pegou outra carta e encontrou a mesma coisa. Todas as cartas eram da mesma pessoa. E sua mãe parecia ter respondido. A caligrafia não era de seu pai, ela percebeu imediatamente: ele sempre escrevia em letras maiúsculas bem-feitas, consequência do seu trabalho na construção e da necessidade de escrever recibos legíveis. Quem era essa pessoa com sentimentos tão fortes por sua mãe?

— Você nunca mencionou que tinha um correspondente, mãe.

As palavras soaram estranhas e vazias no ar quente do sótão, como se também estivessem cobertas de poeira. Porque, por baixo da surpresa, e até mesmo da certa graça que viu naquilo, uma sensação fria tomou conta das entranhas de Heather.

— Acho que nunca ouvi você falar sobre escrever carta nenhuma.

E tao barulhemto aqui à noite. Lembra como era silencioso nos canpos, debaixo das estrelas? Quando estavamos na floresta. Parecia que a gente era as unicas pessoas no mundo, mesmo que nao focemos. As outras pessoas que vieram morar debaixo das estrelas nao centiam aquilo como a gente Colleen.

Heather olhou para o fim da página e estreitou os olhos para tenta decifrar o nome escrito ali. Michael? Ao lado da assinatura rabiscada havia um carimbo verde e, próximo a ele, em uma caneta e uma caligrafia diferentes, estavam as palavras *Reave* e *Aprovado*. Reave, pensou Heather. Michael Reave.

Ela franziu a testa. O nome parecia estranhamente conhecido, embora ela não soubesse dizer por quê. Heather se levantou, colocou as cartas de volta na lata de biscoitos e as levou escada abaixo. De volta à cozinha, passou algum tempo fazendo um sanduíche e um bule de café bem forte.

Ela removeu os elásticos dos maços de cartas e, durante uma hora, leu cerca de vinte cartas. Ao final, sua garganta estava quente e sua cabeça latejava. O sanduíche fora abandonado no prato. Com a mão ligeiramente trêmula, ela pôs as cartas de volta na lata e pensou em todas as coisas que sabia sobre sua mãe, e todas as coisas que não sabia.

A tranquila, educada e respeitável Colleen Evans escrevia para um homem preso. Tinha feito isso enquanto o pai de Heather estava vivo, durante os primeiros anos de casamento. Além disso, pelo que parecia, nos anos 1970, sua mãe fizera parte de uma espécie de comunidade hippie, em algum lugar ao norte.

Heather esfregou os olhos, tentando entender aquelas informações novas. Sua mãe nunca tinha sido do tipo que ficava relembrando o passado, e Heather nunca questionara isso. Agora estava ficando claro que havia uma grande parte da sua vida que ela nunca mencionara. Até onde sabia, a mãe não tivera nenhum outro relacionamento sério com ninguém além de seu pai. No entanto, ali estava aquele homem das cartas. Um homem que, ao que parecia, estava na prisão.

E, em nenhuma das cartas que Heather havia lido, sua mãe mencionara que tinha uma filha. Nem uma vez.

Quem era aquele homem? De forma relutante, ela voltou a pensar na carta de suicídio, nas frases estranhas que sua mãe havia usado — como se estivesse falando com outra pessoa além de Heather.

— Ah, cale a boca — murmurou Heather para si mesma. — Você está tirando conclusões precipitadas agora.

Ela engoliu o resto do café e tirou o notebook da bolsa. Sua mãe sempre havia sido uma espécie de tecnófoba e se negava a ter até mesmo internet discada, então Heather teve que usar a internet móvel do celular, mas, em segundos, já tinha o navegador aberto. Ela olhou para o nome, Michael Reave, escrito na caixa de pesquisa.

Fez uma pausa antes de clicar em pesquisar.

— Não pode haver nada, não é? — disse para a cozinha vazia.

A primeira imagem que apareceu foi a foto da ficha criminal dele, e é claro que ela o conhecia — ele era tão familiar quanto os rostos odiosos e largos de Myra Hindley e Ian Brady, tão familiar quanto a expressão raivosa e monstruosa de Fred West. Por um instante, o gosto amargo do café subiu por sua garganta, e ela se perguntou por um segundo agonizante se ia vomitar na mesa da cozinha, mas seu estômago roncou e então se acalmou. Na foto, Michael Reave, com o cabelo preto desgrenhado quase alcançando o colarinho da camisa, olhava direto para a câmera. Ela não viu o vazio típico daquele tipo de foto: Michael Reave parecia irritado, até um pouco pesaroso, como se os policiais que o haviam prendido estivessem cometendo um erro bobo do qual se arrependeriam em breve. Tinha a barba por fazer, mas combinava com ele, e a pequena mecha de cabelos brancos na têmpora só o fazia parecer peculiar de uma maneira atraente. Se comparasse a outras fotos de assassinos em série, aquela era bem razoável.

Um serial killer.

— Puta que pariu, mãe. *Puta que pariu.*

Havia uma página da Wikipédia que, no pequeno parágrafo introdutório, explicava que Michael Reave era um serial killer condenado no Reino Unido, conhecido nos tabloides britânicos como "O Estripador do Interior", "Jack da Floresta" ou, mais popularmente, "O Lobo Vermelho". Ele tinha sido finalmente preso em 1992, mas não antes de assassinar cinco mulheres em Lancashire e Manchester. Além disso, havia mais cinco possíveis vítimas em outros lugares. O artigo dizia que ele era amplamente considerado responsável pelo desaparecimento de muitas outras mulheres, mas que Reave sempre afirmara ser inocente e continuava a fazê-lo. A página era estranhamente sucinta. Heather conhecia a Wikipédia bem o bastante para saber que qualquer coisa que envolvesse assassinatos terríveis tendia a ter parágrafos e mais parágrafos com detalhes muito bem-pesquisados, mas havia muito pouco ali. Com os lábios apertados em uma linha fina de repulsa, ela examinou o que estava escrito. Michael Reave era conhecido por deixar flores em suas vítimas e às vezes plantá-las nos ferimentos — Heather desviou o olhar por um instante, tentando não imaginar a cena — ou por, ocasionalmente, trançar as flores nos cabelos ou dispô-las na boca das mulheres. O nome "Lobo Vermelho" era um apelido que aparentemente ele tinha dado a si mesmo. O assassino deixara em um corpo um bilhete que dizia simplesmente: "O Lobo Vermelho caça".

Heather clicou para voltar à página de pesquisa. Abaixo da guia de imagens, havia fotos de algumas de suas vítimas. Eram principalmente mulheres jovens, com cortes de cabelo antiquados, que as haviam congelado no tempo como moscas presas no âmbar. As imagens para sempre as ligariam ao homem que as matara.

A casa estava muito quieta. Heather ficou sentada, pensando na mãe naquela cozinha, provavelmente sentada àquela mesa, escrevendo cartas e mais cartas para um homem que havia massacrado mulheres. Com sua filha em outro cômodo vendo televisão e o marido no trabalho, ela escrevia cartas para um assassino.

Ela pensou na mãe sentada à mesa da cozinha, escrevendo uma carta de suicídio.

Monstros na floresta.

Enjoada, Heather pegou o celular e levou o polegar ao número de Nikki. Estava com frio e, de certa maneira, sentia-se perdida, mas também não pôde deixar de notar certa tensão dentro de si, uma espécie de excitação delirante estranhamente familiar, um pouco como a sensação que tinha quando uma reportagem importante caía em seu colo. Mordendo o lábio, ela ligou para a amiga. Quando a voz surgiu na linha, ela teve uma dificuldade repentina de dizer qualquer coisa, mas se forçou a falar:

— Nikki, posso ir aí? Preciso conversar com alguém.

Finalmente deixando de lado a correção das provas, Fiona sorriu para a pequena pilha de cartões e presentes em sua mesa. As melhores alunas estavam estudando questões de provas antigas, e ela estava quase convencida de que o interesse repentino em seu aniversário era uma forma de puxar seu saco, mas havia coisas piores que podiam ser encontradas em sua mesa no fim do dia — muitos professores tinham histórias horríveis em relação àquilo. Além disso, Fiona estava disposta a ser generosa e a perdoar um pouco da óbvia puxação de saco. Tinha tanto interesse em ler textos sobre "Oportunidades para ser saudável e os efeitos de se levar uma vida ativa" quanto elas tinham em escrevê-los.

Ao seu lado, o aquecedor ligou, e ela arrastou a cadeira um pouco mais para perto. Sem dúvida em casa estaria mais aquecida e seu gato ficaria chateado com a demora, mas as meninas ficariam desapontadas se não vissem todos os cartões abertos na mesa dela pela manhã.

Ela começou a tirá-los da pilha, sorrindo levemente para o "Feliz Aniversário, srta. Graham" e "Tenha um ótimo dia, minha ruiva!!!". Para uma professora, ter qualquer característica distintiva pode ser desastroso — uma verruga no rosto, uma falha na dicção, sobrancelhas espessas —, mas Fiona sentia que não havia sofrido muito por causa dos cabelos ruivos. Já tivera alguns apelidos menos lisonjeiros, como "perereca de fogo", um presente de um grupo especialmente sem graça de estudantes do oitavo ano, mas as alunas mais velhas consideravam aquilo uma característica a ser admirada. O que não era surpresa nenhuma, já que todas tinham o hábito de tingir o cabelo de uma cor diferente a cada semana.

Os presentes eram simples: caixinhas de chocolates, um conjunto de protetores labiais saborizados. Uma garota, Sarah, para sua surpresa, lhe dera um vale-presente de uma rede de farmácias.

— Quando eu era criança, os professores tinham sorte se ganhavam uma maçã — murmurou ela para a sala de aula vazia.

Um dos presentes não tinha etiqueta nem estava preso a nenhum dos cartões. O papel do embrulho era curioso: tinha uma estampa ligeiramente antiquada, como o papel com aroma de lavanda que cobria o guarda-roupa de sua avó, e havia duas flores rosa murchas dispostas em cima dele.

Franzindo ligeiramente a testa, ela desembrulhou o pacote e encontrou um grande seixo liso. A pedra estava gelada e a fez pensar no litoral. Alguém, de forma pouco hábil, havia riscado um coração em um dos lados.

— Hum...

Fiona franziu ainda mais a testa, tentando pensar em quem poderia ter feito algo como aquilo. Era comum que professores tivessem o ocasional aluno artístico, que tomava para si o papel de fazer algo chocante ou diferente. Mas, sinceramente, pouquíssimos deles acabavam sendo muito bons em Educação Física. Todos estavam ou nas aulas de Arte ou de Teatro.

No fim, ela alinhou os cartões na frente de sua mesa e colocou a pedra ao lado deles, com o lado desenhado voltado para as carteiras. Depois, foi para casa.

7

Antes

O homem levou o menino para casa, embora não fosse uma casa no sentido que ele conhecia. Era um lugar enorme e amplo, com pisos brilhantes e móveis antigos, escuros e brilhantes por causa da cera. Era um lugar limpo, frio e silencioso, sem marcas nas paredes nem talheres sujos espalhados. O grande cachorro preto trotou animado pelo chão de madeira e despedaçou o silêncio com suas unhas. O homem entrou atrás dos dois, tirou o chapéu e o pendurou em um cabideiro.

— Você pode ficar aqui agora, Michael. É Michael, não é?

O menino não respondeu. Ele observava o cachorro, que havia passado em frente a um espelho alto preso à parede, e por alguns segundos vira dois cachorros pretos, de olhos cor de âmbar, como fogo. O menino seguiu o animal e viu outra criatura no espelho — uma figura suja e esquálida com uma cabeleira preta, uma coisa escura manchada de sujeira. De repente, sentiu o próprio cheiro e a ideia de sujar aquele lugar limpo forçou um ruído de angústia a sair de sua garganta. Sua pele estava quente e irritada.

— *Não. Unh...*

— Venha. Vou preparar um banho para você.

O homem se aproximou dele, olhou para baixo e, pela primeira vez, o menino viu que havia algo de errado com um de seus olhos — o branco era um pouco branco demais e o castanho de sua íris, liso demais.

— Você vai se sentir melhor, rapaz.

O homem o deixou sozinho no banheiro com uma banheira cheia de água quente e sabão. Ele a circundou por um tempo, angustiado pela louça branca escorregadia e todo aquele espaço vazio. A luz amarela e nítida que entrava pela janela fosca o fazia se sentir exposto. Ele não se olhou no espelho sobre a pia. Por fim, depois de procurar ruídos atrás da porta por um tempo, tirou a camisa e os shorts encharcados — jogados em uma pilha no chão, não se pareciam nada com roupas — e mergulhou na banheira, bufando um pouco à medida que a água quente subia lentamente por seu peito. Ficou ali até a água esfriar completamente e uma película grossa e amarronzada cobrir as laterais da banheira.

Depois, sentou-se a uma mesa comprida com pijamas que eram um pouco grandes demais, enquanto o homem servia pratos de comida à sua frente. Pão branco macio e bacon rosado e crocante nas pontas; um quadradinho de manteiga amarela, um pote de picles, meio vazio e cheio de sombras misteriosas e turvas. Um copo grande de leite.

— Quando estou fora, a mulher que limpa a casa traz o filho para cá — explicou o homem. — Ele tem mais ou menos a mesma idade que você, eu diria, mas tem um pouco mais de carne nos ossos. Não acho que ele vá sentir falta de um pijama, não é? — A voz do homem era acolhedora e suave, despreocupada. O menino pensou em como ele havia sorrido no gramado, sorrido para o corpo destroçado de sua mãe. — Você pode comer, rapaz. É seguro.

Era seguro mesmo? O menino não tinha certeza. Hesitante, ele pegou o copo de leite, mas não o ergueu. A comida era uma provocação, um castigo, um mito.

— Como você ficou com essas cicatrizes no pescoço, Michael? E as marcas nos pulsos?

O menino olhou para ele. O homem ainda sorria, mas a luz das grandes janelas convergia para seu olho falso, tornando-o uma peça plana de vidro opaco. Ouviu um barulho de unhas contra a madeira polida e percebeu que o grande cachorro preto estava atrás dele de novo.

— Em toda cidade há sempre uma família sobre a qual todo mundo fala — continuou o homem. Ele parecia estar se divertindo. — Sei disso melhor do que ninguém. Uma família que guarda segredos, que não se mistura. Rumores e boatos crescem a partir dessas famílias como hera em uma casa e, na maioria das vezes, as histórias são apenas fofocas desagradáveis, um monte de bobagens cruéis de velhas com tempo demais sobrando. Mas, às vezes, as histórias são verdadeiras, não é, Michael? Outra coisa sobre a qual também sei um pouco. — Ele inspirou lentamente pelas narinas. — Você está seguro agora, rapaz.

— Não posso ficar aqui. — Era a primeira frase completa que ele dizia em meses, e as palavras pareceram estranhas em sua boca, alienígenas. — Eles vão vir atrás de mim.

Ele não disse quem.

O sorriso do homem se alargou.

— Só faça o que eu pedir, rapaz.

— Eles vão vir.

Três dias inteiros passaram antes que eles chegassem.

Naquele meio-tempo, Michael havia tomado outros quatro banhos — o cheiro da prisão do armário parecia estar entranhado nele — e dormido em um quarto antiquado com grandes janelas, preenchidas por um céu branco de outono. À noite, ele mantinha a luz ligada e se levantava da cama várias vezes para garantir que a porta não estivesse trancada. Não conseguia mantê-la aberta porque podia ver um pedaço da escada. Durante o dia, tinha permissão para andar pela casa, e seus pés se moviam silenciosamente por costume. Ele rapidamente percebeu que o homem vivia sozinho ali, a não ser pelo cachorro, e que os cômodos pareciam infinitos. Alguns viviam trancados, o que lhe dava uma sensação ruim na boca do estômago, mas Michael lhes dava as costas e ia para outro lugar. Às vezes, pegava o grande cachorro preto olhando para ele, uma forma indefinida no topo ou ao pé da escada, e o chamava, mas o cachorro não fazia nada além de abrir um sorriso molhado para ele.

Quando chegaram, Michael estava no quarto onde dormia, com as mãos cheias com as cartas de um baralho que o homem lhe dera. Um barulho de botas contra o cascalho soou e *ele soube*, soube imediatamente quem era. Por alguns segundos perigosos, suas pálpebras piscaram e seus dedos ficaram dormentes: de repente, sentiu que ia desmaiar. Mas o latido agudo do cachorro em algum lugar da casa foi como uma bofetada e, em vez disso, ele correu até a janela. A campainha tocou.

Seu pai, um homem de pernas arqueadas e cabelos pretos ralos estava parado em frente à varanda, mas sozinho. Nenhum casaco vermelho contrastava com o cascalho, nenhum dedo branco afiado. A irmã dele não estava ali. Michael se apoiou pesadamente no peitoril, aliviado demais para pensar ou para se mover, apesar de saber que, se seu pai o visse à janela, ele morreria. E então seu pai desapareceu e uma porta bateu.

Alguns gritos soaram. Michael pensou no corpo da mãe. Eles o haviam deixado na grama viva, e ele imaginou os olhos da mãe se enchendo com a água da chuva e lesmas traçando uma delicada dança em seu vestido amarelo. Por fim, percebeu que as vozes tinham ficado mais baixas e, sem pensar muito no que estava fazendo, esgueirou-se até a escada e espiou através da balaustrada. Lá estava o homem, com as mãos unidas às costas como se admirasse uma pintura, e lá estava seu pai. Ele usava um macacão impermeável azul sujo e parecia estranhamente pequeno.

Fragmentos de conversa subiram a escada em sua direção. *Você sabe tão bem quanto eu*, e *uma coisa sórdida*, e *é melhor deixar quieto*.

Michael pensou em outras palavras: *fera, fera imunda, animal*, mas, quando ergueu os olhos, viu que o cachorro estava ali, olhando para ele.

Por fim, a porta bateu novamente e, quando ele olhou para trás, seu pai havia sumido. O homem falou sem se mover, sabendo de alguma forma que Michael ouviria:

— Você não tem nada com que se preocupar agora, lobinho.

Quando entrou na sala de estar de Nikki, Heather ficou satisfeita ao ver várias estantes repletas de livros e uma televisão tão grande que dominava a parede. A decoração era suave, agradável e claramente escolhida por alguém sem muito interesse por decoração de interiores. Heather parou perto de um pequeno armário, sorrindo.

— Eu me lembro disso na casa da sua mãe. É genético ou alguma coisa assim?

Nikki fez uma careta. O armário continha uma pequena coleção de figurinhas de cerâmica em tons pastéis, que incluíam cisnes, pastores, leiteiras e mulheres com vestidos de babados.

— Não. Minha mãe me dá uma nova todo ano no meu aniversário e no Natal. Não sei o que fazer com elas. Quer uma xícara de chá?

— Pode ser. — Ela seguiu Nikki até a longa cozinha nos fundos da casa, que cheirava agradavelmente ao tempero de algum jantar recente. — Como foi na escola?

— Tudo bem, os dramas de sempre. — Ela despejou água quente sobres os saquinhos de chá e o vapor perfumado tomou a cozinha. — Você está bem? Parecia estranha ao telefone.

Heather abriu a bolsa e tirou a lata de biscoitos. Agora que sabia o que a lata continha, ela parecia mais pesada, como se estivesse carregando uma cabeça decepada em vez de um monte de cartas. Ela abriu a tampa e logo olhou para a caligrafia irregular com medo.

— Encontrei estas cartas no sótão da casa da minha mãe, embaixo de uma pilha de discos antigos.

— Cartas? Que tipo de cartas?

— Bom, eu... Eu acho melhor você mesma ver.

Nikki pegou o pacote e começou a ler. Heather observou o rosto dela. Quando as sobrancelhas de Nikki se ergueram, demonstrando confusão, Heather se levantou e terminou de fazer o chá. Quando voltou para onde Nikki estava, perto da bancada, sua amiga segurava o papel como se ele fosse mordê-la.

— Isso é o que eu acho que é?

Heather deu uma risada baixinha, embora não estivesse achando nenhuma graça.

— Pois é, né? Posso ter perdido o contato com a minha mãe nos últimos anos, mas isso? É meio chocante.

— Michael Reave. O Lobo Vermelho. — Nikki balançava a cabeça levemente, como se tentasse clarear a mente. — Heather, você não viu o jornal?

— Não? Como assim?

Heather piscou. Normalmente ela sabia de todas as notícias — já que, por mais ridículo que fosse, ainda gostava de referir a si mesma como jornalista e considerava parte de seu trabalho se manter atualizada —, mas percebeu agora que, nos últimos dias, vinha tentando evitar o mundo. Ficava ouvindo os CDs antigos da mãe, assistindo a filmes antigos... Era mais fácil, já que não tinha internet em casa.

Nikki largou as cartas e foi até a sala. Voltou com um jornal e o estendeu para que Heather lesse. A manchete dizia: "LOBO VERMELHO ATACA DE DENTRO DA PRISÃO", enquanto o subtítulo abaixo declarava: "Polícia suspeita que um imitador esteja à solta".

Sentindo-se estranhamente leve, como se sua cabeça pudesse flutuar até o teto a qualquer momento, Heather continuou lendo.

— Você está de sacanagem comigo? — disse, por fim.

Enquanto isso, Nikki tinha pegado o notebook e começado a ler rapidamente o mesmo artigo da Wikipédia que Heather havia lido. Seus olhos se arregalaram.

— Hev, esse cara era um monstro. Ele organizava as partes dos corpos das coitadas das mulheres de um jeito todo elaborado, entrelaçadas com plantas e… Puta merda, tenho certeza de que vi um episódio de CSI baseado nele. Partes desses corpos nunca foram encontradas. Ainda acham que há vítimas desconhecidas. Hev, sua mãe sabia? Ela sabia o que ele fazia antes de ser preso? Você acha que isso pode ter alguma coisa a ver com o…?

Heather balançou a cabeça.

— Não li todas as cartas, mas as que li não falavam de nenhuma morte. Mas, bom, como é que eu vou saber? Será que eu conhecia mesmo minha mãe? Este homem, que está cumprindo prisão perpétua por cortar mulheres em pedaços, aparentemente conhece um lado totalmente diferente da minha mãe, que eu nunca vi. — Heather pegou a caneca de chá quente e a colocou de volta sobre a mesa. — Ela deve ter conhecido o cara enquanto ele estava matando essas mulheres, mas será que sabia o que ele estava fazendo? Não faço ideia. Além disso, não tenho nenhuma das cartas dela. Vai saber o que ela perguntava para ele. Quer dizer, será que ele sabia que ela tinha uma família? Um marido? Meu pai sabia o que ela fazia? — Ela riu baixinho, voltando a se sentir enjoada de repente. — É como se ela tivesse se tornando uma estranha.

— Heather, não sei nem o que dizer.

— E tem o bilhete que ela deixou. *Para vocês dois. Os monstros na floresta.* Quer dizer, eu achava que isso já era estranho o suficiente antes de encontrar as cartas. Agora então…

Um segundo de silêncio se fez. Heather ouviu o tique-taque de um relógio no corredor. Ela balançou a cabeça. Contar para Nikki tinha tornado tudo ainda mais inacreditável.

— E ele está no noticiário *agora*? O que aconteceu?

Nikki abriu um site de notícias famoso no notebook e mostrou para Heather.

— Uma idosa encontrou o corpo em um campo em Lancashire, ou pelo menos a maior parte do corpo. Ele tinha sido esquartejado e colocado dentro de uma árvore. É exatamente o que o Lobo Vermelho fazia, só que o Lobo Vermelho está preso há décadas. — Nikki fez uma pausa, seus lábios pressionados formavam uma linha fina. — E não foi o primeiro. Lembra daquela moça que sumiu de Manchester há algumas semanas? Todo mundo estava procurando por ela.

Heather sentiu o corpo gelado.

— Sharon Barlow. Eles a encontraram perto de um rio, não foi? Eu me lembro...

Só que o pior era que ela não se lembrava de muita coisa. Assim que as buscas tinham sido encerradas, a atenção da imprensa se dissipara e Sharon Barlow se tornara mais uma mulher perdida para um monstro desconhecido.

— A polícia acha que foi a mesma pessoa.

— Deve haver coisas que não contaram aos jornalistas, coisas que ligam os dois casos. — Heather pensou em seus dias no jornal, farejando cada pequeno detalhe que a polícia deixava escapar. — Meu Deus, tenho medo até de pensar. — Ela tirou os olhos do notebook e tentou não imaginar o que havia acontecido com Sharon Barlow. — Então o que é isso? Uma homenagem a ele?

— Ele sempre disse que era inocente — lembrou Nikki. — Mesmo depois de todos esses anos, ele ainda diz que não foi ele. E se tivessem pegado o homem errado e... sua mãe soubesse disso?

Heather pegou a caneca de chá quente e tentou encontrar algum conforto na familiaridade do gesto. Um novo serial killer à solta ou um erro judiciário. Será que aquele homem, que conhecia um lado de sua mãe completamente invisível para Heather, também sabia por que ela havia se matado? Seja como for, eram perguntas para as quais ela queria respostas, desesperadamente.

— Hev — disse Nikki, por fim. — Hev, você precisa levar essas cartas para a polícia. Pode haver coisas úteis para eles. Olha, tem um número de telefone aqui para qualquer pessoa que queira passar informações.

Heather assentiu devagar. Pensou no homem da foto policial e se perguntou como ele estaria.

— Nikki, você acha que me deixariam falar com ele? — perguntou.

— O quê?

— Esse homem sabe mais sobre minha mãe do que qualquer pessoa no mundo. Meu Deus do céu, talvez eles se falassem por telefone, Nikki! Ela podia estar visitando o cara, e eu não teria ficado sabendo. Tenho certeza de que, se alguém sabe por que ela se matou, esse alguém é ele. Talvez fosse isso que ela queria dizer na carta. Quero falar com ele.

Nikki colocou as mãos espalmadas na bancada e suspirou.

— Não sei. Não sei mesmo. Duvido que deixem uma pessoa qualquer aparecer e falar com esse tipo gente.

— Bom, eu não sou uma pessoa qualquer, sou? — Heather pegou a tampa de lata de biscoitos e a girou várias vezes. Ainda estava enjoada, mas o enjoo se misturara a uma animação enorme em seu peito. Podia haver respostas ali. — Ao que parece, sou a única filha da única amiga dele em todo o mundo. Nikki, eu preciso saber. Tenho que descobrir o que aconteceu com minha mãe.

— Hev. — Nikki olhou nos olhos dela, e Heather voltou a ver a expressão de compaixão que achava tão difícil de encarar. — Às vezes, não há respostas. Às vezes, coisas horríveis simplesmente acontecem. Tudo o que quero dizer é... não crie muita expectativa, está bem?

Heather voltou para casa naquela noite meio em transe. Ela havia ligado para a polícia do telefone de Nikki e falado com um homem que se apresentara como inspetor Ben Parker. A princípio, ele parecera impaciente, até incomodado, mas, quando ela contou os detalhes do que sua mãe havia escondido no sótão, a voz dele ganhou um tom calmo e pensativo. Ela havia fotografado algumas das cartas e enviado a ele, certificando-se de incluir aquelas que haviam sido recebidas antes de Reave ser preso, e ele agradeceu pela ajuda. Quando perguntou se poderia ir à prisão conhecer Reave, ele rejeitou a sugestão imediatamente, embora de maneira educada. Parada na porta da casa da mãe, lutando com chaves desconhecidas, Heather estremeceu e olhou inquieta para as árvores altas que surgiam por todos os lados.

— Como se a situação já não fosse assustadora o bastante.

Entre o corredor e a sala de estar, ela parou e sentiu o frio dominar seu coração. O perfume de sua mãe pairava no ar, forte e inconfundível: violetas e lírio-do-vale, estranho e doce — o mesmo cheiro de quando ela derrubara o frasco no quarto de sua mãe. Todo Natal, o pai comprava para ela um novo frasco e, depois que ele havia morrido, ela comprava um para si mesma. Era o único perfume que ela usava, apesar de ter cheiro de velha.

Heather entrou na sala de estar, farejando o perfume, mas o cheiro sumiu de forma tão abrupta quanto havia surgido.

Talvez eu esteja tendo um derrame, pensou Heather ao jogar a bolsa no sofá. Ela estremeceu com o barulho que a lata de biscoitos fez ao se chocar com outra coisa. Suspirando, ela se sentou ao lado da bolsa e afundou nas almofadas fofas demais.

— Dizem que a gente sente cheiros estranhos quando nosso cérebro começa a morrer.

Graças à estampa colorida do sofá da mãe, ela levou alguns minutos para perceber as três penas marrons pousadas sobre o tecido macio. Três penas, pequenas e ligeiramente felpudas, com as pontas salpicadas de manchas mais escuras. Heather se levantou num pulo e olhou ao redor, embora não pudesse dizer o que estava procurando.

— Tem alguém aqui?

Ela saiu da sala de estar e rapidamente vasculhou a casa, enfiando a cabeça na cozinha, no banheiro do primeiro andar e na área de serviço — nada. No segundo andar, foi a mesma história: cada um dos cômodos descansava em uma pequena poça de silêncio, sem nada fora do lugar. Será que ela não tinha percebido as penas antes? Não parecia muito provável. Sem a mãe para lhe dar uma bronca, ela havia comido a maior parte das refeições na sala de estar, com o prato apoiado no colo e um filme antigo na televisão. Depois de pensar um pouco mais, ela olhou a casa e verificou todas as janelas, mas elas também estavam fechadas. Parecia pouco provável que um pássaro pudesse ter entrado, soltado algumas penas no sofá e então voltado a encontrar a abertura secreta por onde passara. Por fim, ela voltou para a sala e ficou olhando para as penas.

— Isso não quer dizer nada — disse em voz alta.

A casa continuava num silêncio rompido apenas pelo leve zumbido da geladeira. Mas eram marrons. Penas marrons, com as pontas arredondadas salpicadas de preto. Ela não conseguia evitar a sensação de já ter visto aquilo antes, anos antes — e que eram exatamente as mesmas penas...

Heather balançou a cabeça. A imagem da mãe, com a cabeça destroçada e areia molhada na camisa, toda contente deixando aquelas penas para que ela encontrasse, surgiu muito nítida e clara. A mãe, ainda cheirando a violetas e lírios-do-vale apesar de estar com o cérebro escorrendo pelo pescoço, com as penas marrons presas entre os dedos quebrados.

Heather fez um pequeno ruído com a garganta. Com a cara fechada, ela voltou à cozinha para pegar um pano de prato. Então o usou para pegar as penas, jogá-las no vaso sanitário e dar descarga. Depois, lavou as mãos e acendeu todas as luzes, antes de se servir de um grande copo de limonada para acalmar o estômago.

Calma, Heather. É apenas sua imaginação e uma tarde pesquisando sobre serial killers no Google. Está tudo bem. Fantasmas não existem, dizia a si mesma.

Ela tinha acabado de começar a se convencer de que estava exagerando quando seu telefone tocou, assustando-a tanto que a fez derramar a bebida toda na camisa. Enquanto ia até a pia deixar o copo que pingava, ela apertou o botão de atender no telefone. Não era um número conhecido.

— Alô?

— Dona Evans? É o inspetor Parker de novo. — Ele pigarreou, claramente desconfortável. — Obrigado por enviar as imagens tão rápido.

— Imagina — Heather lambeu uma gota de limonada de sua mão. — Elas ajudaram em alguma coisa?

Ela e Nikki tinham passado algum tempo na internet, procurando mais informações, e uma mulher chamada Elizabeth Bunyon tinha sido citada como a última vítima do imitador do Lobo Vermelho. As duas haviam visto a mesma foto da mulher em tantos sites de notícias diferentes que Heather sentira que nunca mais esqueceria o rosto dela.

— Sim e não. Já temos as cópias de algumas delas, é claro, já que tudo o que Reave envia e recebe na prisão é monitorado.

— Foi o que imaginei — interrompeu Heather. — Pelos carimbos.

— Mas as cartas anteriores são interessantes, pelo menos. Dona Evans, acho que a chave para isso tudo não está nas cartas, e sim na reação dele a elas. Ele não sabia que sua mãe tinha morrido.

Um calafrio desceu pela nuca de Heather.

— Você contou a ele? O que ele disse?

Um instante de silêncio se fez enquanto o inspetor Parker respirava fundo.

— Muito pouco, na verdade. Michael Reave raramente diz alguma coisa, o que nos deixa frustrados já há muito tempo. Mas precisamos que ele fale, e rápido. Sei que você sabe por quê.

Na cozinha, Heather franziu a testa, se perguntando aonde aquela conversa ia chegar.

— Posso imaginar.

— Ele também não sabia sobre você, que Colleen Evans tinha uma filha. Quando seu nome veio à tona, o comportamento dele mudou. Eu... — O inspetor Parker voltou a pigarrear. — Sei que mencionamos isso antes, mas você estaria realmente disposta a ir falar com ele? Não é um pedido que fazemos de forma leviana, isso eu garanto.

Heather piscou. Era exatamente o que ela queria ao falar com Nikki, mas, agora que tinha conseguido aquela oportunidade de bandeja, sentia-se perdida.

— Ele vai falar comigo?

— Ele *quer* falar com você. — Parker soltou um pequeno grunhido sarcástico. — Você é a única pessoa com quem ele vai falar. E como eu disse, dona Evans, precisamos desesperadamente descobrir o que ele sabe sobre esses novos… incidentes. Se é que sabe de alguma coisa.

Heather olhou para a janela da cozinha e viu o próprio reflexo. Seu rosto estava pálido e seus olhos estavam perdidos em sombras escuras. Ela se pegou pensando em seu último dia no jornal e na força e na raiva que sentira antes de tudo dar errado. Aquela Heather jamais hesitaria.

— Posso ver as outras cartas? As que minha mãe mandou para ele?

Uma pausa se fez do outro lado da linha.

— … Podemos dar um jeito.

Heather assentiu para si mesma. Já era um começo.

— Quando posso ir?

9

A primeira coisa estranha foi o gato.

Normalmente, quando Fiona chegava em casa depois de um longo dia convencendo adolescentes mal-humoradas a jogar *netball*, Byron imediatamente ia se esfregar nos tornozelos dela, enroscando-se de maneira entusiasmada em seus tênis até que abrir as latas de comida de gato fosse a única opção. Mas, quando deixou a sacola de compras desabar no tapete do corredor — fazendo um repolho rebelde rolar sem querer —, o diabinho não estava em lugar algum. A casa estava em silêncio. Nenhum farfalhar vinha da caixa de areia na cozinha, e nenhuma batida denunciava que ele estava saindo dos armários da cozinha.

— Byron?

Resmungando para si mesma, Fiona levou as compras para a cozinha e acendeu as luzes enquanto caminhava. Byron era um gato doméstico, chique, caro e, sejamos sinceros, burro demais para sair sem supervisão, mas ele às vezes encontrava um novo esconderijo na casa e desaparecia por horas. Uma vez ele conseguira se enfiar em uma mala aberta embaixo da cama de Fiona. No entanto, ele não costumava fazer arte na hora do jantar.

Fiona começou a mexer nos armários, fazendo mais barulho do que o necessário para remover uma lata de frango desfiado e despejá-la em uma tigela de plástico. Normalmente, aqueles ruídos tiravam Byron do esconderijo na velocidade da luz, mas a casa permaneceu em silêncio. Ela colocou a tigela de plástico no chão e esperou. Nada.

— Byron? Seu pestinha.

Naquele momento, ela pensou na janela escangalhada que pretendia ter consertado nas semanas anteriores. Ele não conseguiria ter saído por lá, mas e se tivesse saído? Afastando a ideia da cabeça, Fiona subiu a escada. Era melhor verificar em todos os lugares antes de começar a entrar em pânico.

A segunda coisa foi o cheiro. Ela o sentiu na escada, um odor selvagem e desconcertante, como o das jaulas de um zoológico. Fiona franziu a testa ao chegar ao segundo andar, pensando que talvez Byron estivesse doente e tivesse vomitado em algum lugar — embora o cheio de vômito de gato não costumasse ser assim tão forte.

— Byron, seu pestinha, você está bem? Essa comida é cara, sabe. Eu preferiria que você não vomitasse tudo...

As palavras se interromperam do nada, devoradas pelo silêncio e pelo fedor.

— Byron?

Ela parou na porta do quarto. Um mal-estar cresceu em seu estômago ao ver as sombras profundas da noite. O cheiro estava pior ali. Era fácil imaginar que coisas terríveis esperavam por ela na escuridão — Byron morto na cama, o cérebro do gatinho superaquecido e os pelos cobertos de vômito. Ou outra coisa, algo pior. Uma figura no escuro, talvez, a observando.

Abruptamente irritada consigo mesma, Fiona acendeu o interruptor e viu, com grande alívio, o grande quarto bagunçado se revelar: as portas dos armários meio escondidas por roupas penduradas, a enorme cama grande demais para ela coberta de almofadas e a mesa de cabeceira com sua pilha de romances marcados com orelhas. Ela foi até a cama, se sentou e puxou os cadarços dos tênis.

— Você deve ter encontrado um rato — disse ela em voz alta. — Você o matou, fez uma bagunça e agora está se sentindo culpado demais para me encarar. Isso explicaria o fedor.

Livre dos tênis, ela se abaixou para pegá-los — bem a tempo de ver uma mão sair de baixo da cama e segurar seu tornozelo.

O susto e o choque foram como um golpe de martelo em todo o seu corpo. Fiona soltou um barulho estranho — o terror pareceu sugar o ar de seus pulmões por um instante — e ela tentou dar um pulo para se livrar, mas a mão em seu tornozelo a segurou com força e a puxou para trás, fazendo com que ela perdesse o equilíbrio e caísse no chão. Fiona caiu e bateu primeiro o queixo, que foi ligeiramente amortecido pelo carpete grosso. Quando abriu a boca para gritar, sentiu um grande peso na parte de trás das pernas. Quem quer que estivesse se escondendo embaixo da cama estava saindo, rastejando para cima dela rapidamente. Fiona resistiu e, com toda a sua força, tentou se soltar, mas ele era maior do que ela, mais forte. Ela se virou, vislumbrou um rosto escondido em uma máscara de lã preta e então sofreu outro golpe na cabeça, que deixou seus olhos escuros e embaçados.

— *Não*, não, não...

Ela ergueu os braços e bateu no homem várias vezes, horrorizada com a estranha fraqueza em seus ombros. O susto havia sugado toda a força dela, e ele a empurrou de volta para o tapete e usou seu peso para imobilizá-la. Por um instante estranho e elástico, Fiona se lembrou de quando guardava os bancos com as alunas de sexto ano: elas os guardavam em equipes de três, mas Fiona conseguia levantar um sozinha por ser forte, muito forte apesar da altura. É o que todo mundo dizia, todo mundo dizia... Em mais uma onda de horror e vergonha, ela percebeu que tinha urinado nas calças.

— SAIA de cima de mim!

Ela finalmente acertou um golpe que empurrou o rosto do homem para trás e para longe, mas ele voltou a atacá-la e a mordeu, cravando os dentes na carne da mão de Fiona como se fosse um cão raivoso. O fedor, que não havia se dissipado coisa nenhuma, aumentou a ponto de parecer que podia travar a respiração dela.

— Me solta, socorro, *socorro*...

Fiona se contorceu freneticamente e sentiu os pulsos e a parte de baixo das costas queimando por roçarem contra o tecido do tapete. Se conseguisse se livrar do homem e descer a escada, talvez houvesse alguém na rua. Sua mão sangrava e seu coração estava quase saindo pela boca. Ele voltou a atacar e ela percebeu que ele tinha um pano branco na mão enluvada que forçou no rosto dela. Uma série de cheiros se misturaram, fazendo agulhadas de dor penetrarem seus olhos.

— Escute — disse ele, baixinho, como se os dois estivessem conversando em uma biblioteca. Ele levou o rosto para perto do ouvido dela. — Escute. Vim te levar para casa.

Mais tarde, quando os dois humanos já haviam ido embora, Byron, com a barriga quase tocando o chão, rastejou para fora do armário de sapatos. A casa ainda fedia com o cheiro que o havia assustado, por isso ele desceu a escada e seguiu para a porta da frente, que cheirava apenas a sangue.

10

— Tem certeza de que quer fazer isso? Ainda dá para desistir.
 — Tenho. Certeza absoluta — disse Heather imediatamente.

Se ela tinha sido capaz de sair da cama mesmo com uma nuvem de mau pressentimento pairando sobre ela, se tinha sido capaz de se arrumar para ir até ali, de percorrer todo o caminho até aquela prisão e aquela saleta anônima sem titubear, então certamente não ia mais desistir.

O inspetor Ben Parker olhou para ela com uma expressão séria, como se tentasse identificar suas dúvidas. Ele era forte e baixinho (cerca de dois centímetros mais alto do que ela), tinha cabelo louro-escuro e olhos castanhos — não fazia o tipo dela, mas tinha certo ar de desleixo ligeiramente cativante: o nó da gravata estava meio torto e ele parecia ter tentado arrumar o cabelo, mas desistido por ter outras coisas para fazer.

— Você tem alguma dica para me dar? Existe alguma regra? Devo evitar fazer contato visual ou alguma coisa assim?

— Ele é um serial killer, não o Tom Cruise. Não somos monstros. — Ele abriu um sorriso que pareceu evidenciar mais sobrancelhas do que dentes. — Só não se esqueça de que você pode sair a qualquer momento. Ele não tem como te pegar e você não está sozinha. E, sabe, veja se consegue fazê-lo falar. Mas não o provoque. Não o conduza deliberadamente para conversas com as quais você não vai saber lidar. E se eu disser para você sair da sala, saia imediatamente.

— Certo. Ótimo. Mais alguma coisa?

— Você vai ficar bem. Se você estiver pronta...

Heather apenas assentiu, sabendo que, se abrisse a boca, diria algo sarcástico. O inspetor Parker a conduziu a uma pequena sala com paredes amarelo pastel. Lá dentro, havia dois guardas penitenciários corpulentos que a observavam com interesse. E, sentado a uma grande mesa cinza, estava o folclórico Lobo Vermelho. Michael Reave.

Ela havia se preparado para considerá-lo patético, menor ao vivo e de alguma forma digno de pena — ou ao menos torcera para sentir isso. Mas, em carne e osso, ele parecia ainda mais vivaz e ameaçador. Era alto e tinha os ombros largos, o cabelo preto era salpicado de fios grisalhos, mas ainda espesso, e, embora fosse pálido, ele parecia bastante saudável. Usava uma camiseta branca simples e calças de moletom pretas — meias, mas não sapatos — e tinha um par de algemas nos pulsos.

— Michael, trouxemos uma visita.

Reave olhava para a mesa e, ao levantar a cabeça, Heather teve a estranha sensação de que ele estava se preparando para alguma coisa. E, de fato, quando fizeram contato visual, uma emoção que ela não conseguiu identificar passou pelo rosto barbado do homem. Ela o viu piscar várias vezes enquanto se sentava em frente a ele. O inspetor Parker parou ao lado dela com os braços cruzados. Sobre a mesa, havia uma pequena caixa preta que ela supôs ser algum tipo de dispositivo de gravação.

— Seu Reave, obrigado por falar comigo hoje.

Ela havia trazido um envelope com cópias das cartas, que pôs sobre a mesa.

— Você é filha da Colleen. — Não foi uma pergunta. Ele falava com um sotaque suave do norte que normalmente ela teria achado atraente. — Ela teve uma menininha.

— Teve. Meu nome é Heather, seu Reave, e minha mãe...

Ele estremeceu, como se ela o tivesse golpeado.

— Michael. Pode me chamar de Michael.

Por razões que Heather não soube identificar, os cabelos de sua nuca se arrepiaram e ela se viu olhando para as mãos dele — mãos grandes e poderosas, com cicatrizes nos nós dos dedos. Apesar de toda a sua bravata e a certeza de que iria tirar aquilo de letra como uma grande jornalista, a ideia de ter tanta intimidade com um serial killer havia transformado seu sangue em gelo, e ela não conseguiu pensar em nada para dizer. Estranhamente, foi Michael Reave que a salvou.

— Sinto muito, moça — disse. — Fiquei muito triste em saber sobre a sua mãe.

Heather assentiu e contemplou a estranheza de receber condolências de um assassino em série. Tudo parecia estranho demais para ser verdade: o corpo de sua mãe esmagado contra pedras, décadas de correspondência com um assassino condenado... Aquela pequena sala amarela e o homem sentado nela. Ela pigarreou e se remexeu na cadeira, tentando ignorar a vontade de estremecer.

— Obrigada — respondeu. — Não a vi muito nos últimos anos, mas foi um pouco chocante. — Ela sabia que o inspetor Parker não tinha contado a Reave como sua mãe havia morrido. O policial acreditava que ouvir aquilo de Heather podia provocar algum tipo de reação. — Ela se matou.

Michael Reave assentiu lentamente, sem desviar o olhar. Nem um único traço de surpresa surgiu em seu rosto e, de repente, Heather ficou feliz por ter tido coragem de enfrentá-lo. Ele *tinha* que estar ligado àquilo tudo. Havia respostas a serem descobertas.

— O senhor não parece chocado. — Quando ele não respondeu, ela continuou: — Ela disse que pretendia fazer algo assim? Nas cartas?

— Não, moça. — Os olhos de Reave estavam fixos, seu olhar não deixava o rosto de Heather. — Mas a vida é difícil e algumas pessoas acabam... despedaçadas por causa dela.

— *Despedaçada* é uma palavra interessante. — Heather sentiu o inspetor Parker se mexer atrás dela. — Seu Reave, o senhor sabe alguma coisa do motivo por que ela se matou? A julgar pelas cartas, o senhor a conhecia muito bem.

A ideia de que ele talvez soubesse a resposta, de que talvez tivesse como tornar a morte de sua mãe clara e, de alguma forma, compreensível, e mesmo assim pudesse optar por ocultar a informação... era insuportável. Ela respirou lentamente e se concentrou no que estava à sua frente. O que foi mesmo que sua editora, Diane, tinha dito, anos antes, quando ela era assistente no jornal, pegando cafés e anotando pedidos de almoço? *Olhos e ouvidos sempre abertos, Heather. Essa é a parte mais importante do seu trabalho.*

Michael Reave inclinou ligeiramente a cabeça para o lado e olhou para ela com algo que parecia pena.

— Você é filha dela. Acho que sabe mais do que eu o que estava se passando pela cabeça da sua mãe.

Heather assentiu lentamente, concordando.

— Faz sentido. Só que é difícil perder alguém desse jeito. Fica um monte de perguntas sem resposta pairando sobre a gente. Talvez seja o tipo de morte mais difícil de todas.

Michael Reave não disse nada. Seus olhos, notou ela, eram de um verde escuro profundo, da cor de pinheiros contra a neve.

— Por que minha mãe escrevia para você?

— Ela era minha amiga. Uma grande amiga.

— Vocês se conheciam havia muito tempo?

Ele deu de ombros.

— Acho que sim.

— Eu não fazia ideia. — Heather se forçou a abrir um sorriso, embora tenha parecido estranho e pequeno em seus lábios. — Tanto tempo se correspondendo e ela nunca mencionou nada para mim. Talvez o senhor possa me ajudar a entender isso.

— Todo mundo tem segredos, moça. — Ele ainda olhava para ela, analisava-a de tão perto que a pele de Heather tinha começado a formigar. — Acho que é difícil os filhos entenderem, mas, às vezes, até os pais escondem coisas. Sua mãe tinha uma vida antes de você nascer, Heather.

Seu nome nos lábios dele pareceu uma ameaça. Heather olhou para as próprias mãos, desesperada para se remover do foco da conversa.

— Minha mãe era sua confidente, então? Era esse tipo de amiga? Sabe, a mãe que eu conheci nunca se interessou por crimes e nem assassinatos. Ela nem assistia ao noticiário porque era deprimente demais. Então por que ela conversava com você?

— Ela era minha amiga. Uma velha amiga. E não tenho mais ninguém para conversar aqui, moça.

— Não sei se acredito nisso. — Uma expressão de surpresa passou brevemente pelo rosto dele, e ela sentiu que tinha conquistado uma pequena vitória. — Não agora que seu nome voltou ao noticiário. Com certeza muitas pessoas querem falar com você sobre os assassinatos que estão acontecendo no norte.

Ele abriu um leve sorriso e puxou suavemente a corrente entre as algemas, de modo que elas tilintassem.

— Não sei nada sobre isso. Como poderia saber? Estou nesta prisão desde antes de você nascer, eu imagino. Quantos anos você tem? Todo mundo parece jovem para mim agora. — Ele indicou o inspetor Parker com a cabeça. — Igual àquele ali. Ainda nem começou a fazer a barba direito e já está aí, me olhando feio.

— Quando eu começar, com certeza vou te pedir umas dicas — respondeu Parker, seco.

— Está bem, então.

Heather se inclinou para frente e voltou a chamar a atenção de Reave. Ele abriu um leve sorriso, e ela teve que suprimir um arrepio. Havia algo na maneira como ele a olhava, como um pássaro que avista algo brilhante na grama. Ele estava feliz com ela, e Heather não sabia por quê.

— E quanto ao seu passado? Você pode me falar sobre os assassinatos, então?

Ele se recostou na cadeira e esticou os braços para a frente.

— Posso te contar uma história?

Heather se endireitou na cadeira. Aonde ele queria chegar?

— Fique à vontade, seu Reave.

— Michael, por favor. — Ele levou a mão à boca e escondeu sua expressão por um momento. — Era uma vez um irmão e uma irmã cuja mãe morreu e os deixou sob os cuidados de sua madrasta, que era uma bruxa, só que ninguém sabia. Ela espancava os dois e os deixava sem comer. Então, o irmão e a irmã fugiram lá para o interior, onde esperavam encontrar a própria felicidade. Mas foi uma jornada difícil e eles não pensaram em levar nada, então logo ficaram com tanta fome e sede que mal conseguiam pensar direito. Um dia, eles chegaram a um riacho e se curvaram para beber dele, mas, pouco antes disso, a garota ouviu uma voz, em meio ao correr da água, dizer: "Quem beber de mim se tornará um tigre. Quem beber de mim se tornará um tigre".

Heather piscou. A estranheza da situação e das palavras dele faziam parecer que ela estava dormindo e tendo um sonho especialmente perturbador.

— Seu Reave... Não sei...

— Isso porque a tal da bruxa tinha lançado um feitiço sobre todos os riachos. A irmã disse: "Ah, meu irmão, não beba desse riacho ou você vai se tornar um tigre e me devorar". O irmão concordou em esperar, mas, quando chegaram ao próximo riacho, ela ouviu a água de novo. Desta vez ela cantava: "Quem beber de mim se tornará um urso. Quem beber de mim se tornará um urso." Mais uma vez, a irmã disse ao irmão para não beber, e desta vez ele concordou com relutância. "Precisamos beber água logo", disse ele, "ou vamos morrer". Por fim, chegaram a um terceiro riacho largo e acolhedor, cheio de água cristalina e cintilante, e caíram de joelhos, desesperados de sede com os lábios rachados e a boca toda seca. Desta vez, a menina ouviu: "Quem beber de mim se tornará um lobo. Quem beber de mim se tornará um lobo". Ela implorou ao irmão e suplicou com lágrimas nos olhos, mas não conseguiu impedi-lo. O menino bebeu da água, tornou-se um lobo e deixou sua irmã em pedaços.

Alguns segundos de silêncio se fizeram e um dos guardas tossiu. Atrás de Heather, o inspetor Parker suspirou baixinho.

— Hum. Que história encantadora. — Heather pigarreou. — Seu Reave, vou ser sincera: contar histórias sobre garotinhas sendo devoradas não é a melhor maneira de convencer alguém da sua inocência.

Michael Reave deu uma risadinha e seu rosto se iluminou com uma alegria aparentemente genuína.

— Eu sei. A maioria das histórias antigas, as reunidas pelos Irmãos Grimm, parecem ter sido escritas por assassinos. Essa história se chamava "Irmãozinho e irmãzinha" e era uma das que sua mãe colecionava. Ela tinha um monte delas, copiadas de livros antigos ou da própria memória.

— A *minha* mãe? — Heather abriu um sorriso amarelo, sem acreditar. — De jeito nenhum. Minha mãe não gostava que eu assistisse à televisão depois das nove da noite. Todos os livros que eu tinha quando era criança eram sobre fadas das flores e seus unicórnios de estimação. Você deve estar pensando em outra pessoa.

Mas, mesmo enquanto dizia aquilo, Heather pensou na folha rasgada e amassada na penteadeira de sua mãe. E no livro, o livro velho que tirara de baixo do sofá e jogara fora.

Michael Reave balançou a cabeça lentamente, ainda sorrindo.

— Você queria que eu falasse sobre sua mãe, não queria? Ela adorava essas histórias. Na época, ela adorava o campo como eu. Só queria ficar sob o céu e caminhar pela floresta. Essas histórias eram, para ela, uma ligação com a época em que era só isso o que fazíamos. Quando, com razão, tínhamos medo da floresta e conhecíamos os ritmos do mundo. O que quero dizer é que provavelmente há muita coisa sobre sua mãe que você não sabe, moça. As pessoas são assim. Têm muitas camadas, algumas mais sombrias do que as outras. Sua mãe era muito boa em esconder as coisas. Mais do que qualquer um.

Heather percebeu que suas mãos estavam entrelaçadas sob a mesa, travadas com força suficiente para que seus dedos ficassem brancos. Com certa dificuldade, ela desentrelaçou os dedos. As lembranças do necrotério pareciam muito próximas, como se, caso virasse para a direita, fosse ver uma mesa branca e fria e o rosto branco e frio dos coveiros. Ela cerrou os punhos sob a mesa e se concentrou na leve dor que sentia ao enfiar as unhas na palma das mãos.

— O campo, isso mesmo. Nas cartas, vocês falam sobre um lugar em que moraram por um tempo, uma espécie de comunidade hippie no norte do país. Achei que esse tipo de coisa tivesse acabado nos anos 1960, mas parece que durou mais alguns anos. Foi lá que vocês se conheceram? O que você pode me falar sobre isso?

Michael Reave olhou para a mesa. Toda a animação que surgira em seu rosto enquanto falava sobre o conto de fadas sombrio parecia ter se esvaído.

— Não vejo motivo para falar disso. Essa história ficou no passado.

— Por que não? A volta das pessoas à natureza, a fuga da correria da cidade, esse tipo de coisa… Nas cartas, você chamou o lugar de Moinho do Violinista. Como era lá?

Ele virou a cabeça para olhar para a parede oposta, como se houvesse uma janela pela qual pudesse olhar para o lado de fora.

— Acho que já deu — respondeu, baixinho. — Acho que quero voltar para a minha cela agora. Cansei de conversar. — Heather piscou, surpresa com a mudança repentina de atitude. Quando o inspetor Parker tocou em seu ombro, pedindo que ela saísse, Michael Reave olhou nos olhos dela uma última vez. — Você entendeu a história, Heather? Sabe o que a irmã deveria ter feito?

Heather não respondeu.

— Ela também devia ter bebido a água — disse ele.

★ ★ ★

O inspetor Parker ofereceu uma carona para Heather, já que ia para aqueles lados também, e ela aceitou com prazer, feliz por não ter que pegar um ônibus com o céu escuro que anunciava chuva. O interior do veículo estava mais desarrumado do que ela esperava para o carro de um policial — copos vazios do McDonald's, potes vazios e algumas embalagens de chocolate amassadas — e ela viu um leve rubor dominar as bochechas dele enquanto tentava tirar uma tampa de garrafa de cima de seu assento. Foi meio fofo.

— Desculpe a bagunça — disse ele, fazendo uma careta enquanto pegavam as ruas molhadas de chuva.

— Imagina. Você devia ver a minha casa. — Heather fez uma pausa e achou tão engraçado quanto horrível o modo como a frase ficou pairando no ar entre eles. *Já estou convidando o cara para ir lá em casa. Caramba.* — Você tem uma sirene escondida aqui em algum lugar? Chegar em casa como se estivesse em uma série policial faria com que o dia não fosse um fracasso completo.

O inspetor Parker resmungou.

— Essas coisas são só para emergências, dona Evans. E, olha, vê se não fica pensando muito nisso. Você foi bem hoje.

— Fui?

Ele deu de ombros.

— Foi um começo. Eu com certeza nunca o ouvi falar tanto com alguém. Ele está interessado em falar com você e a gente espera que isso traga novas pistas. Talvez ele deixe escapar alguma coisa. Eu gostaria que você voltasse lá, se não tiver problema.

Heather olhou pela janela. As gotas de chuva tinham transformado o mundo exterior em algo indefinido, manchado de luzes vermelhas e amarelas. Apesar de ter descrito o interrogatório como um fracasso, ela tinha que admitir que havia sido fascinante: tanto por Reave e sua confiança desconcertante quanto pelos fragmentos de informação que ele dera sobre sua mãe.

— É bem interessante falar com alguém… como ele. Se o visse em um bar, não olharia duas vezes, mas dá para *sentir* que ele está escondendo algumas coisas. Coisas sobre minha mãe. — Ela olhou para Parker rapidamente, e ficou com um pouco de vergonha. — Mas olha só para mim. Participei de um interrogatório e já estou me achando a Miss Marple.

O inspetor Parker lançou um breve sorriso torto para ela.

— Enfim. Ele é assustador, inspetor Parker, mas o fato de ter conversado com a minha mãe por todos esses anos, de haver todo um lado dela que eu não conhecia, e *só depois* ela ter cometido suicídio do nada… — Ela balançou um pouco a cabeça. — E esse novo assassino. Vocês já foram até o Moinho do Violinista? Quer dizer, na época.

— O lugar foi revistado quando Reave foi preso. Quer dizer, foi analisado dentro do possível, já que é uma área grande. E o departamento criminal de Lancashire deu outra olhada lá quando percebeu a ligação dos crimes daquela época com os novos desaparecimentos. Tudo está muito diferente agora. Mal dá para imaginar que o lugar já foi uma comunidade. — Parker apertou o volante com mais força. — As informações que temos sobre o passado do Reave são muito poucas. Todo mundo que talvez conhecesse ele na infância já morreu e quase não há registros dele daquela época, sem contar que não temos nada da vida dele depois de adulto. Temos uma certidão de nascimento, a matrícula em uma escola infantil, e depois parece que ele simplesmente desapareceu da face da Terra.

Heather tensionou os lábios, tentando entender aquela informação.

— Ele tem que saber de alguma coisa. Quando você quer que eu volte?

— Dê a ele um ou dois dias para pensar, mas acho que deveria voltar o mais rápido possível.

— Você acha mesmo que isso pode ajudar? Digo, com os assassinatos de agora?

— É muito provável que Reave tenha informações essenciais. — Parker tamborilou com os polegares no volante. — Independente de quem seja essa nova pessoa, para nós, ela tem uma ligação pessoal com Reave. Os assassinatos são parecidos demais.

— Tipo *coisas que só o assassino poderia saber*?

Ele riu, fazendo barulho pelo nariz, e passou a mão pelo cabelo. De repente, Heather percebeu como estava cansado.

— Na verdade, não posso falar sobre isso, mas sim. Os crimes originais do Lobo Vermelho foram… estranhos e singulares. Michael Reave é um monstro particularmente estranho e é ótimo que ele esteja na prisão. Mas quem quer que esse cara novo seja, com certeza fez muita pesquisa. — Ele pigarreou, aparentemente percebendo que não estava sendo profissional. — Bom, Elizabeth Bunyon e Sharon Barlow não foram encontradas em Londres, claro, mas nossa maior fonte de informação até agora está em uma cela em Belmarsh. Estou mantendo contato com o departamento de crimes de Lancashire, dando toda a assistência que posso, mas…

Do lado de fora, o semáforo ficou verde e, por um instante, o carro foi preenchido pelo som de motores ronronando. O inspetor Parker aparentemente dirigia mais rápido quando estava nervoso.

— Serial killers são imprevisíveis de um jeito bem particular.

— Vocês tem certeza de que é um serial killer? Ele está pegando lembranças?

— Com o que a senhora trabalha mesmo, dona Evans?

— Hum, bom… Sou escritora.

— *Ah*.

Ela riu.

— Escrevo de tudo um pouco, sabe. Sou freelancer. Faço bastante copidesque… — Ela sorriu. — Resenhas de filmes às vezes. Ando escrevendo muitos pareceres no momento.

— Entendi. — Ele pareceu ficar pensativo, e Heather teve a impressão de que estava pensando em voz alta, quase como se ela não estivesse lá. — Ele passava muito tempo com os corpos e há certas coisas… coisas que não foram ditas à imprensa sobre os assassinatos originais do Lobo Vermelho e que sugerem fortemente que ele pretende continuar matando. — Ele pigarreou mais uma vez um pouco envergonhado. — Eu estudei psicologia criminal. Escrevi alguns artigos sobre assassinatos em série. Sobre o assassino de Green River, Shipman. De tudo um pouco, como você disse.

— Se ele está fazendo coisas que também aconteceram nos assassinatos originais, sobre as quais as pessoas nunca ficaram sabendo… *será* que é possível que tenha sido outra pessoa o tempo todo?

Por um longo segundo, Parker não disse nada. Quando falou novamente, parecia ter recuperado a confiança.

— Não. No fim das contas, as provas contra Reave eram fortes e, desde que foi preso, não tivemos mais assassinatos como estes.

— Até agora.

Ele fez uma careta.

— Até agora.

— Eu adoraria saber mais sobre isso, se você tiver tempo.

O trânsito estava mais lento, por isso ele teve um momento para olhar para ela.

— Não é um assunto que costuma ser muito interessante, dona Evans.

— Então você não deve conhecer muitos escritores. Pode me chamar de Heather, viu? O maldito do Michael Reave acha que pode me chamar de Heather, então acho que você também pode.

Ele riu, ainda um pouco relutante.

— Faz sentido.

Quando chegaram aos arredores de Balesford, Heather pediu que ele a deixasse perto de uma série de lojas — por motivos que não sabia explicar, ela não queria que o inspetor a associasse à casa de sua mãe. Inclinando-se para fechar a porta do carro, ela se obrigou a olhar nos olhos dele.

— Falei sério, sabe, sobre bater um papo. Balesford é um buraco, mas tem um restaurante chinês a poucos minutos daqui. Tem umas costelas agridoces muito boas.

— É que… — Para a surpresa dela, ele sorriu. — Não sei se é muito apropriado, Heather.

Ela percebeu que, tecnicamente, não era um sim e nem um não, então sorriu de volta para ele.

— Você tem meu telefone, inspetor Parker.

De volta à casa da mãe, Heather foi até a sala e pegou o livro que havia encontrado antes. Era um livro de contos de fadas com um lobo na capa. Ela pensou na história assustadora que Michael Reave tinha contado, sobre a criança que se transformara em lobo ao beber água de um riacho enfeitiçado.

Reave estava certo, então. Sua mãe se interessava por aquelas coisas. Mas por que aquilo estaria ali, perdido embaixo do sofá? Como se alguém o tivesse chutado ali para baixo.

Lembrando-se da folha rasgada que encontrara na penteadeira da mãe, Heather começou a folheá-lo, procurando a história da qual a página havia sido arrancada. Mas logo ela percebeu que seria mais difícil do que parecia: muitas páginas haviam sido rasgadas e aparentemente jogadas fora. Ainda havia ilustrações de meninos e meninas de bochechas redondas, de ursos, castelos e soldados, de fadas, trasgos e bichos-papões, figuras saltitantes que apareciam em certas páginas.

Mas não havia nenhum lobo. Nenhum lobo tinha sobrado.

11

— Nikki, eu fiquei assustada para caralho. Sei nem explicar.

— Estou vendo.

As duas estavam na sala de estar de Nikki outra vez, com restos de comida chinesa espalhados pela mesa de centro antes imaculada. Já era tarde e as janelas pareciam escuras demais para Heather. Estava feliz pelo fato de a amiga ter acendido todas as luzes. Até mesmo a televisão com o som desligado era uma presença reconfortante.

— Ele não era o que eu esperava. Mas o que eu podia esperar? Sei lá. Uma pessoa tipo o Fred West, que parece que saiu de baixo de alguma ponte. O Ian Brady tem uma cara que dá vontade de socar. Ou tinha. O Jeffrey Dahmer é a esquisitice em pessoa. Mas o Michael Reave é… Não sei. Um dono de pub do norte do país que se cuida. — Ela riu, achando graça da piada errada. — Ou o herói ambíguo de um romance da Mills & Boon. Ele é daqueles caras quietos.

— Você acha que essas pessoas parecem más ou desagradáveis porque sabe o que elas fizeram — argumentou Nikki. Ela estava no sofá, sentada sobre os pés. Tinha trocado a camisa por um grande moletom roxo, mas ainda estava com a meia-calça do trabalho, desfiada na altura do joelho. — Pense no Bundy ou no Harold Shipman. Eles pareciam normais. O Shipman parecia um senhorzinho gentil e é o nosso assassino em série mais atuante.

— Humm. — Nas horas anteriores, ela e Nikki tinham feito um curso intensivo de pesquisa sobre serial killers. — Bundy. Mas que filho da puta.

— Minha mãe te mataria se ouvisse o palavreado que está usando na frente das minhas bonecas de porcelana. Agora, aquela história…

— Não é? — Heather pegou um dos biscoitos de camarão que haviam sobrado e o mordiscou. — Que coisa estranha… para se contar assim do nada. E ele disse que minha mãe era fã dessas coisas.

Ela fez uma pausa, se perguntando se deveria contar a Nikki sobre o livro, mas decidiu não falar nada.

— Não vou mentir, é bem difícil imaginar sua mãe lendo contos de fadas macabros.

— Pois é. E a questão é que é uma história de verdade. É um conto de fadas que existe. Mais ou menos.

Nikki, que levava um biscoito de camarão à boca, se interrompeu.

— É mesmo? Como você sabe?

Heather cerrou os lábios.

— Tenho lido sobre o assunto. Tem muita gente na internet que fica analisando essas coisas. Bom, hoje em dia a maioria dos contos dos irmãos Grimm já foram apropriados pela Disney, cobertos com açúcar e rendas para ficarem mais palatáveis, porque parece que antes eles eram tão desagradáveis quanto a história que Michael Reave me contou. A questão é que a história de "Irmãozinho e irmãzinha" existe, só que ele mudou o final. Na história verdadeira, no terceiro riacho, o irmão se transforma em um cervo. E depois acontecem várias coisas complicadas com reis e princesas e, no final, a bruxa é dilacerada por animais selvagens. A versão dele foi muito mais curta, devo admitir.

— Ah. — Nikki mergulhou outro biscoito de camarão no pequeno recipiente de plástico com molho agridoce. — Por que você acha que ele mudou o final?

— Muitas dessas histórias foram alteradas, como eu disse, mas poucas foram alteradas para ficarem ainda mais violentas. Talvez ele se lembre da história errada ou talvez tenha tentado me dizer alguma coisa. — Reparando nas sobrancelhas levantadas de Nikki, Heather deu de ombros. — Ele disse que me contou a história para demonstrar que não sei tudo sobre a minha mãe. Mas talvez quisesse passar outra mensagem também.

— Essa mensagem pode muito bem ser só "quero deixar você com medo". Você vai voltar lá?

Heather assentiu.

— Ele sabe de alguma coisa, Nikki. Não ficou nem um pouco surpreso quando contei o que aconteceu com a minha mãe. Talvez eles tivessem um pacto ou alguma coisa assim, talvez escrevessem em código nas cartas. — Ela se interrompeu e olhou para o jardim escuro. — Seja lá o que for, preciso saber.

Mais tarde, enquanto caminhava de volta para a casa da mãe, Heather se pegou mais uma vez pensando no desagradável conto de fadas de Michael Reave. Era verdade que sua mãe tinha sido rígida em relação aos programas de TV e livros que ela podia consumir, a ponto de Heather muitas vezes ficar até tarde na casa dos amigos, assistindo todo tipo de filmes de terror em VHS — o fato de a mãe ter proibido a filha de assisti-los só a deixava mais determinada, é claro. Em seu guarda-roupa, Heather tinha até uma caixa cheia de livros e gibis que a mãe definitivamente não aprovaria, cuidadosamente escondida embaixo dos sapatos velhos. Pensar que ela já havia colecionado histórias horripilantes e as compartilhado com um futuro serial killer parecia impossível, uma peça que não se encaixava no quebra-cabeça. Ainda assim, apesar de tudo... havia algo de familiar naquela história.

É igual à Chapeuzinho Vermelho, disse ela a si mesma. Quer tenham uma mãe superprotetora, quer não, todas as crianças conhecem histórias de crianças que são comidas por lobos, e talvez a gente nunca se esqueça daquela primeira pequena sensação de horror que sente quando percebe que o Lobo Mau comeu a Vovozinha e, de maneira ainda mais macabra, está vestindo a camisola dela. Aquela sensação de ferocidade, o medo arrepiante do animal, crava os dentes em todas as histórias antigas.

— É tudo uma história só — murmurou ela para si mesma. — Tenha medo da besta, pois ela está com fome.

Ao entrar pelo portão, Heather parou. Tinha deixado a luz da sala acesa para que a casa não parecesse tão assustadora quando voltasse, mas, de certa forma, aquele quadrado brilhante de luz amarela, difusa e indistinta através das cortinas trançadas, só a fez se sentir pior, como se fosse um portal para algo que ela não queria olhar: talvez os pedaços de uma das vítimas de Michael Reave espalhados por um gramado ermo, ou sua mãe sentada à mesa da cozinha, com a cabeça esmagada pelas pedras, escrevendo obedientemente outra carta para um assassino enquanto pedaços de seu cérebro escorriam pelo papel.

Balançando a cabeça, Heather foi até a porta e entrou. A casa estava quieta e silenciosa, e ela resolveu que deixaria o rádio ligado quando saísse da próxima vez. O silêncio de alguma forma gerava uma expectativa, ansioso demais para que ela o preenchesse. Ela subiu até o quarto de hóspedes, vestiu o pijama e foi até o banheiro. Nos segundos antes de abrir a porta, com a mão na maçaneta, teve a sensação de que algo estava errado — um cheiro, um pequeno ruído — mas era tarde demais. A porta se abriu e algo rápido e escuro voou em seu rosto.

Gritando, ela saltou para trás, mas a coisa já estava na escada, voando em círculos ao redor da luminária e batendo várias vezes nas paredes. Era algum tipo de pássaro. Heather conteve o berro de agonia que crescia em seu peito e bateu o punho com raiva no corrimão.

— Bicho desgraçado do caralho!

Com o coração ainda acelerado, Heather foi até o armário de serviço e pegou uma das vassouras velhas de sua mãe. Com certa dificuldade, tentou empurrar o passarinho para um dos quartos, ou de volta para o banheiro, mas ele voou ainda mais freneticamente, soltando piados agudos e horrorizados enquanto batia no teto, no abajur e nas paredes. Heather o xingou várias vezes, sentindo o próprio medo ferver e se inflamar em uma raiva que crescia rapidamente. A coisa se movia rápido demais para que ela visse direito, mas era marrom, com asas manchadas e um tom ligeiramente oleoso nas penas.

Um estorninho, pensou ela com certo amargor. *Claro que é a porra de um estorninho.*

Por fim, tomada pela frustração e impaciência, ela acertou o pássaro com a ponta grossa da vassoura, e ele caiu com um baque no tapete.

— Ah! Ah, Merda.

Largando a vassoura, Heather foi até o pássaro, olhou para ele e fez uma careta. O peito do bicho se inchava e se esvaziava, e seu bico estava aberto o suficiente para que ela pudesse ver sua língua negra e afiada. Ele estava atordoado. Ela correu até o armário de serviço, pegou uma toalha e a envolveu em volta do pássaro. Ele era leve, quase não pesava nada e, quando ela o trouxe até a altura do peito, uma enxurrada de lembranças ameaçou dominá-la: um pássaro enrolado em uma de suas velhas camisetas, coração batendo contra coração; o rosto de seu pai, avermelhado, agitado e de alguma forma assustado. E então, depois, as mãos de sua mãe brancas contra um vestido preto, cerrando os punhos.

Ela balançou a cabeça e desceu correndo a escada até a porta da frente. Do lado de fora, o ar frio atingiu seu rosto corado e, de repente, ela sentiu uma vontade enorme de chorar.

— Passarinho desgraçado — murmurou, caminhando pela grama até as árvores. Instantaneamente, suas meias ficaram encharcadas e geladas. — Criaturinha burra.

Agachando-se perto dos arbustos, ela desdobrou a toalha. O pássaro ainda estava atordoado, mas suas pernas já se mexiam um pouco, e Heather achou que ele logo voltaria a si. *É melhor deixá-lo no chão agora*, pensou ela. *Coloque-o embaixo do arbusto e talvez um gato não o pegue.*

Em vez disso, ela se agachou e ficou olhando para ele, lembrando. Ela havia pegado o caminho mais longo da escola para casa e ficara vagando no parque com o pessoal de sempre. Ir para casa não era muito divertido na época, porque qualquer conversa com a mãe parecia causar uma discussão — discussões sobre suas roupas, sobre o que ela estava estudando ou se ela estava realmente "dando seu melhor" ou apenas empurrando com a barriga. Nikki e o pessoal, Kirsty, Aaron e Purdeep — ela abriu um leve sorriso quando recordou os nomes —, estavam falando sobre alguma *boy band* pela qual ela não se interessava, então ela se afastou e foi até o início do bosque. Tudo era silencioso ali, e ela se sentira em casa; muito mais do que na sua casa, onde a mãe vagava inquieta de cômodo em cômodo.

Foi lá que encontrou o pássaro. Uma coisinha quebrada na grama. Ela tirou uma camiseta da bolsa, pegou-o com cuidado e, ao fazer isso, sentiu a vibração de vida sob as pontas dos dedos.

Vergonha e culpa, tão dolorosas e inesperadas quanto um soco no estômago, a invadiram. Ficar remoendo velhas lembranças de repente pareceu idiotice. Heather se levantou, louca para lavar as mãos, e viu uma figura escura de pé ao lado dela. Pela segunda vez naquela noite, ela gritou e saltou para trás, o que a fez escorregar na grama molhada. Quando olhou de novo, porém, a figura havia sumido — se é que havia realmente estado ali. Irritada e cansada, ela deixou o pássaro embaixo do arbusto, ainda na toalha, e voltou para dentro de casa.

12

Antes

Uma noite, Michael acordou em meio a uma escuridão tão profunda que parecia zumbir. A segurança e o calor da luz elétrica que vinha da lâmpada no teto haviam desaparecido e o lançado na escuridão, mandado-o imediatamente de volta para o armário. De repente, tornou-se impossível saber onde estava, quem era, qual lado era em cima e qual era embaixo. Ele arquejou baforadas uivantes de ar quente e fétido, um ar que tinha gosto de roupa mofada, comida velha e merda fresca, do casaco vermelho, do casaco vermelho, do casaco vermelho...

Ele abriu os braços com força e, quando suas unhas roçaram os velhos painéis lascados, começou a grunhir sem parar. Logo a mãe subiria as escadas correndo com os braços gorduchos tremendo de raiva para ver do que se tratava, ou então o pai viria, já tirando o cinto da calça, ou pior, talvez *ela* viesse, sorridente e gentil, com as mãos afiadas procurando por sua pele... Mas os ruídos da própria garganta não paravam — ele era um animal ferido preso em uma armadilha, se despedaçando. De repente, sentiu um focinho quente se esfregar em sua mão, um sopro úmido de ar em seus dedos, e a sensação o surpreendeu tanto que ele travou a boca, o que fez os dentes beliscarem a ponta da língua.

Um segundo se passou e o homem apareceu à porta. O feixe de uma velha lanterna elétrica afastou os cantos do armário e revelou o quarto, exatamente como era. O cachorro não estava lá.

— Foi só um corte de luz, rapaz.

Sob o brilho da lanterna, o menino não conseguia ver o rosto do homem, mas a forma dele era tão diferente de tudo que havia em sua casa — *o casaco vermelho o casaco vermelho o casaco vermelho* — que ele sentiu o ar se transformar, se tornar fresco novamente, liso, limpo e livre de terror.

— Vá para o primeiro andar, se quiser. Acendi umas velas. Sua boca está sangrando?

No dia seguinte, estava úmido e ventava muito, mas o homem o fez colocar um casaco — mais uma vez grande demais, com a barra na altura dos joelhos — e os dois saíram para caminhar. A área ao redor da casa era verde e isolada. Michael podia ver campos, cercas vivas e um emaranhado de bosques escuros. Foi para lá que o homem o conduziu, enquanto as calças dos dois rapidamente ficavam pesadas com a água da grama alta. Passando sob as árvores escuras e retorcidas, Michael estremeceu e piscou, sentindo-se mais acordado do que nunca.

— Estamos no Moinho do Violinista — disse o homem. — É uma floresta antiga. — Havia uma pitada de orgulho em sua voz. — Prímula, *anemone nemorosa*, *rhinanthus minor*, rosas-mosqueta. Jacintos, na primavera. Flores que mostram que um lugar é antigo, que um lugar é remanescente da era do gelo. — Ele olhou para Michael com seu olho falso opaco. — Imagino que você não ligue para flores, mas não foi isso que vim mostrar.

Não muito longe da entrada da floresta, viram uma pequena construção abobadada, coberta pela terra preta. Tinha sido construída com tijolos vermelhos, mas as cores da floresta haviam se infiltrado nela. Coberta de musgo verde e líquen amarelo, até parecia algo natural, algo que crescera no chão da floresta. Havia uma porta baixa com cadeado na frente.

— É uma casa de gelo — disse o homem. — Muitos casarões antigos têm. Quero que você pense na sua mãe, rapaz.

Ele colocou a mão no ombro de Michael, e Michael sentiu um medo frio passar por ele como uma chuva de pedras.

— O que tem aí?

— Sua mãe não era uma boa mulher, mas imagino que você saiba disso melhor do que ninguém. Toda a sua família é... — Ele se interrompeu e empurrou o menino ligeiramente para a frente. — Mas não quero que você se lembre disso, rapaz. Quero que se lembre da última vez que a viu. Entendeu? Está me ouvindo, garoto?

Ele deu um passo à frente, tirou uma chave do bolso com delicadeza e destrancou a porta. O ar frio percorreu o rosto do menino. O cheiro do local era salobro e estranho, como água deixada em um balde por semanas.

— Você está pensando nisso, rapaz? Na última vez que a viu?

O menino não se mexeu. Estava se lembrando da estranha sensação de leveza no estômago que sentira enquanto caíam da escada, a deliciosa sensação de machucar quem o havia machucado.

— Lembre-se do momento em que você teve total poder sobre ela — disse o homem.

Ele pôs as mãos nos ombros de Michael outra vez e o empurrou com cuidado para dentro da casa de gelo. O terreno descia à frente deles, e Michael sentiu suas botas grandes demais se moverem por uma espécie de lodo. A luz do dia entrava pela porta e revelava uma sala úmida, de paredes manchadas com bolor preto e fria, muito mais fria do que do lado de fora. Havia uma forma na frente deles, descansando em um banco de pedra longo e baixo. Michael olhou para ela. O homem apertou seu ombro.

— Lembre-se do *poder* que você tinha naquele momento, rapaz. Lembre-se.

A forma era sua mãe. Ela parecia pequena, enrolada em si mesma. Seus membros estavam escuros, como se sua pele toda fosse um grande hematoma, e ele ainda podia ver uma nesga do osso branco saindo de seu braço, de onde se soltara. O vestido amarelo não era mais amarelo. O rosto dela estava virado para o lado, mas ele podia ver a saliência de sua mandíbula e sua bochecha, que pareciam maiores do que antes. Ele a imaginou olhando para a parede oposta, imaginou-a sussurrando no escuro. *Animal imundo, merdinha nojenta.* Michael soltou um pequeno ruído estrangulado do fundo da garganta.

— Não — disse o homem com firmeza. — Olhe o que ela é agora. Ela não é nada. Está vendo?

Ele empurrou o menino para a frente com força, quase fazendo-o cair sobre o cadáver. De repente, Michael ficou a centímetros da carne dilacerada da mãe e de seus dedos podres como pequenos gravetos marrons.

E ele viu.

Viu que ela era uma coisa digna de pena, destroços na paisagem de sua raiva.

— É isso aí, meu rapaz. É isso aí. Quando você é o lobo, gente como ela é apenas carne. Carne ruim.

Como chegou a Belmarsh uma hora antes do combinado, Heather montou acampamento em uma lanchonete gordurenta de Thamesmead. Ela tinha uma espécie de afeição relutante por Thamesmead; assim como Balesford, o bairro ficava incrustrado abaixo de Londres, como uma espécie de casca de ferida, mas ao menos tinha o bom senso de ser entulhado com muita arquitetura brutalista dos anos 1970 — ela podia ver o cinza do concreto onde quer que olhasse e tinha uma sensação vaga de que aquela paisagem urbana alguma vez já existira na prancheta de um arquiteto extremamente otimista.

Ela pediu um sanduíche de bacon com ovo e uma xícara de chá e se sentou perto da janela que dava vista para uma rua lotada de casas de apostas e restaurantes que serviam frango frito. Por fim, puxou uma pasta com cartas escaneadas. Ben Parker lhe dera algumas cópias das cartas que sua mãe havia enviado — que ela já havia lido de maneira fervorosa, tensa e indignada —, mas, no fim das contas, não diziam muita coisa. A maioria das cartas eram curtas, educadas e falavam sobre coisas sem importância, como a mudança das estações, o clima ou planos para o jantar. Pareciam não ter pé nem cabeça. Não dava para imaginar que a mulher estava escrevendo para um serial killer preso. De vez em quando e de forma tímida, as correspondências tomavam outros rumos e mencionavam um lugar que ela havia visitado na juventude, mas sua mãe sempre trazia a conversa de volta aos trilhos logo depois. Heather perguntara a Parker por que não podia ver todas as cartas, e ele relutantemente explicara que até mesmo os assassinos tinham direitos — embora a correspondência de Reave fosse monitorada, eles só faziam cópias quando sentiam que as cartas continham algo que poderia ser útil. O que era raro. Aquilo podia mudar conforme a investigação progredisse, mas, por enquanto, queriam ter Reave do lado deles.

Sem conseguir se controlar, Heather se viu voltando às cartas escritas pelo próprio Michael Reave, aquelas aparentemente tão preciosas para sua mãe que ela as havia escondido com cuidado no sótão.

... Eu sei que nao dava para você ficar comigo Colleen. Estou mais felis aqui debaixo do céu. Ficaria mais felis contigo, mas não da para se ter tudo. Eu sempre soube disso...

... na minha vida toda nunca fui próximo de ninguem alem de voce...

Heather pousou a carta na mesa. Os alicerces da sua vida pareciam fracos e fantasmagóricos, suscetíveis a desaparecer completamente no tom certo de luar. Ela voltou a pensar no pássaro que havia ficado preso em seu banheiro. Mesmo em uma lanchonete movimentada, cheirando a bacon e café, era difícil não pensar naquilo como um preságio... Naquele momento, a mulher chegou com o sanduíche e o chá, e ela se agarrou desesperadamente àquela interação normal, assentindo e sorrindo tanto que parecia estar fora da casinha. Quando a garçonete voltou para a segurança do balcão, Heather voltou às cartas.

... Nunca vi uma tormenta dessas. Disseram na televisao que a tempestade ia passar sem estragar nada, mas eles estao mais do que errados. Voce devia ter vindo aqui para fora Colleen onde fica muito escuro. O uivo do vento era tao alto que parecia uma voz. E caiu tanta arvore. Me doi ver a floresta tao destruida...

... Estao vendendo o casarao no Moinho do Violinista. Vai virar um retiro para ricos da para acreditar? Homens e mulheres que querem sair da

cidade e entrar em contato com o verde mas nao sabem por que, e aí entao vestem roupoes e vão fazer massargens...

Heather largou as cartas e tirou o notebook da bolsa. Como era de se esperar, não havia wi-fi na lanchonete, então ela voltou a usar o telefone como roteador. Uma rápida pesquisa no Google mostrou várias coisas: que uma grande área conhecida como Moinho do Violinista tinha mesmo sido base para uma comunidade nos anos 1970, tinha ido um pouco além, mas ainda supostamente se dedicava aos ideais de paz, amor livre e uso abundante de drogas. Nos dias de hoje, o casarão conhecido como Moinho do Violinista passara então a abrigar, em parte, um chique spa, que já existia desde o início dos anos 1990. O terreno e o spa pertenciam a uma ONG dedicada ao meio ambiente chamada Oak Leaf que, sim, dava mesmo certa ênfase ao meio ambiente, a uma vida saudável, à desintoxicação e a outras coisas que Heather naturalmente odiava. Para uma mulher demitida de um modesto emprego assalariado de jornalista, parecia ridiculamente caro.

Ela abriu uma nova página e mergulhou um pouco mais no antigo Moinho do Violinista, o que existia antes do spa chique. Logo se viu em um enorme labirinto de blogs mal-escritos e sites feios, criados de forma desajeitada por pessoas velhas demais para se sentirem confortáveis com a internet, mas empolgadas demais para deixar de compartilhar suas lembranças. No início, tudo parecia bastante inócuo: a maior parte se lembrava de muita música, muita bebida e um monte de jovens se divertindo. Havia algumas fotos aqui e ali, que mostravam pessoas com cabelo comprido e pouco compromisso com a higiene, mais violões do que Heather considerava saudável e muita comida sendo preparada ao ar livre. Ali estava a construção principal, uma casa do século XVIII razoavelmente impressionante, e o terreno em torno dela, além de várias tendas e trailers, coisas que se pareciam com galpões temporários e muitos carros.

No entanto, havia um toque estranho em tudo aquilo. Talvez porque tivessem deixado os anos 1960 para trás e estivessem inseridos na sujeira dos anos 1970, mas, nas fotos, Heather via muitos olhares pesados, muitas pessoas mais magras do que deveriam ser. Ela viu a foto de uma mulher grávida sentada perto de uma fogueira, com uma mão apoiada na barriga dilatada. Em vez de brilhar com certa satisfação maternal, seu rosto estava rígido e distante, como se tivesse sido esculpido em pedra. Olhando para as fotos, Heather se perguntou se a maconha era a única droga no Moinho do Violinista — ela desconfiava que não. E nos blogs, diários e artigos, descobriu uma série de pessoas descontentes, que falavam de instalações precárias, abuso e até fraude.

— Minha mãe morou aqui — murmurou para si mesma. Dizer aquilo em voz alta pareceu aproximá-la da realidade. — A *minha* mãe. Ela devia ser muito diferente naquela época.

Acompanhando alguns dos relatos mais indignados, encontrou uma série de postagens de uma mulher que se autodenominava bruxabranquela59, que alegava que muitas coisas obscuras aconteciam no Moinho do Violinista nos anos 1970 e até nos anos 1980, embora ela nunca conseguisse dizer quais. Uma foto da mulher havia sido postada no canto superior direito da página, revelando um rosto rabugento coberto por um chapéu de lã que só podia ter sido feito em casa. Heather analisou aqueles relatos, procurando detalhes que pudessem embasar uma matéria, mas acabou ficando com a impressão de que a mulher provavelmente procurara um lugar para fazer amigos e, em vez disso, acabara usando um monte de drogas e ficara mais solitária do que antes.

Suas fotos, por outro lado, eram muito interessantes. Ao clicar na aba "galeria", no menu superior, ela abriu uma página comprida, cheia de fotos e pinturas, todas do interior e, em alguns casos, do Moinho do Violinista. Heather reconheceu o casarão imponente do século XVIII em algumas delas, sempre ou dominando o retrato ou aparecendo apenas como uma silhueta à distância. Todas eram em preto e branco, o que lhes conferia um ar sombrio, e havia algo de perturbador nelas. Campos de trigo sob um céu vazio e branco, closes da grama, com foco em pedras e gravetos colocados em padrões estranhos e concêntricos. Também havia muitas fotos de árvores, muitas delas escuras e sombreadas, como se tivessem sido tiradas ao fim do dia, enquanto o crepúsculo se espalhava pelo solo, ou por dentro de uma floresta muito densa. Havia algo de claustrofóbico naquelas fotos e, quando deu por si, Heather estava franzindo a testa enquanto as olhava.

Havia pinturas também, em uma paleta igualmente limitada de preto e cinzas, verdes e amarelos. Árvores que pareciam dedos gananciosos cortando o céu amarelado, figuras brancas e sombrias se movendo por um campo iluminado por luzes verdes. Em uma das pinturas, Heather reconheceu a silhueta sólida do casarão do Moinho do Violinista sozinha no topo de uma colina, e à direita dele, emergindo da floresta, uma figura vestida com uma roupa vermelha indefinida. Heather olhou por algum tempo para aquele último quadro, até que a garçonete veio e levou seu prato vazio embora. Seu chá já havia esfriado.

Heather adicionou a página da bruxabranquela59 aos favoritos, apenas porque teve a sensação de que gostaria de ver aquelas fotos outra vez. Por impulso, foi até a página "Contato" e enviou uma mensagem rápida — "Oi, meu nome é Heather Evans, tudo bem? Adoro seu trabalho e gostaria de conversar sobre ele e a época em que passou no Moinho do Violinista. Podemos conversar on-line ou, se você estiver em Londres, talvez possamos tomar um café por minha conta". Ela adicionou seu endereço de e-mail e enviou.

Ao fazer isso, outra ideia lhe ocorreu. Tirando um velho pen drive da bolsa, ela passou algum tempo salvando parte das fotos e pinturas. Havia um pequeno cibercafé perto dali que oferecia serviços de impressão — ela tinha visto enquanto subia a rua. Talvez Reave se dispusesse mais a falar sobre o Moinho do Violinista se pudesse vê-lo.

A penitenciária de Belmarsh parecia mais uma fábrica vista de fora, mas, de perto, era uma monstruosidade impressionante feita em tijolo marrom. O inspetor Parker não estava lá para encontrá-la daquela vez. Em vez disso, ela foi recebida por um homem baixo, com um bronzeado excessivamente alaranjado, que se apresentou como delegado Turner e deu a ela aproximadamente três segundos de atenção antes de voltar a olhar para o celular. Ele explicou com uma expressão plácida que Parker tinha voltado para o norte do país. Heather ficou surpresa com a pontada genuína de decepção que sentiu.

— O que aconteceu? Houve outro assassinato?

Ele ergueu a cabeça e olhou para Heather, como se tivesse acabado de perceber que ela estava ali com ele.

— Não posso comentar sobre isso, meu bem.

— Beleza, então. E não me chame de meu bem, fazendo o favor. Obrigada.

Ele se afastou dela soltando um longo suspiro de sofrimento, e ela percebeu na hora que nunca teria uma amizade longa e duradoura com o delegado Turner. Na verdade, não costumava se importar quando as pessoas a chamavam de "meu bem", "querida", nem mesmo "meu anjo", se não parecessem idiotas com fixação por bronzeado artificial. *Inspetor Parker, com aquele cabelo encantadoramente bagunçado e olhos castanhos, volte, eu perdoo tudo.*

— Tem alguma coisa que você queira que eu tente fazer esse cara falar?

Os dois estavam do lado de fora da pequena sala de interrogatório, e Heather já podia ver Michael Reave, sentado, com as mãos entrelaçadas sobre a mesa. O delegado Turner ergueu as sobrancelhas.

— Faça o que você puder... — Ele abriu a boca, e ela pôde perceber o "meu bem" quase sair, quase se formar — ... dona Evans.

Daquela vez, quando entraram, Michael Reave ergueu a cabeça e ficou olhando Heather se sentar. Havia um copo de plástico com água à sua frente e seu cabelo tinha sido cuidadosamente penteado para trás. Ele também havia se barbeado, mas Reave parecia ser um daqueles homens cujo rosto não passava muito tempo sem uma barba por fazer. Ele usava um suéter marinho de mangas compridas e se inclinou para frente quando ela se sentou, com os cotovelos na mesa.

— Olá, seu Reave.

Ele deu um sorriso torto.

— O que eu tenho que fazer para que você me chame de Michael?

— Não ter matado um monte de mulheres?

A resposta saiu antes que ela pudesse se conter, mas, para sua surpresa, o sorriso dele se alargou — foi um movimento rápido, que logo desapareceu, uma expressão estranhamente infantil.

— Não matei, mas não posso te culpar por pensar assim. — Ele inclinou a cabeça para assimilar o minúsculo aposento, as algemas em seus pulsos e os guardas corpulentos atrás dele. — Deixaram a gente bater papo de novo, moça. Você deve ter impressionado esses caras.

Heather deu de ombros.

— Acho que foi você que impressionou, seu Reave. Sobre o que gostaria de falar hoje?

— Pensei em outra história. Sua mãe também gostava dessa. Quer ouvir?

Heather fez uma pausa.

— Até quero falar sobre minha mãe. E sobre o Moinho do Violinista. Eu adoraria saber como ela era quando esteve lá. E também como era a comunidade.

Reave desviou o olhar e encarou a porta. Suas mãos, notou ela, eram cobertas por pequenas cicatrizes brancas: mãos de quem trabalhava ao ar livre, de quem trabalhava com facas.

— Conto um pouco sobre aquele lugar — disse ele, por fim. — Se você ouvir minha história.

— Pode ser, então. — O delegado Turner não tinha oferecido uma xícara de chá nem qualquer outra bebida para ela, e ela sentiu que não tinha onde pôr as mãos. Envergonhada, pousou-as na mesa. — Me conte a história.

— Era uma vez um rei que tinha uma linda filha. — Um lampejo daquele sorriso infantil surgiu outra vez. — A princesa procurava um marido, mas insistia que o homem que se casasse com ela deveria amá-la a tal ponto que, no caso de sua morte, ele deveria concordar em ser enterrado vivo em seu túmulo…

— Eles contavam esse tipo de história para as crianças?

Reave ainda sorria, mas havia frieza em seus olhos, e ela desconfiou que ele não gostava de ser interrompido.

— Essas histórias eram contadas ao redor da fogueira, à noite. Elas diziam às pessoas como viver, como enxergar os perigos na floresta. — Ele se sentou com as costas um pouco mais retas e continuou. — O rei era rico, e a princesa era linda, mas todos os seus pretendentes se assustaram com a exigência. No entanto, um jovem soldado do exército do rei, conhecido por sua bravura e força, conheceu a princesa e se apaixonou profundamente por ela. Ele disse que não temia as condições e os dois se casaram. Por um tempo, foram muito felizes. Todo o reino estava feliz.

— Ah, que ótimo. Mas acho que eles não viveram felizes para sempre, não é?

— Depois de alguns anos, a princesa ficou muito doente e, depois de resistir por um tempo, morreu. O soldado, que se tornara príncipe, lembrou-se com horror do acordo e pensou em fugir do castelo, mas o rei colocou guardas em todas as portas e janelas e fez com que um soldado o vigiasse a todo momento. Quando chegou o dia do enterro, o soldado não pôde fazer nada além de marchar até o túmulo da princesa e ser trancado lá com o cadáver dela.

— Então, claramente, a princesa era maluca, mas me parece que ninguém da família batia muito bem. Claro que a coisa mais sensata a se fazer teria sido o rei dizer: "Tudo bem, ela tinha caprichos estranhos, vamos sentir muita saudade dela, mas nunca mais vamos falar sobre isso". — Heather observava o rosto dele de perto, interessada em ver se podia provocar alguma reação. Afinal, um homem que corta mulheres em pedaços certamente teria um temperamento forte, pensou. Mas Michael Reave apenas assentiu discretamente, como se concordasse com ela, e continuou.

— Tinham dado velas a ele, então ele acendeu uma e esperou pela morte enquanto observava o corpo da amada. Havia flores entrelaçadas em suas mãos, violetas-bravas, que combinavam com a cor dos lábios dela. Logo ele ficou com fome e sede, mas não havia nada que pudesse fazer. Por fim, uma cobrinha verde e rápida saiu rastejando de um buraco na parede. Achando que ela ia morder a princesa morta, o soldado se adiantou e cortou a cobra em três pedaços, matando-a.

Reave fez uma pausa e roçou os dedos nos lábios como se tentasse lembrar de alguma coisa.

— Um tempo depois, outra cobra deslizou para fora do buraco e, ao ver sua irmã morta, recuou imediatamente. Porém, logo voltou com três folhas na boca. Ela as colocou sobre as partes cortadas do corpo da outra cobra e, em instantes, a cobra morta ganhou vida outra vez. As duas desapareceram juntas pelo buraco da parede, deixando as folhas para trás. O soldado, quase sem acreditar que aquilo podia ser verdade, pegou as folhas e as colocou sobre os olhos e a boca da princesa e, após um suspiro, o sangue fluiu novamente para os lábios azuis da moça, e ela se levantou, cheia de vida. Juntos, eles bateram na porta do túmulo até que os guardas vieram e os deixaram sair. Os soldados e o rei ficaram muito felizes, e o reino se alegrou por sete dias e sete noites.

— E qual o sentido disso, Reave? — interrompeu o delegado Turner. — Não trouxemos esta moça até aqui para ouvir uma história de terror.

— Ninguém me trouxe, na verdade, e quero ouvir o final.

Se apreciou o apoio dela, Reave não demonstrou. Em vez disso, continuou como se nenhum dos dois tivesse falado:

— Mas a princesa tinha voltado diferente. Com seus novos lábios vermelho-sangue, um novo poder e novos apetites surgiram. Ela começou a assombrar as cozinhas, roubando pedaços de carne crua para comer. Os cães e gatos do castelo começaram a desaparecer e, então, os pedintes que esperavam no portão dos fundos passaram a sumir. Há presentes, só que também há um preço a ser pago por eles. Há uma transformação, que nós...

Ele se interrompeu e voltou a olhar nos olhos dela.

— Um dia, a princesa foi até o paiol e se vestiu para a guerra. Então foi direto para os aposentos do rei e o matou. Ela não matou o soldado, mas o manteve preso obediente em seu quarto e governou o reino pelo resto de seus dias.

Um silêncio desconfortável se infiltrou pela sala, enquanto o delegado Turner tossia e suspirava atrás dela. Heather achou provável que aquela história também tivesse ganhado um novo final, assim como a história dos dois irmãos — tinha certeza de que nem as histórias desagradáveis dos irmãos Grimm podiam terminar com tanta estranheza implícita.

— Não sei se foi um final feliz ou não.

Michael Reave deu de ombros.

— A Colleen... Quer dizer, a sua mãe, gostava dessa. Os papéis das mulheres nessas histórias eram interessantes para ela. Eram bruxas e as pessoas as odiavam, mas elas tinham poder.

— Ela falava sobre essas histórias no Moinho do Violinista?

Ele olhou para ela como se a advertisse, percebendo sua manobra com bastante facilidade.

— Aham.

— E foi lá que vocês se conheceram? Quantos anos você tinha quando morava lá?

Reave baixou o queixo até o peito e deixou escapar um suspiro lento.

— Minha família morava lá perto, e eu simplesmente... fui para lá quando fiquei mais velho. Eu fazia alguns serviços para os donos: arrumava o lugar, consertava coisas. A mansão se tornou a minha casa. A Colleen apareceu lá em... na primavera de 1977, acho que foi isso.

— Em 1977, minha mãe tinha quinze anos... E já ficava andando para lá e para cá no campo? Ela era uma criança. E a escola?

Ela se interrompeu, percebendo que parecia uma tia indignada e que Michael Reave estava rindo dela.

Ele deu de ombros.

— Naquela época, as coisas eram diferentes. A Colleen era rebelde, não se dava com o pai, não se dava bem na escola... Era mais fácil para os jovens simplesmente irem embora. Não havia câmeras filmando e ainda havia lugares selvagens para se esconder. E o dono do terreno era bom em fazer os problemas desaparecerem.

Heather piscou, tentando imaginar a mãe como uma adolescente rebelde. Algumas semanas antes, aquilo teria sido engraçado, mas agora sua mãe parecia uma presença metamorfa, alguém que podia mudar a qualquer momento.

— Esse homem. Quem era ele? O dono?

— Não lembro.

Óbvio que era mentira. Heather ignorou.

— Fiz algumas pesquisas sobre o lugar, li blogs e artigos. Parece que era sempre uma festa, se você fizesse parte da gangue. Muitas drogas e amor livre?

Reave deu de ombros. Ela viu que ele estava perdendo o interesse nela.

— Você conheceu muitas pessoas lá, Michael? Muitas mulheres?

— Algumas.

— Muita gente acha que você é o responsável pelo desaparecimento de uma série de mulheres que ainda nem conhecemos. Você quer me contar sobre isso?

Desta vez, ele nem deu de ombros, e a expressão em seu rosto ficou séria e imóvel.

— Seu Reave... Michael, olhe, todo mundo acha que você matou aquelas mulheres. Todo o país pensa que você é o Lobo Vermelho. — Ela achou ter visto um lampejo de alguma emoção nova nos olhos dele. — Por que você não me considera alguém neutro? — Ela deu de ombros sutilmente. — Antes de encontrar essas cartas, eu não sabia nada sobre você. Pelo menos, nada além das manchetes dos tabloides. Talvez você possa aproveitar esta oportunidade para me dizer como vê as coisas. Me contar sua história.

Reave começou a observá-la e uma pequena ruga apareceu entre suas sobrancelhas. Ele se mexeu na cadeira e Heather viu que ele estava pensando.

— Minha história?

Heather assentiu.

— Minha história.

Reave se recostou na cadeira e olhou para a parede. Os guardas da prisão mudaram de posição; um deles cruzou os braços sobre o peito. Ambos pareciam entediados.

— Eu era um garoto pobre da roça. Meu pai fazia bicos suspeitos para as pessoas, acho que alguns deviam ser bem ilegais, inclusive. Minha mãe era uma mulher brava. Ela não gostava muito de mim, mas também acho que não gostava muito de ninguém. Era fria e fechada, às vezes não falava por dias. Me lembro de ela atiçar o fogo até que soltasse faíscas e depois ficar sentada ali por horas, até que um lado de seu rosto ficasse vermelho e manchado, apenas olhando para o nada. Quando se irritava comigo, ela me trancava em um armário. — Ele pigarreou e olhou nos olhos de Heather outra vez. — Quando uma coelha tem filhotes, Heather, ela tem que se sentir completamente segura. Se não se sentir segura, moça, se ela sentir que tem um predador na floresta, você sabe o que ela faz?

Heather balançou a cabeça.

— Ela come os filhotes para se salvar. Um filhote não é nada além de um cheiro e sangue quente, Heather. Ele não sabe que é como um farol para criaturas famintas. Ele leva o predador até a mãe coelha, e ela não pode aceitar isso. Ela come os próprios bebês para se salvar.

O guarda da prisão descruzou os braços e passou a olhar para Reave com franca aversão.

— Eu...

— Parece monstruoso, mas algumas coisas simplesmente não nascem com instinto materno. Algumas coisas nascem com medo, e os coelhos são uma delas.

— Você cresceu com um predador dentro de casa, Michael?

Ele então sorriu, um sorriso genuíno, e ela se viu recuando confusa, porque o homem parecia *vulnerável*. Parecia perdido.

— Ninguém se importa com a minha história, moça. Ninguém se importa com crianças pobres que crescem em casas sujas sem aquecimento, nem com o que precisam fazer para sobreviver. O que precisam fazer para sair de lá. Nem mesmo você, garota.

Eu me importo, sim. As palavras surgiram em seus lábios, mas ela não teve coragem de dizê-las. Aquelas palavras podiam ser a chave para o resto da história dele, mas Heather percebeu que só conseguia pensar nas fotos das garotas que estavam para sempre ligadas ao nome dele. *Eu me importo, sim*, pensou. *Me importo com elas e com a minha mãe. Eu me importo com Sharon Barlow e Elizabeth Bunyon.*

— O Moinho do Violinista foi sua saída, seu Reave? Foi para lá que você fugiu?

Ele não respondeu.

Sem tirar os olhos dele, Heather enfiou a mão na bolsa em busca da pasta e tirou as fotos que havia impresso. Todas as imagens e fotografias da bruxabranquela haviam sido ampliadas em tamanho A4, um pouco maior do que o arquivo poderia suportar, mas algo naquele pixelado das imagens as tornava mais impressionantes. Ela deslizou a primeira fotografia pela mesa em direção a ele. A imagem mostrava campos desolados, um aglomerado de barracas à direita e o casarão do Moinho do Violinista à distância.

Reave olhou para a foto sem se mexer nem falar. Heather não tinha certeza, mas sentiu que ele estava escondendo algo de novo, como havia feito ao vê-la pela primeira vez.

— Isso traz alguma lembrança de volta?

Ele inclinou a cabeça para o lado, em uma resposta evasiva.

— É difícil esquecer o lugar em que passamos a infância. — Ela colocou a segunda imagem em cima da primeira: outra fotografia, esta de mais barracas, pessoas um pouco borradas indo e vindo, fumaça saindo de vários lugares. — Encontrei isso na internet. Foram tiradas por uma mulher que se autodenomina bruxabranquela, você acredita? Ela também esteve lá no Moinho do Violinista nos anos 1970. Você por acaso se lembra dela?

Ele desviou o olhar. Os dentes cerrados indicavam que ele não estava feliz. *Não estava feliz.* Heather pensou no corpo da mãe caído e destroçado no pé de um penhasco, nos rostos das mulheres que surgiram durante a pesquisa por imagens feita com o nome *dele*. Com um floreio, ela despejou mais fotos, jogando-as uma em cima da outra. Reave olhou para elas, impassível, como se fossem as fotos enfadonhas do feriado de um colega de trabalho.

— Ela tirou muitas fotos naquela época e também era artista. Ela considerava o lugar muito inspirador, eu acho. O que ele significava para você, Michael? O que ele significava para a minha mãe?

— Moça, entendo a dor pela sua mãe, entendo mesmo — afirmou Reave, com a voz lenta, uma suave paródia de compaixão. — Você quer entender o que ela fez. Mas talvez não seja possível entender uma coisa dessas. Não seja possível entender o medo que faz uma pessoa comer os próprios bebês nem o medo que faz uma pessoa se matar.

Heather não disse nada.

As pinturas da bruxabranquela vieram em seguida, e a da figura com o casaco vermelho emergindo da floresta deslizou para fora da pilha escorregadia, quase caindo no colo dele. Michael Reave olhou para baixo e, de repente, começou a puxar a corrente que prendia seus pulsos, puxar com força suficiente para que Heather sentisse a mesa presa ao chão saltar sob suas mãos. Ela deu um grito, mas se recompôs, mesmo quando Reave se levantou, ainda puxando a corrente sem parar, aparentemente tentando arrancar tudo aquilo pela raiz.

— Já chega.

A mão do delegado Turner pousou nos ombros dela de uma forma não muito gentil e, antes que realmente soubesse o que estava acontecendo, Heather foi levada para fora da sala. Pouco antes de a porta se fechar, ela viu os dois guardas se movendo em direção a Reave e a expressão em seu rosto: ele estava furioso, com as bochechas muito vermelhas. E então ela não pôde ver mais nada.

— O quê…?

De repente, Heather percebeu que suas pernas não a sustentavam mais e caiu contra a parede. O delegado Turner olhava para ela com uma cara feia e esfregava a nuca.

— Acho que deu dessa história, dona Evans.

— Eu… o que aconteceu?

Era difícil respirar — ela se sentia mais ou menos como quando um carro dobrara a esquina da rua Peckham High de repente e quase a atropelara. A súbita ebulição do tédio para a raiva a deixara tonta.

— Você o irritou. — Turner deu de ombros. — Pessoas como ele são imprevisíveis, meu bem, não se sinta mal por isso.

— Mas estávamos fazendo progresso!

— Essas coisas custam dinheiro, sabia? Pois é, imaginei que não saberia. — Ele contorceu o lábio, então fez um esforço para que suas feições formassem uma expressão de compaixão. — Eu aqui cuidando de você, os guardas que estavam ali. Todos nós temos coisa melhor para fazer. Especialmente eu, já que temos outro maluco como ele à solta.

— Mas foram vocês que me pediram para fazer isso. — Heather se afastou da parede. — Cadê o inspetor Parker? Quero falar com ele.

Turner riu e apontou para o corredor.

— Infelizmente, o inspetor Parker definitivamente tem coisa melhor para fazer do que falar com você. Está na hora de você ir embora.

— Posso pelo menos pegar aquelas fotos de volta?

Turner soltou outro suspiro dramático, e Heather se perguntou se ele suspiraria direito se ela desse uma cotovelada em seu nariz. O incidente no jornal tomou conta de seus pensamentos — o som de engasgo, o sangue pingando no tapete bege —, então ela apenas cerrou os punhos.

— Se ele não tiver rasgado, fique à vontade.

Mais ou menos uma hora depois, quando Heather estava sentada em um bar em Lewisham tomando uma dose de uísque para acalmar os nervos, o inspetor Parker ligou. Ela pigarreou e atendeu, tentando soar fria e profissional.

— Foi uma pena não ter te visto hoje, inspetor Parker. Belmarsh é muito mais legal com você lá. Além disso, seu colega, o Turner, é um desperdício de espaço.

— Como foi? Com o Reave?

— Quer dizer que você não sabe?

Um momento de silêncio se fez antes de Parker responder.

— Você já devia esperar que ele agisse de forma temperamental. Que fosse difícil de entender. Mas até mesmo a forma como ele reage às coisas pode ser útil para a gente.

— Ele sabe mais sobre a morte da minha mãe do que está dizendo, tenho certeza. — Heather pegou o copo de uísque, imaginando o rosto de sua mãe, enrugado e severo como costumava estar. — Eu gostaria de continuar, se for possível.

Parker soltou um grunhido evasivo.

— Nossa prioridade é a sua segurança.

— Own, que querido da sua parte. Mas ele está acorrentado à mesa, e também tem aqueles brutamontes lá. O que ele poderia fazer?

— Nem todos os danos são físicos, dona Evans.

Heather tomou um gole de uísque e fez careta ao sentir a bebida arder em sua garganta. Pensou no necrotério e no corpo destroçado da mãe. Ela não o tinha visto, claro — no fim das contas, o corpo tivera que ser identificado pelos registros dentários e pela aliança de casamento ainda em seu dedo —, mas é engraçado como frases breves se mantêm na cabeça das pessoas, especialmente quando elas têm imaginação fértil. Os ossos de sua mãe, quebrados em cacos letais; o cabelo de sua mãe, repleto de areia e pedaços de rocha. *Dano físico. Material orgânico.* O bar, que começava a lotar, mergulhava e serpenteava ao redor dela como se Heather estivesse no convés de um barco, e ela se forçou a se concentrar na voz de Ben Parker. Ele tinha voltado a falar:

— … não dá para saber se está relacionado, mas é o que acho. Já deve estar nos jornais.

— Desculpe, o quê?

— Uma mulher chamada Fiona Graham parece ter sido levada à força de casa. Temos motivos para acreditar que seja o nosso imitador outra vez.

— Fiona Graham? — Heather piscou. Foi como mergulhar em água fria. — Acho que conheço esse nome.

— Conhece? De onde?

— Não tenho certeza. — Ela tentou se lembrar, mas, apesar da forte sensação de já ter ouvido o nome antes, nenhum outro detalhe lhe veio à mente. — Vou ter que pensar sobre isso — completou, sem muita convicção.

— Se lembrar, me avise.

— Claro. Olhe... — Ela mordeu o lábio. A familiaridade com o nome de Fiona Graham trouxera de volta um pouco da empolgação, apesar da tarde desagradável na prisão. Havia pistas, peças de um quebra-cabeça maior, e ela só tinha que alinhar todas para obter a resposta. Na verdade, talvez fosse a melhor pessoa para fazer isso. — Está a fim de tomar alguma coisa? De bater um papo? A visita de hoje me abalou um pouco, e não seria nada mal olhar para um rosto simpático.

— Heather, estamos muito ocupados aqui, e nem estou em Londres...

No bar, Heather fechou os olhos, estremecendo.

— ... mas que tal quando eu voltar?

Ela pousou o copo

— Claro. Me dê um toque.

A partir daquilo, a conversa se tornou estranha, e Heather percebeu que ele estava se afastando mentalmente dela. De pé no bar, suas bochechas queimavam de vergonha, mas ela, na verdade, não conseguia ficar mal por tê-lo convidado para sair de forma tão descarada — ia voltar para uma casa vazia, sem nada para ocupar sua cabeça a não ser o assassinato das mulheres e o mistério da morte da sua mãe. Será que era tão absurdo assim querer companhia? O uísque pareceu azedo em sua garganta, por isso, depois de se despedir, ela engoliu o resto sem nenhuma vontade.

14

Antes

Michael morava no casarão, mas o Bosque do Violinista era seu lar. Ele passava a maior parte de seus dias no bosque, sem ligar para o clima, vagando pela vegetação rasteira, sentado com as costas em uma árvore ou seguindo trilhas escondidas até lugares que pareciam importantes: uma árvore morta, que ganhara tons de preto e branco ao ser atingida por um raio décadas antes; uma vala profunda crivada de rosas-mosquetas; um trio de bétulas, crescendo juntas, retorcidas e manchadas de luz. Sob a chuva, o vento e o sol cada vez mais fraco, ele foi ficando mais alto e mais forte. As marcas em seus pulsos e pescoço clarearam e o cabelo em sua têmpora voltou a crescer, embora tivesse ganhado a cor do luar.

Ele ainda tinha pesadelos na maioria das noites. Sonhava com o armário, com os dedos grossos da mãe torcendo seu cabelo, com o rosto dela contorcido de raiva, ou com a negligência e a ausência. Às vezes, sonhava com uma paisagem plana e vermelha, o céu da cor de rosas claras. Havia coisas na terra, coisas desesperadas, uivantes. E ele ainda acordava gritando com aqueles sonhos, mas saber do bosque do lado de fora de sua janela — escuro, frio e verde — era um bálsamo.

Michael não ia à escola, embora não se lembrasse realmente de alguma vez ter ido. Tinha algumas lembranças muito vagas de ter sido deixado em um lugar com muitas crianças que não queriam falar com ele, além da impressão de não ter ficado lá por muito tempo. Em vez disso, o homem o deixava olhar os livros de um cômodo da casa repleto deles e, para a própria surpresa, Michael descobriu que as palavras faziam algum tipo de sentido. O homem o deixava sozinho na maior parte do tempo e apenas oferecia comida quando Michael saía do bosque, coberto de lama, ou às vezes caminhava com ele pelos campos enquanto o grande cachorro preto ficava em algum lugar à frente deles na grama.

Um dia, na primavera, o homem o pegou na porta quando estava calçando um par de botas.

— Tenho uma coisa para te mostrar hoje, rapaz — disse. — Vamos.

Ele assobiou e o cachorro deslizou pelo chão de madeira. Então os três saíram sob um céu da cor de centáureas. Em vez de seguir para o bosque, o homem o levou até um antigo galpão. Michael sempre o ignorara. Afinal, um galpão não era o bosque.

— Aqui. Venha dar uma olhada aqui. Suba naquele balde.

Era um grande galpão que claramente não era muito usado. Havia ferramentas e caixas armazenadas ali, enormes pás enferrujadas e sacos que haviam ficado descoloridos no fundo. As vigas que sustentavam o telhado eram velhas e descascadas, e havia um buraco considerável no teto, por onde dava para ver um pedaço do céu. Michael subiu no balde de aço virado de cabeça para baixo e olhou para o canto logo abaixo do buraco. Havia um ninho de pássaro, com três pintinhos. Então, Michael se deu conta de que estava ouvindo os pios deles desde que haviam entrado no galpão.

— Agora olhe lá para baixo.

O homem apontou. No chão, em meio à poeira e à serragem, estava o corpo rechonchudo de um melro fêmea. Seu pescoço estava em um ângulo estranho e seu olho, como uma pequena bolha de tinta, olhava para o nada.

— Deve ter sido um gato — explicou o homem.

Na hora, Michael percebeu que era mentira. Ele nunca tinha visto um gato ali, nem nos campos nem perto da casa, nem mesmo no bosque. Além disso, tinha certeza de que o cachorro não teria tolerado outro animal ali. Como se tivesse sido convocado, o cachorro trotou até eles e enfiou o focinho no corpo do pássaro, ofegando ruidosamente no pequeno espaço.

— Estes filhotes vão morrer em um ou dois dias. O que você vai fazer em relação a isso?

— Eu?

— São seus agora. Tome.

O homem pegou os pintinhos em suas mãos grandes como pás e depois os entregou a Michael. Chocado e um tanto quanto enojado, Michael os colocou no suéter. Seus piados indignados ficaram mais altos, e eles lutaram fracamente nos braços do menino, balançando as cabeças enormes para frente e para trás.

— Não sei o que fazer com eles.

— Faça o que quiser — disse o homem. Michael olhou para ele. — Essa é a questão. Toque neles, sinta que são seres vivos e, em seguida, faça o que quiser.

O homem e o cachorro o deixaram e, sem saber o que fazer, Michael levou os filhotes para o bosque. Enquanto caminhava, pensou em diversas possibilidades, ideias que passam pela cabeça de crianças dessa idade — talvez pudesse encontrar uma família de melros no bosque disposta a cuidar de alguns bebês a mais, ou desenterrar minhocas e alimentar os filhotes com a mão. Um dia, eles seriam seus animais de estimação e viriam quando os chamasse. Aquela ideia o deixou feliz.

Em dado momento, ele chegou a um de seus lugares favoritos: um barranco gramado próximo a um pequeno riacho lamacento. A copa das árvores ali se abria um pouco, deixando uma pequena área ensolarada e dando à grama atarracada um tom verde brilhante, quase sobrenatural, enquanto o espaço logo abaixo da margem fornecia uma espécie de esconderijo de lama espesso e frio, além de um sapo aqui e outro ali. Michael colocou os filhotes na grama e os observou enquanto se contorciam. Os piados tinham quase parado, como se os bichinhos sentissem que não estavam mais na segurança de sua casa — como se soubessem que havia predadores por perto.

Com cuidado, ele pressionou a ponta do dedo no peito de um deles. Sentiu o pequeno coração do animal bater, incrivelmente rápido e frenético, e o calor ligeiramente úmido de sua pele. Imaginou o sangue fluindo pelo seu corpo, preparando-se para gerar suas penas, mesmo que o pássaro não soubesse onde estava nem o que era. Era apenas uma vida esperando para acontecer.

Michael pegou o bebê pássaro e, carregando-o em uma das mãos, desceu a pequena colina até a margem escurecida do riacho. A lama ali era macia e só um pouco pedregosa, e ele levou apenas alguns instantes para cavar um pequeno buraco. Uma pequena cova.

Michael colocou o pássaro nela, parou e observou o animal se contorcer. Por algum motivo, seu coração começara a bater muito rápido — quase tão rápido quanto o do pássaro. Ele pressionou os dedos no bicho, empurrou-o na lama, e se sentiu muito consciente da própria força. De como seria fácil empurrar o animal até que os minúsculos ossos se quebrassem, até que as entranhas recém-formadas se tornassem uma pasta. Aquela perspectiva brutal e sangrenta estava muito próxima. Se fechasse os olhos com força, tinha certeza de que a veria.

Franzindo a testa ligeiramente, ele pegou um punhado de lama e tacou em cima do filhote. Os pios pararam. Ele juntou mais lama, bateu bem nela, depois se sentou com a mão pressionando a terra molhada, contando os segundos em sua cabeça. Quando dois minutos inteiros haviam passado, ele cavou a lama. A princípio, não conseguiu encontrar, como se a terra tivesse absorvido o filhote de pássaro de volta para o seu coração — e a ideia o deixou animado. Então seus dedos encontraram uma certa resistência mole. Ele puxou o animal e ficou chocado ao ver que ainda estava vivo; a coisa tinha lama preta na garganta e uma das perninhas dobrada para o lado errado, mas sua cabeça ainda balançava para frente e para trás de maneira lamentável. Michael o ergueu, irritado e maravilhado.

— Não — disse. — Quem manda sou *eu*.

Ele o colocou de volta na terra.

Quando voltou para casa, horas depois, o sol estava se pondo no horizonte e o homem não estava. Isso não era muito estranho. O homem tinha um carro e às vezes ficava horas fora de casa, mas voltava a tempo do jantar ou trazia sacolas de mantimentos. Michael não prestava muita atenção — não parecia importante. Ele andou de volta para o seu quarto, onde ficou inquieto por uma hora ou mais, incapaz de se concentrar. Olhou para a sujeira preta e grossa sob as unhas e pensou em como o coração de cada um dos filhotes havia parado. Em algum momento.

Quando ouviu o homem voltar para dentro de casa, não saiu da cama até que um latido agudo o fizesse descer. No primeiro andar, o homem olhou para ele, parecendo analisar suas calças encharcadas de lama e a terra nas palmas de suas mãos. Ele sorriu; o olho falso brilhava sob a luz alaranjada do pôr do sol.

— Trouxe outra coisa para você.

Havia uma sacola na mesa da sala de jantar — uma peça rústica de juta com uma única palavra impressa: DARDOS. A juta se movia levemente. Sem precisar de nenhuma ordem, Michael foi até o saco e o abriu, revelando quatro gatinhos minúsculos, todos ainda de olhos fechados, uma confusão malhada de preto e branco. Ele estendeu a mão e pegou um deles, sentindo o calor frenético do corpo do animal contra sua pele. Tão vivos, tão impotentes...

— Michael, você já ouviu falar do *barghest*, rapaz?

Ele puxou o gatinho contra o peito.

— Do quê?

— É um grande cão demônio, um lobo, na verdade, que assombra estradas solitárias e passagens. Uma velha lenda do norte.

— Tipo... um conto de fadas?

O homem sorriu, expondo os dentes grandes e amarelos.

— Não exatamente, rapaz. O *barghest* é um presságio, mas também é considerado um espírito da terra, um símbolo de morte e renascimento. Quando anda, não faz nenhum som e não deixa rastros, mas, se te morder, a ferida nunca vai sarar.

— Entendi — disse Michael, sem saber o que devia dizer.

— O lobo tem um papel importante, rapaz. Você sabia? Ele dá vida à terra, porque a terra está sempre com fome. — O homem foi até o saco, onde os outros gatinhos estavam reunidos, choramingando uns para os outros. Ele os cobriu com um pedaço de juta. — Há pessoas que não reconhecem o poder disso. Sua querida mãe, por exemplo. As mulheres, rapaz. Elas têm um papel diferente.

Michael estremeceu.

— Mas você já resolveu esse problema, não foi? — Ele se virou para o menino, e seu rosto voltou a mudar. Um espectador diria estar vendo um tio gentil, feliz em presentear seu sobrinho. — Os gatinhos são seus. Pode brincar com eles.

Michael assentiu.

15

Sentindo-se um pouco abalada e mais do que cansada, Heather abriu a porta da casa da mãe, quase esperando ver mais pássaros presos. A reação de Michael Reave a assustou, mas, mais do que isso, ela se sentia assombrada pelas mulheres mortas — por Sharon Barlow e Elizabeth Bunyon, por todas as mulheres massacradas décadas antes e, acima de tudo, por sua mãe. Reave, com suas mãos cheias de cicatrizes e seus olhos verdes, estava conectado a todas aquelas mortes e, se ela ao menos pudesse descobrir como… Talvez pudesse acabar com aquilo. E aquela resolução podia aliviar um pouco da culpa persistente que sentia.

Em vez de pássaros, foi saudada pelo som suave do rádio e pelo leve cheiro do café que havia feito naquela manhã. A normalidade daquela situação a tranquilizou, e ela preparou uma panela de ovos mexidos com torradas e a devorou na frente do notebook, comendo, finalmente, na mesa da cozinha.

Ler os nomes das vítimas, ver as fotos delas enquanto ainda estavam vivas, nada daquilo realmente transmitia a monstruosidade do que ele havia feito. Ela e Nikki tinham esbarrado no assunto nas pesquisas sobre serial killers, mas estabeleceram um acordo tácito de não descobrir nada que fosse pesado demais. Bom, naquele dia, ela tivera um vislumbre do monstro que Michael Reave realmente era, e talvez fosse a hora de encarar aquela realidade.

Ela revisitou a página curta da Wikipédia, mas havia muito pouca informação sobre o histórico dele e poucos detalhes sobre os assassinatos em si — o que confirmava o que o inspetor Parker dissera sobre o passado de Reave ser uma misteriosa lacuna. Ela teria que procurar as informações que desejava em outro lugar.

Na época em que trabalhava no jornal, ela adquirira as habilidades necessárias para escavar as áreas mais obscuras da internet e, entre goles de vinho aleatórios, com o prato vazio a não ser por alguns pedaços de ovo, começou a procurar pela crua realidade dos assassinatos do Lobo Vermelho. Logo, a tela foi preenchida com alguns sites de aparência muito básica, todos com esquemas de cores quase desagradáveis de preto, verde e vermelho. As manchetes mencionavam coisas como "pesadelos ao vivo", "amantes mortos" e "rostos de cadáveres".

Aqueles fóruns eram criados e organizados por pessoas que procuravam regularmente pelos detalhes mais sangrentos do pior lado da humanidade, e não demorou muito para que ela encontrasse uma longa discussão detalhando o caso de Michael Reave. Havia fotos das cenas dos crimes e dos corpos. Em alguns casos, apenas de pedaços dos corpos. A julgar pela iluminação clínica e a falta de ângulos dramáticos, algumas delas ao menos pareciam genuínas, fotografias vazadas de arquivos da polícia ou da investigação no final dos anos 1980 e início dos anos 1990. Diante delas, algo havia se partido em pedaços, alguma barreira que ela não conhecia. Heather pensou nas imagens das vítimas de Reave que já tinha visto, nos rostos sorridentes ou desprevenidos em fotos que se tornariam infames, foi ali que acabaram. Por causa de Michael Reave.

Uma das primeiras fotos mostrava uma jovem deitada nua, de bruços, em um campo. Seus braços estavam amarrados atrás das costas e ela tinha longos cabelos ruivos, brilhantes e soltos, sobre os ombros e a grama. Sua pele parecia dolorosamente branca, e ao redor de seu corpo havia uma grinalda enlameada e áspera de flores selvagens, claramente colocadas ali com alguma intenção e cuidado. Heather, que não sabia praticamente nada sobre plantas, reconheceu algumas das flores — jacintos, margaridas, prímulas amarelo-claras e as flores pendentes da dedaleira, rosas, roxas e, de certa forma, obscenas. Ao lado dela, havia uma peça de roupa difícil de identificar, tanto pelo jeito que estava na grama quanto pelo fato de estar encharcada de sangue.

A próxima foto também havia sido tirada ao ar livre e a mulher estava deitada com os olhos voltados para o céu. No meio de seu peito, havia um buraco grande, quase perfeitamente redondo e por ele passava um broto de árvore, do tipo que é vendido em casas de jardinagem, pequeno e pronto para ser plantado. Dava para ver a umidade escura na parte de dentro do peito da moça, embora o buraco em si estivesse relativamente limpo. Ela usava o que parecia ser uma camisa branca, desabotoada, mas tingida de um vermelho escuro acastanhado. Apenas uma pequena mancha na gola denunciava o fato de que, um dia, ela havia sido branca.

— Ele as veste — percebeu ela, sentindo o estômago revirar. Os ovos pareceram pesados e desagradáveis. — Ele veste os corpos, os arruma. Ele se preocupa mais com elas mortas do que vivas. Ele se preocupa com a imagem que está criando.

Ela rolou a página para baixo, já se perguntando por que havia decidido fazer aquilo consigo mesma. Será que a visita daquele dia já não tinha sido o suficiente?

Havia algumas postagens de pessoas especulando sobre os motivos do Lobo Vermelho, falando sobre possíveis ligações com o paganismo e a adoração ao diabo. Os corações, alegava alguém, nunca haviam sido encontrados, junto com outros tecidos moles — o dono do comentário acreditava que ele podia ter comido alguns deles, como Jeffrey Dahmer ou Albert Fish. Heather se levantou para encher a taça de vinho e olhou inquieta para as janelas. Já estava escuro e elas não mostravam nada além de seu próprio reflexo.

A campainha tocou, a assustando e fazendo com que pousasse a taça. Heather fechou o notebook, foi até a porta e espiou pelo olho mágico antes de abri-la.

— Lillian?

— Olá, querida. — A mulher mais velha passou por ela tranquilamente e foi até o corredor. Então, como se percebesse o olhar incomodado de Heather, levantou uma sacola. — Desculpe, sei que está muito tarde. Vim buscar minha caçarola, se não se importar. Preciso dela para o jantar de amanhã. Espero que você já tenha comido tudo, senão já deve ter estragado.

— Ah, claro, sem problemas. Está lavado e pronto. Entre, vamos até a cozinha...

Só que Lillian já estava lá, procurando a caçarola azul e a colocando com cuidado na bolsa. Heather olhou para a louça do dia anterior — ela sempre fora preguiçosa com as tarefas domésticas — e sentiu as bochechas ficarem quentes.

— Gostaria de uma taça de vinho?

Ela pigarreou, sentindo-se ridiculamente formal.

Lillian ergueu as sobrancelhas para ela e sorriu. Como da outra vez, estava vestida com elegância, com um terno de tweed verde justo, um broche na forma de dois peixes prateados entrelaçados na lapela e uma bolsa de couro preta brilhante que parecia cara. Usava brincos de pérola, pequenos e discretos reflexos brancos nos lóbulos de suas orelhas.

— Seria ótimo, querida. Só uma tacinha, se você não se importar.

Quando Heather entregou a bebida, ela tomou o menor gole possível.

— Como você tem passado? Tudo bem? — Seus olhos cinzentos eram gentis. — Quando é o velório? Eu gostaria muito de ir. A Colleen era uma grande amiga.

Heather tomou um grande gole da própria bebida para esconder seu incômodo. Ela vinha tentando não pensar no velório. A maioria dos preparativos já tinha sido feita assim que o corpo de sua mãe fora liberado do necrotério, e desde então, ela fizera apenas o mínimo necessário.

— Na próxima quarta-feira, à uma da tarde, no crematório Balesford. Convidei todo mundo que encontrei na agenda da minha mãe, mas devo ter te esquecido. — Ela se forçou a sorrir. — Você é muito bem-vinda, claro. Não acho que vai ter muita gente. A mamãe não tinha mais família e costumava ser reservada.

— Acho que você ficaria surpresa. — O tom astuto fez Heather erguer os olhos, mas Lillian já parecia estar pensando em outra coisa e com a boca fina franzida em desagrado. — Uma cremação? Era isso que Colleen queria?

Heather deu de ombros.

— Ela foi muito clara no testamento.

Lillian soltou um pequeno grunhido, depois gesticulou com a taça para as folhas impressas sobre a mesa.

— Você está trabalhando em uma reportagem? Achei que estivesse triste demais para uma coisa dessas.

Com um sobressalto, Heather percebeu que havia deixado as imagens da bruxabranquela à mostra, mas, antes que pudesse escondê-las, Lillian pegou uma das fotos com a mão livre. Ela assentiu levemente.

— Moinho do Violinista? Meu Deus, esta foto deve ser muito antiga.

— Você conhece esse lugar?

Heather não conseguiu esconder a surpresa na voz.

— Eu? Não pessoalmente, querida, mas sua mãe falava muito deste lugar. Acho que foi uma época inesquecível para ela.

Heather pousou a taça de vinho.

— Falava? Isso é uma surpresa para mim, para ser sincera, porque ela nunca mencionou nada para mim.

— Bom... — Lillian deu de ombros graciosamente. — Tem coisas que a gente não fala para as filhas, pelo menos enquanto são jovens.

— Talvez você possa me contar o que lembra? — Heather indicou as banquetas do balcão da cozinha com a cabeça, e elas se sentaram. — Qualquer coisa que ela tenha dito sobre isso vai ser útil.

— Você *está* escrevendo uma matéria sobre isso? — perguntou Lillian. — Colleen também falava muito sobre sua carreira de jornalista.

— Na verdade, não. — Heather presumiu que a mãe não havia mencionado que ela fora escorraçada do jornal. — Estou só curiosa, sabe, sobre a vida dela, seu passado. Sinto que não sei de algumas coisas que eram importantes para ela.

— Olha, não sei se posso ajudar. — Lillian tomou mais um gole do vinho, olhando para a porta dos fundos como se as lembranças estivessem esperando por ela do lado de fora. — Sabe como é, minha memória já não é como antes. — Ela deu um sorriso brilhante para Heather. — Não envelheça, querida, é muito entediante.

Heather sorriu de volta, pensando nas fotos das mulheres com os corpos desmembrados no campo.

— É melhor do que a alternativa. Não há nada que você possa me dizer?

— Ela falava sobre comungar com a natureza e comer muita comida muito ruim. Talvez tenha tido um namorado.

Heather ficou imóvel, tentando ignorar o medo arrepiante que a dominava a cada palavra.

— Talvez mais de um. — Lillian deu uma risadinha. — Como eu disse, essas não são coisas sobre as quais a gente fala com uma filha, não se quiser dar um bom exemplo. Talvez você devesse ir até lá, querida. Dar uma olhada.

— Lá onde?

— No Moinho do Violinista. Pode ser... Como é mesmo que os jovens falam? — disse ela, dando de ombros. — Dar um fim nesse B.O. Uma maneira de lidar com o luto. Ir e ver esse lugar que foi tão importante para sua mãe.

Importante para minha mãe, pensou Heather. *E importante para um notório serial killer. Que ótimo.*

Quando estava saindo, Lillian parou à porta e pareceu olhar para o céu — estava ameaçando chover.

— Você vai andar muito? Quer um guarda-chuva emprestado?

— Obrigada, querida, vou ficar bem. É logo ali. — Mas, quando se virou, seu rosto estava sério. — Não quero te deixar preocupada, mas acho que vi alguém rondando suas árvores hoje cedo. Um homem.

— Quando foi isso?

Heather pensou na figura que tinha visto na noite anterior, quando estava colocando o pássaro para fora. Ela tentara se convencer de que estava imaginando, mas talvez…

— Hoje à tarde. Você não dispensou nenhum namoradinho, dispensou?

Apesar do que sentia, Heather sorriu com a frase arcaica.

— Claro que não. Tenho certeza de que vou ficar bem, Lillian. Obrigada pela visita.

Mas ela observou a senhora andar até o fim do terreno e, quando a mulher foi embora, ficou parada por um tempo, olhando para a escuridão que cercava o gramado. Poderia ser alguém do jornal? Havia pelo menos uma pessoa que gostaria muito de aborrecê-la, se não feri-la de verdade. Por fim, a chuva começou a cair, uma chuva espessa e pesada do outono, e ela fechou a porta.

Mais tarde, Heather desabou na cama do quarto de hóspedes e abriu o notebook. Depois de ligar o telefone, ela mandou uma mensagem rápida para Nikki, perguntando como ela estava e fazendo um rápido resumo de seu dia em Belmarsh, e depois verificou os e-mails. Para sua surpresa, havia um da bruxabranquela59, que aparentemente tinha um nome bem mais prosaico: Pamela Whittake. Ela estava disposta a se encontrar para um bate-papo e queria saber se podia ser naquela semana. Heather respondeu, sugeriu um horário, e ao mesmo tempo se perguntou se estava disposta a ouvir trinta minutos incômodos de tolices e paranoias hippie.

Ao navegar por um site de notícias, ela viu que o inspetor Parker estava certo: a notícia de uma professora de educação física desaparecida em Lancashire havia sido divulgada e havia um pedido por informações na primeira página. Ao lado da manchete havia uma foto dela, tirada durante alguma competição escolar, e aquilo pareceu acender uma luz obscura na cabeça de Heather. Ela foi até o corredor e pegou uma das caixas que trouxera do sótão. A caixa continha um monte de fotos soltas — fotos que sua mãe nunca havia organizado nem colocado nos vários álbuns de fotos com capa de couro.

Levando-a para a cama, ela se acomodou e começou a vasculhar as fotos. Sabia qual estava procurando e sabia que estava naquela caixa. Sua mãe não teria colocado em um álbum, ela tinha certeza.

Imagens do passado deslizaram sobre seu colo, as mais antigas levemente granuladas ao toque, as mais recentes, brilhantes e frias. Havia muitas fotos das festas que seu pai costumava dar para a empresa de construção, cheias de homens anônimos de rostos vermelhos e mal-vestidos bebendo ponche. Em algumas, ela viu o pai e parou para analisá-las por mais um instante; seus dedos se demoravam no rosto avermelhado do homem. E então, lá estava ela, aninhada bem no fundo da caixa. A única foto de uma festa de verão a que ela fora aos seis anos.

Heather a tirou da caixa e a analisou com atenção. Não era uma foto boa: tinha sido um pouco superexposta e algumas das crianças haviam ficado com aquele efeito irritante de olhos vermelhos. Havia um monte de gente, crianças e adultos amontoados em torno de uma toalha de piquenique coberta de sanduíches de ovo e pacotes de biscoitos. Heather se identificou imediatamente: uma criança pálida e de aparência ligeiramente solene, de cabelo escuro e uma lancheira rosa apertada contra o peito. Ali estava sua mãe, a expressão mais próxima de uma careta do que de um sorriso. E ali também havia uma menininha ruiva, talvez um ano mais velha do que Heather, de pé, vestida com um short azul e sorrindo para a câmera. Havia uma mancha de creme em sua bochecha, já que estava comendo bolo.

Fi. Heather lembrava bem do nome dela porque tivera certeza de que Fi não era um nome. Fi era a primeira parte da rima do gigante de "João e o pé de feijão". *Fi-fi-fa-fa, fi-fi-fó-fum, mau como eu só existe um*. Ela se lembrava claramente daquele dia porque sua mãe começara a chorar e a tremer no meio da festa e eles haviam precisado ir para casa.

Ela nunca soubera por que a mãe havia desmoronado daquele jeito, mas se lembrava de ter ficado triste por ter que deixar Fi, que era barulhenta, forte e gostava muito de subir em árvores. Elas tinham se apresentado e repetido seus nomes várias vezes para que pudessem se encontrar de novo no futuro — quando se é criança, nomes ainda parecem coisas mágicas. Fi. Fiona Graham.

Claro, ela só a havia visto uma vez, e sua família nunca mais voltara àquela festa específica. Talvez estivesse imaginando aquilo. Ela olhou para a garotinha de cachos ruivos e sardas e se lembrou do toque quente de sua mão.

Ela então olhou para a foto no site de notícias e sentiu frio. Ambas pareciam a mesma pessoa, não havia dúvidas. Fiona Graham, ao que parecia, havia se tornado uma boa pessoa, uma professora. Uma mulher que nunca fizera nada de errado além de levar a vida normalmente. Mas alguém invadira sua casa e provavelmente a feriria. Fiona Graham devia ter ajudado inúmeras crianças mais do que poderia imaginar: enxugara suas lágrimas e as levara para a enfermaria quando ralavam os joelhos. Suas alunas provavelmente pensavam nela com carinho, ou pensariam quando estivessem longe o suficiente da escola para ter sentimentos positivos em relação a seus professores.

E nada daquilo a havia salvado.

Havia um vídeo dos pais de Fiona em uma coletiva de imprensa, pedindo que qualquer pessoa com informações procurasse a polícia. Eles pareciam frágeis e em estado de choque, como se tivessem ficado ocos durante a noite e agora a mais leve brisa pudesse destruí-los. Era difícil aceitar que tivessem algum grau de parentesco com a ruiva vibrante e sorridente de pé em meio a um grupo de colegiais de shorts. A mente de Heather inevitavelmente voltou às imagens que tinha visto no início da noite. Será que aquele tinha sido o destino de Fiona Graham?

Ela estava colocando as fotos de volta na caixa quando seu telefone apitou com uma mensagem de Nikki.

Foi mal, eu estava terminando umas correções. Que coisa horrível. Por que o inspetor Parker não estava lá? Como sua mãe escondeu tudo isso? Você acha que é verdade? Você está bem, Heather?

Será que estava bem? Pensativa, Heather colocou a caixa de volta no chão e puxou as cobertas para cima das pernas. Por um lado, agora sabia mais coisas sobre sua mãe — jamais teria suspeitado que ela havia sido uma rebelde que fugira de casa aos quinze anos, nem mesmo que tinha fascínio por contos de fadas fantasmagóricos. No entanto, de alguma forma, saber todas aquelas coisas apenas expunha mais lacunas na história que ela acreditara ser real, deixando buracos enormes que pareciam levar a algo mais sombrio e terrível — como as feridas nos corpos das vítimas do Lobo Vermelho.

Quer a polícia a deixasse falar com Michael Reave de novo, quer não, ela teria que preencher alguns daqueles buracos.

Abi puxou o capuz e cruzou os braços, amaldiçoando o tecido fino da blusa esportiva. Se estivesse pensando direito, também teria pegado o casaco, mas o incômodo perpétuo da abstinência não deixava muito espaço para pensar claramente, e ela estava ansiosa para sair da casa de seu irmão e dar a ele e sua namorada um pouco de espaço. Ele tinha dito mais de uma vez que ela não precisava ir embora, claro que não, mas ela vira claramente em seu rosto: poucas coisas desanimam uma namorada mais rápido do que uma irmã drogada dormindo no sofá.

Ela andou até o fim da rua e parou por um instante, pensando em qual caminho seguir. Sua lombar doía levemente. Estava velha demais para dormir no sofá, mas perdera o terceiro emprego consecutivo e não tivera mais escolha. Também estava frio demais para vagar pelas ruas, mas ela não tinha dinheiro suficiente para mais nada. Abi escolheu ir para a direita e voltou a caminhar.

Era o lado degradado da cidade, onde a maioria das fachadas das lojas estavam fechadas com tábuas ou exibindo cartazes de casas de jogo, e um ou dois postes da rua estavam quebrados. Havia um pub chamado The Joiners na esquina, e Abi olhou cheia de vontade para as janelas texturizadas, mas a ideia de ficar lá parada só para se aquecer era humilhante; a ideia de esperar que alguém pagasse uma bebida para ela, mais ainda. Não tivera coragem de dizer a David que não tinha dinheiro para "se divertir" naquela noite e que o encontro agradável dele a condenaria a uma noite de tédio ligeiramente frio.

Abi passou pelo pub, fingindo que não tinha um destino final em mente. Ela dobrou outra esquina e seguiu por uma rua ainda mais decadente, já se perguntando se alguém estaria ali. Viu o parque no final da rua, encoberto por uma cerca de arame e um portão feio de aço. Havia balanços, um gira-gira enferrujado e a sombra alta de um escorrega, mas ela não conseguiu distinguir nenhuma pessoa. Abi se lembrou que, às vezes, quando estava frio, eles se sentavam embaixo do escorrega e dividiam suas guloseimas.

Estava tão decidida a chegar ao parque que quase não percebeu a figura que vinha em sua direção, um homem alto e forte, que também usava um capuz e mantinha o rosto nas sombras. Apesar do incômodo, ela sentiu um medo repentino e manteve a cabeça baixa, se xingando por não ter prestado mais atenção e não ter pensado em atravessar a rua. Quando ele se aproximou, ela sentiu o cheiro de algo podre e selvagem e, por um breve segundo, teve certeza de que ele ia gritar com ela ou agarrá-la — o homem cheirava a loucura, a desumanidade.

E então ele passou por ela e se foi com passos pesados que marcavam certo ritmo pela rua. Abi parou na entrada de um beco e ficou olhando o homem ir embora. Ainda sentia o fedor dele, por isso estava com o nariz franzido, mas, quando começou a se dar conta de que talvez o cheiro não estivesse vindo do homem encapuzado, uma forma escura saiu do beco e envolveu o pescoço dela com um braço forte.

17

Bruxabranquela59, ou Pamela Whittaker, como provavelmente era conhecida pelos companheiros de baralho, vivia em um conjunto habitacional popular em Elephant and Castle. Enquanto subia as escadas, Heather verificou o telefone de novo, mas ainda não havia chamadas perdidas do inspetor Parker. Quando ligara para ele naquela manhã, a ligação caíra na caixa postal, e ela deixara uma mensagem um tanto desconexa sobre a foto de Fiona Graham, antes de tirar uma foto da imagem com o telefone e enviá-la por e-mail.

Ao chegar ao segundo andar, ela bateu no apartamento de número 87 e a porta se abriu, revelando uma mulher alta com seus setenta e poucos anos, com uma cara bem menos rabugenta do que sua foto de perfil sugeria — embora estivesse olhando para Heather com olhos ligeiramente ansiosos. Ela vestia um cardigã de tricô verde-cáqui que pendia até seus joelhos e tinha mangas salpicadas de tinta. Seu cabelo, de um tom cinza metálico, estava preso por uma faixa rosa.

— Srta. Evans?

— Heather, por favor. — Heather abriu um sorriso caloroso e ajeitou a alça da bolsa para que ficasse mais confortável sobre o ombro. — Ainda quer bater um papo, dona Whittaker?

Pamela Whittaker acenou para que ela entrasse. O apartamento era apertado e o papel de parede laranja e marrom descascava das paredes onde não havia porta-retratos.

— Chá? Café?

Pamela Whittaker pediu que ela se sentasse no sofá. A sala de estar estava abarrotada com coisas normais — cadeiras, armários e mesas de centro —, mas também de cavaletes e rolos de papel, paletas com crostas de tinta marrom e verde e canecas transformadas em arco-íris por causa das manchas de tinta. Em uma mesa próxima ao sofá, Heather viu uma grande foto emoldurada, que claramente ocupava um lugar de destaque em meio ao caos geral, mostrando uma Pamela Whittaker mais jovem com os braços em volta de uma mulher baixa e curvilínea. Em algum lugar no meio da bagunça, uma tela de televisão mantinha tudo sob seu olhar negro.

— Suco? Tenho alguns refrescos em algum lugar aqui...

— Chá seria ótimo, obrigada.

Pamela desapareceu por uma porta estreita e reapareceu quase instantaneamente com duas canecas de chá fumegante — ela já devia ter deixado o bule fervendo, pensou Heather. Pamela se sentou em uma cadeira diante dela com a caneca entre as mãos.

— Vi seu trabalho online, dona Whittaker, e achei ótimo. Muito atraente, envolvente. Estou fazendo uma matéria sobre o Moinho do Violinista e achei que seria muito interessante obter o ponto de vista de uma artista.

Uma série de emoções passou pelo rosto de Pamela, e Heather as analisou, tentando decifrá-las. Prazer ao ouvir elogios a seu trabalho. Incerteza, talvez até medo, ao ouvir falar do Moinho do Violinista. E orgulho por ser chamada de artista. Olhando para o chá, Pamela se inclinou para frente.

— Sim, bom, obrigada. Eu sou totalmente autodidata, sabia? Meus pais não tinham dinheiro para me mandar para a faculdade de artes, então fui aprendendo onde podia. É o meu... é o trabalho da minha vida. Eu capturo, capturo a verdadeira face da natureza, sabe? O lado bruto dela.

Heather assentiu, séria, como se fizesse ideia do que a mulher queria dizer com aquilo. Ela havia entrevistado algumas pessoas quando estava trabalhando no jornal, e a chave era fazer com que o contato inicial fosse carregado de elogios — as pessoas sempre gostavam de falar sobre si mesmas. Afinal, era o assunto que mais conheciam.

— Que *interessante*. Fico feliz em ver que você ainda produz, dona Pamela. Continua a trabalhar mais com a paisagem do campo? Moinho do Violinista foi o começo disso para a senhora?

Pamela segurou a caneca com ambas as mãos.

— Foi, foi, acho que foi. Você é muito perceptiva. — Ela abriu um sorriso breve e tímido. — Eu estive lá quando tinha uns trinta e poucos anos. Estava viajando havia algum tempo pela Europa, sobrevivendo de feijão enlatado e trabalhando como garçonete, mas havia muita coisa para ver, sabe. Então acabei voltando para a Inglaterra, e muitos dos meus amigos estavam falando sobre um lugar em Lancashire que supostamente era voltado para a terra, o solo, e parecia alimentar diretamente… — Pamela assentiu, como se confirmasse algo para si mesma. — Parecia alimentar diretamente o meu trabalho.

— As obras que você produziu naquele período mostram bem o clima da área — disse Heather. Ela tomou um gole de chá. — O lugar te inspirou?

O rosto de Pamela pareceu fechar outra vez, e ela desviou o olhar para a janela, embora tivesse vista para a calçada e houvesse muito pouco a ver ali. Enquanto esperava que Pamela acabasse com o silêncio, Heather se viu olhando para a bagunça da sala: havia muitos pequenos desenhos e gravuras emoldurados, alguns da própria Pamela e outros de artistas que Heather não reconhecia. Um deles, que Heather considerou particularmente sombrio, mostrava uma figura masculina nua rabiscada em traços grossos de preto e vermelho, com uma cabeça de lobo feroz no lugar da normal.

— Dá para dizer que sim — respondeu Pamela, por fim. Ela mexeu na faixa do cabelo, nervosa. — É um lugar com uma energia ótima. Só indo lá para sentir…

Mas todo o entusiasmo anterior sumira de sua voz e, em vez disso, ela voltara a olhar para o chá.

— E então, como era? O que vocês faziam? — Heather sorriu de forma encorajadora. — Fumavam maconha, ouviam música? Uma espécie de adoração à natureza? Li algumas coisas online.

Pamela franziu a testa.

— Tinha um grupo, e eu meio que fazia parte dele, eu acho, mas sim, o princípio maior deles era a adoração da natureza. A ideia de uma paisagem assombrada, de voltar a uma época antiga em que as pessoas sempre tinham terra embaixo das unhas, em que conhecíamos os ritmos da floresta...

Heather pensou em Michael Reave, sentado naquela pequena sala amarela na prisão, dizendo coisas semelhantes.

— Me desculpe, dona Whittaker, mas o que isso realmente quer dizer? Havia rituais? Vocês cantavam músicas religiosas, lançavam feitiços? Esse tipo de coisa?

Pamela ergueu os olhos de repente, claramente esperando algum tipo de zombaria, então Heather manteve o rosto plácido.

— Nascer do sol, pôr do sol, cantos... — Ela estava se tornando mais vaga, olhando para a janela novamente. — Havia danças e drogas, sim. Tinha duas sacerdotisas, que se achavam melhores do que todos os outros e mandavam no território. Mas essa, essa era só uma parte mais tranquila daquilo. Quando a gente se aproximava mais do mote...

De repente, o comportamento de Pamela Whittaker mudou completamente. Ela sacudiu a cabeça e bateu a caneca na mesa de centro, fazendo com que pequenas ondas de chá derramassem das laterais e encharcassem um pano de prato bordado.

— Dona Whittaker, a senhora está...

— Eu vi coisas! Coisas horríveis. Mulheres sendo usadas e machucadas, mas, quando eu reclamava, me diziam que eu estava imaginando, ou pior, que eu estava com ciúme porque não fazia parte do círculo interno. Diziam que eu simplesmente não entendia, porque eu era… — Suas bochechas pálidas agora tinham manchas rosadas. — Eu vi sangue na floresta, mas não podíamos falar sobre aquilo.

Apesar do calor da sala de estar, Heather sentiu um calafrio.

— Você não foi à polícia?

Pamela Whittaker lançou um olhar de pena por cima dos óculos.

— Uma hippie viciada e lésbica falando sobre abuso na floresta? Eles teriam me mandado embora na hora, srta. Evans. Isso se não me prendessem só por ser maconheira.

Heather se pegou reavaliando bruxabranquela59. Sim, ela tinha a personalidade de uma artista neurótica e imprevisível, mas havia nela também uma forte noção de realismo.

— Era um lugar maligno. — Pamela olhou para as próprias mãos e uma expressão de ódio contorceu suas feições. — *Maligno*. Como eu disse, acho que só indo lá para sentir. Se tem alguma coisa em que ainda acredito é que a paisagem se lembra. Bem no fundo de suas raízes rochosas, a paisagem se lembra de todas as coisas horríveis, de todo o sangue derramado. O Moinho do Violinista é assim. Eu não voltaria lá nem que você me pagasse.

— Dona Whittaker, estaria disposta a me dizer exatamente o que viu? Se houve crimes, temos que ir atrás da justiça. Eu poderia ajudar. A senhora pode descrever o que aconteceu lá?

Toda a raiva e certeza pareceram sangrar daquela senhora e seus lábios cerrados foram ficando úmidos e frouxos.

— Foi há tanto tempo… Mesmo com as melhores intenções do mundo, as coisas ficam confusas. Pintei algumas coisas, outras não consegui. Bebês chorando, sangue na terra…

— Como é? Sangue na terra?

Pamela Whittaker balançou a cabeça, mas não disse nada.

— Pamela, você sabia que Michael Reave esteve naquela comunidade?

A mulher ficou imóvel, como um coelho no mato quando há um cachorro na floresta.

— Sabe de quem estou falando? Michael Reave? O Lobo Vermelho?

— Pensei que você quisesse falar sobre a minha arte. — A voz de Pamela Whittaker soou baixinha e levemente rabugenta. — Parece que deixei você entrar aqui sob falsos pretextos. Sei que você é jornalista. Ou era. Eu sei usar o Google, sabia?

Heather deu de ombros, sentindo toda a admiração anterior por Pamela Whittaker se dissipar. Não queria pensar em seu antigo emprego nem em como o havia perdido.

— Mas você não acha interessante? Está me dizendo que o Moinho do Violinista é maligno, que viu coisas horríveis, e tudo isso enquanto havia um assassino em série por lá. Acho que isso torna sua história ainda mais verossímil, mas você não parece muito disposta a falar a respeito. Por que não?

Pamela Whittaker pressionou os lábios finos.

— Ele estava lá. Havia outros também. Contei à polícia depois, quando tudo foi descoberto... Não posso falar sobre isso agora.

— O que aconteceu? Eles te ameaçaram? Quem mais fazia parte daquele círculo?

Com o rosto contorcido de desgosto, a senhora meneou a cabeça devagar.

— Sempre havia boatos sendo espalhados. Boatos sobre orgias na floresta e no que isso dava, as consequências. Conheci uma jovem chamada Anna. Ela era muito frágil, muito vulnerável e não devia estar em um lugar como aquele... Não percebi até que fosse tarde demais, é claro.

— O que aconteceu com ela lá?

— Olha, sendo bem sincera, eu não sei. Mas ela deixou o Moinho do Violinista profundamente alterada. Não vou mentir, srta. Evans, de início, Anna já não era muito boa. Da cabeça, quer dizer. Mas, quando a vi tempos depois, ela me disse que tinha engravidado no Moinho do Violinista e tido o bebê na floresta. E então criaturas tinham vindo e levado o bebê, o roubado dela.

— Monstros roubaram o bebê dela? Foi isso o que ela disse? Você a viu grávida enquanto estava lá?

Pamela Whittaker ergueu os ombros magros.

— Eu não ficava lá todo o tempo. Ia embora procurar trabalho por um tempo e depois voltava, mas lembro que houve um momento em que ela parecia feliz. Ela não me dizia por quê, mas ficava muito com a mão na barriga. E devo acrescentar que ela não parecia grávida e era muito miúda. — Ela olhou para Heather por baixo dos cílios. — Uma gravidez teria ficado mais visível do que uma bola de boliche.

— Ela não procurou a polícia, já que achou que o filho tinha sido roubado?

— Você não entende. Anna não era... confiável. Uma mulher como ela agora teria ajuda, tomaria todo tipo de medicamento, mas naquela época... Não dariam a mínima, e o Moinho do Violinista a fez piorar. Fiquei tão triste por ela. Ainda fico.

Heather se recostou um pouco no sofá estofado. Não dava para saber se alguma coisa do que ela estava ouvindo era útil ou não.

— Anna conheceu Michael Reave?

Pamela Whittaker virou a cabeça para o lado.

— Não que eu tenha visto. Mas ele era um enigma. Ele ia e vinha o tempo todo. Não tenho ideia de quem o conhecia lá, não mesmo. Imagino que saiba que isso tudo é muito perturbador. Lembrar dessas coisas.

— Pamela, me desculpe, mas acho que minha mãe também esteve lá, e eu realmente preciso saber por quê. Será que você a conheceu? O nome dela era Colleen, ela devia ser adolescente na época. Magra, loira.

— Sua mãe? Então é disso que se trata? Não tenho tempo para mentirosos, mocinha.

Abruptamente, Pamela Whittaker se levantou e saiu da sala. Heather a observou ir embora, se perguntando se ela voltaria com um rolo de massa e a expulsaria do apartamento. Ela apertou os lábios. Tinha começado a conversa muito intensa, como de costume, e a assustado.

Em vez disso, Pamela voltou com o que parecia ser um álbum de fotos preto e grosso, que entregou para Heather. Seu rosto estava fechado novamente e as manchas rosas em suas bochechas tinham voltado à cor de queijo velho.

— Não conheci ninguém chamada Colleen, mas havia muitos de nós lá. Tome, esse é o meu trabalho da época, mandei fazer algumas cópias. É assim que arquivo as coisas, que mantenho o controle. Talvez você encontre algo aí.

Heather abriu o álbum. Em vez de conter fotos de família, estava repleto de impressões coloridas de pinturas e fotografias de qualidade decente, a maioria em formato A4. Havia uma data pintada com corretivo branco na capa de couro: 1978–1983.

— Leve, pegue emprestado. Tudo o que tenho a dizer sobre o Moinho do Violinista está aí. Pode ajudá-la, seja lá o que você está procurando, srta. Evans. — Ela respirou fundo, pairando sobre Heather, claramente querendo que ela fosse embora. — E vá falar com a Anna. Escrevi o endereço em um Post-it do lado de dentro. Não acho que você vá entendê-la muito bem. Eu não consigo, e já faz muito tempo. Mas não sei, talvez faça bem a ela pensar que alguém se preocupa com o *bebê* dela, ou o que quer que seja.

De repente, ela parecia estar à beira das lágrimas.

— Coisas terríveis aconteceram lá, srta. Evans, mas me perdoe, não quero me expor a isso de novo, nem mesmo para lembrar os detalhes que você deseja. — Ela estremeceu toda. — É uma ferida que nunca cura.

Heather ergueu os olhos, mas Pamela Whittaker já estava se virando. Ela pensou de novo na carta de suicídio de sua mãe: *monstros na floresta*.

— Agora, se você não se importa, tenho muito o que fazer.

No caminho de volta descendo os degraus de concreto frio, o telefone de Heather tocou. Ao parar ao lado de uma velha e maltratada cabine telefônica, ela apertou o botão receber.

— Dona Evans?

— Ah, inspetor Parker. Olá.

— Recebi sua mensagem. Você tem algo sobre Fiona Graham?

— Sim, te enviei um e-mail. Não é muito, mas tem uma foto que acho que pode ser dela. Meu pai tirou, anos atrás.

— Você acha que seus pais conheciam Fiona Graham?

A pergunta a atingiu por um momento. O que ele estaria sugerindo?

— Olha, não sei. Provavelmente não é nada.

— Você viria aqui no escritório amanhã? Estou de volta a Londres.

— Pensei que havia perdido a chance de te ver de novo.

Ele fez um pequeno ruído divertido, e Heather ficou surpresa com o quanto lhe agradava diverti-lo, mesmo que só um pouco. Era bom sorrir depois de sua conversa desagradável com a dona Whittaker.

— Você não teve tanta sorte — continuou ele.

— Então você encontrou Fiona Graham?

Houve uma pausa, e Heather imaginou todos os tipos de destinos terríveis para a garota que podia ter conhecido rapidamente na infância. Ela ficou imóvel, olhando sem ver o vidro arranhado da cabine telefônica.

— Olha, amanhã eu digo o que puder. Se você puder vir.

— Encontro marcado.

Ela esperou por outra risada, mas não ouviu nada daquela vez.

Quando Heather voltou para a casa de sua mãe, encontrou Lillian parada em seu portão com um grande pote em seus braços. Vendo a expressão confusa de Heather, a velha teve a graça de parecer envergonhada.

— Não pense que estou enfiando o meu nariz onde não sou chamada, querida, mas você parece magra e estou preocupada que não esteja comendo direito. — Quando Heather ia abrir a boca para falar, Lillian ergueu a mão. — Eu sei, estou te trazendo memórias antigas, também não é o papel que eu queria desempenhar, mas aqui estamos. Não consigo deixar de me preocupar. — Ela ergueu o pote em seus braços para sentir o peso. — Só um bolinho. Algo para forrar o estômago. Assei hoje de manhã e descuidadamente assumi que você estaria em casa. Eu estava aqui em dúvida, me perguntando se deveria deixá-lo na sua porta como uma fada madrinha.

Heather pensou na pilha de louças da noite anterior, as filas de copos vazios e taças de vinho. Ela estremeceu.

— É muito gentil de sua parte, Lillian. Por favor, entre.

Do lado de dentro, Lillian levou o recipiente para a cozinha e a colocou na lateral, olhando apenas brevemente para o caos ao redor da pia.

— Prontinho. É só pudim de pão, mas é bom e tem sustância, e se você colocar um pouco de sorvete para acompanhar fica realmente muito bom, se é que minha opinião conta. — Ela fez uma pausa e colocou uma mão quente no braço de Heather. — Vou te deixar em paz agora, prometo, mas, se precisar de qualquer coisa, você vai me avisar, não vai? Você está bem, Heather? Eu detestaria pensar que você estava com dificuldades e sei que sua mãe ficaria horrorizada.

Os olhos cinzentos da velha estavam afiados e firmes, procurando o rosto de Heather avidamente. Por um momento, Heather sentiu que ia chorar; estava perto de contar tudo a Lillian — o terror de congelar os ossos quando a polícia ligou para falar sobre o suicídio de sua mãe, a culpa interminável que ela sentia todos os dias desde que seu pai morrera, até mesmo a presença assombrosa de Michael Reave. Ela abriu a boca, pronta para despejar tudo, e os olhos de Lillian se arregalaram apenas ligeiramente. Por alguma razão, a expressão ansiosa em seu rosto quebrou o feitiço e, em vez disso, Heather apenas deu um sorriso amarelo.

— Obrigado por se preocupar, Lillian. E pelo pudim de pão.

A mulher assentiu, sorrindo enquanto pegava sua bolsa, mas Heather teve a nítida impressão de que ela estava desapontada.

— Imagina, querida. Talvez você deva pensar em fugir daqui um pouco, depois do funeral. Passar um tempo sozinha, algum lugar tranquilo. Vai te fazer muito bem.

Elas caminharam até a porta juntas, e assim que saiu ela acrescentou:

— O pote pode ser lavado na máquina de lavar louça, se isso ajudar.

Depois que ela saiu, Heather serviu um grande pedaço do pudim de pão, aqueceu-o novamente e se serviu de uma grande taça de vinho. Era cedo o suficiente para que o céu ainda estivesse claro, mas, presa entre árvores e arbustos, a casa já estava se enchendo com as sombras mais escuras da noite. Decidindo seguir a deixa, Heather vestiu o pijama e sentou-se no sofá com a tigela de pudim, uma pilha de anotações e seu notebook ao lado. Ela comeu sem parar, pegando mais uma porção e outra grande taça de vinho, até que começou a se sentir cada vez mais tonta. Logo ficou difícil se concentrar nas anotações de sua conversa com Pamela Whittaker, e as páginas de sites de notícias — todos estampados com imagens de Fiona Graham — estavam cada vez mais difíceis de ver. Heather deu um enorme bocejo.

Checou o telefone e viu que havia algumas mensagens perdidas de Nikki, mas a ideia de tentar digitar qualquer tipo de resposta só aumentou a crescente sensação de enjoo. Em vez disso, jogou o telefone de volta no sofá — ele quicou em uma almofada — e se levantou, uma decisão da qual se arrependeu imediatamente.

— Merda.

Seu estômago e a sala pareciam girar em direções opostas. Normalmente, duas taças de vinho não eram suficientes para deixá-la bêbada, mas ela comera só um sanduíche no almoço. Ela atribuiu à baixa de açúcar no sangue.

— Pelo visto vou dormir cedo.

Inquieta, ela subiu lentamente as escadas até o banheiro. Piscando para seu reflexo no espelho do armário, foi possível ver por que Lillian estava tão preocupada; sua pele estava branca como giz e havia manchas escuras sob os olhos, como hematomas antigos. Até o cabelo dela estava oleoso, com mechas grudadas na testa. Fazendo careta, ela foi pegar sua escova de dentes e descobriu que não estava na pia onde normalmente a deixava, e nem tinha caído no chão de ladrilhos. Presumindo que devia ter jogado no armário de remédios naquela manhã, distraída por pensamentos sobre o encontro com Pamela, ela abriu a porta — apenas para algo cair dentro da pia.

Era um pedaço de papel lilás e um punhado de penas marrons. Com a bile subindo rapidamente no fundo da garganta, Heather tirou o papel da pia antes que absorvesse mais as gotas de água. Ao virar viu um pequeno pássaro desenhado no topo da página — o mesmo papel, ela percebeu, em que sua mãe havia escrito seu bilhete de suicídio. Havia uma pequena nota em esferográfica preta, cuidadosamente escrita em letras maiúsculas.

— E daí? — disse ela em voz alta. — Só um pedaço de papel que ela deixava por aí. E as penas são daquele maldito pássaro. É isso.

Mesmo assim, seu estômago estava se revirando antes de ler as palavras.

Sei o que você é, e acho que você também sabe.

E embaixo um pequeno coração negro.

18

Antes

Michael cresceu e ficou forte em um ritmo tremendo, adquirindo uma camada de músculos e espichando para ficar quase tão alto quanto o homem. Se estava faminto de contato humano, ele não ligava e nem pensava muito sobre isso — passava os dias fora na floresta ou na biblioteca. Às vezes fazia desenhos, embora tivesse muito cuidado em escondê-los e os enfiasse debaixo do colchão nas primeiras horas da manhã. Às vezes, a mulher que limpava o casarão vinha e ele não a atrapalhava, ficava ouvindo os sons do aspirador dela ou seu suspiro fraco enquanto polia uma peça de prata, e de vez em quando outros homens vinham à casa; homens do campo grandes e rústicos que traziam um rastro de fumaça de cigarro e o leve cheiro azedo de cerveja. Quando vinham, Michael fazia questão de sair de casa e às vezes ficava na floresta a noite toda, observando a luz lilás do amanhecer passar pelas árvores e cuidando de seus túmulos.

Uma tarde, ele voltou para a casa para encontrá-la preenchida por uma nova presença, algo que não conseguia descrever. Ele foi entrando por trás da porta, cheirando cuidadosamente — havia um perfume, algo floral e exótico, e uma energia diferente. O cachorro apareceu do outro lado do corredor e logo se foi, e um segundo depois ele ouviu o homem chamá-lo.

— Michael! Temos visita. Venha conhecer todo mundo.

Era verão. A sala estava quente e silenciosa. Partículas de poeira pairavam no ar, fazendo Michael pensar numa água velha movendo-se lentamente em um aquário esquecido. O homem estava sentado em uma das cadeiras de madeira, inclinando-se ansiosamente para ver o rosto de Michael. No grande sofá verde, duas mulheres estavam sentadas — ambas mais velhas do que Michael, mas não tão velhas quanto o homem. Uma tinha a pele branca como giz com lábios rosados e brilhantes e as sobrancelhas pareciam ter sido desenhadas com uma caneta. Ela usava um vestido azul justo com buracos nas laterais; sua pele pálida pulava para fora como pão cru. A outra tinha muito cabelo amarelo que deixava preso no topo da cabeça e, de um jeito meio incongruente, usava um casaco de pele branco grosso sobre uma saia preta curta e um top com manchas. Michael percebeu, apenas olhando, que a pele do casaco não era real; ela se espalhava ao redor da mulher como se ela estivesse sentada nos braços de um grande urso branco. Ela sorriu para Michael, revelando pequenos dentes bem-cuidados.

— Este é o seu menino, não é? Ele já é um rapaz.

A outra mulher riu, erguendo as sobrancelhas falsas querendo dizer algo que Michael não conseguiu entender.

— Venha e diga olá. — O homem acenou para ele. — São minhas amigas.

Michael não se mexeu. O estranho cheiro floral estava vindo das mulheres e, na clausura daquela sala quente, era opressor. Havia muito que pensar a respeito delas, e ele podia sentir seu coração começando a bater rápido demais: grossos anéis de prata em dedos ossudos, sapatos vermelhos brilhantes com saltos que pareciam facas, os sacos macios de pele que pareciam pular para onde quer que ele olhasse. A garota das sobrancelhas se inclinou para frente, ameaçando escapulir de seu top apertado.

— Ele não está com medo, está? Não de nós.

— Claro que não — disse o homem.

Michael percebeu o olhar que ele lhe deu: interessado, quase com raiva. Havia um caminho que Michael deveria seguir agora — assim como com aquelas garotas — e ele estava perto de perdê-lo. Mas, de forma abrupta, resolveu deixar para lá. Estava enojado com aquelas mulheres estranhas e coloridas e seus cheiros fortes. Elas estavam perturbando sua casa, deixando o ar estranho e carregado. Pela primeira vez, ele sentiu uma fagulha de raiva em relação ao homem, uma sensação de traição. Aquele lugar deveria ser *seguro*.

Ignorando as risadas de uma das mulheres, ele saiu da sala de estar e voltou para o lado de fora na tarde que se alongava. Caminhou e continuou caminhando, pegou os caminhos de que mais gostava, passou pelo Bosque do Violinista, pelos campos e foi mais além, passou das sebes e matagais até que chegou nas estradas pavimentadas. Ele também andou por elas, caminhou mais longe do que nunca, com o sol quente na cabeça e sua mente cuidadosamente em branco.

O sol avançava lentamente em direção ao horizonte quando ele chegou aos arredores de uma pequena vila. Havia carros estacionados do lado de fora das cabanas, mas afastados da estrada e, um pouco mais adiante, ele viu a placa de um pub pendurada em um prédio preto e branco. Havia pessoas ali, percebeu ele. Pessoas que poderiam se perguntar o que um estranho de quatorze anos fazia vagando por aí sozinho; pessoas que podiam até conhecer sua família. Com um salto, como se tivesse sido encharcado por um balde de água fria, Michael deu a volta para retornar aos campos, sentindo-se súbita e terrivelmente exposto — ele era o rato fora de casa depois do anoitecer, pego pela sombra da coruja — e foi então que ele a viu.

Uma figura com um casaco vermelho, parada perto de uma parede baixa e de pedra. Ela estava recostada, sorrindo e com o rosto pálido voltado para o que restava do sol. Seus afiados dedos brancos estavam espalmados contra a pedra cinza, mas ele sabia que podiam se mover rapidamente. Podiam tocá-lo em instantes.

Ele correu.

Um movimento se fez quando passou por ela. Ele sentiu que ela ia virar a cabeça para olhá-lo, sentiu suas mãos afiadas se estenderem, e soube que se sentisse o toque suave de seus dedos ia desmaiar e pronto. Ele estaria lá de volta, no armário, à mercê de sua família novamente — à mercê de sua mãe, que batia nele, de seu pai, que o odiava, e de sua irmã... que vinha até ele à noite, com seu casaco vermelho e seu sorriso afiado.

Ela não o pegou. Em vez disso, ele correu descontroladamente para os campos, até estar de volta sob a benção das árvores, e por fim, seu terror se tornou outra coisa. Algo rubro. Ele esfregou o rosto com raiva, indignado com a dor que sentira e o latejar lento da pontada em seu lado.

Não é certo.

Não era certo que elas viessem com seus rostos sorridentes e suas mãos afiadas e levassem sua segurança embora. Não era certo que pudessem torná-lo fraco assim, quando ele era o forte. Elas eram macias, afinal de contas; ele vira a fraqueza de suas carnes escapulindo das roupas; sentira seus cheiros de presa nos perfumes florais em que se banhavam. Mulheres eram perigosas e difíceis, exatamente como o homem dissera que eram. Elas sempre seriam letais para ele, algo a ser temido.

Quando retornou para a casa, o homem não estava em lugar nenhum, mas a porta da sala de estar estava aberta e Michael pôde ver uma das mulheres ainda sentada no sofá. Era a de casaco de pele branco e parecia entediada enquanto puxava um fio solto de uma almofada. A outra garota havia sumido. Michael foi até a cozinha e pegou uma das facas grandes de carne. Ele vira o homem cozinhar com ela algumas vezes: cortar bifes e desossar lombos de porco. Quando voltou, a garota ainda estava lá e, nas sombras da noite que se faziam cada vez mais presentes, Michael percebeu que ela não podia vê-lo parado à porta. Ele se imaginou na floresta, em silêncio e sentindo-se em casa, uma força predatória. Pensou em todos os pequenos fantasmas que havia guardado com cuidado na terra escura, em como o conheciam pelos passos silenciosos quando ele caminhava sobre seus túmulos.

Com a faca em uma das mãos, ele entrou na sala de estar e fechou a porta.

Mais tarde, muito mais tarde, Michael percebeu o homem parado à porta, o observando. Ele piscou algumas vezes. A sala parecia ter mudado: era um lugar diferente, uma paisagem vermelha, tomada pelo silêncio.

— Michael. — A voz do homem soou baixinha. — Não podemos deixá-la aqui, rapaz.

Ele balançou a cabeça.

— Vamos levá-la para a floresta.

— Não. — O homem deu um único passo para dentro da sala, e então pareceu pensar melhor. — Lá vai ser muito perto também. Temos que levá-la para longe, Michael, só para ter certeza.

— Mas foi isso que prometi a ela, um lugar sob as árvores.

Michael não se lembrava de fazer nenhuma promessa à mulher, mas a última hora já se tornava um estranho sonho febril e aquilo parecia suficientemente certo. Ela merecia ficar no Bosque do Violinista com os outros, para que pudesse sentir os passos silenciosos dele caminhando sobre ela.

— Não vai ser possível, rapaz — disse o homem, com a voz manchada por um toque de perigo.

Michael tirou os olhos da bagunça no carpete e olhou para ele. O homem era uma criatura feita de sombras pretas e cinzentas, e a luz da única luminária se refletia no olho falso fosco.

— Você foi muito bem, mas agora tem que me ouvir, entendeu? Preste atenção em cada palavra e aprenda alguma coisa, está bem?

No final, entregaram o coração dela ao Bosque do Violinista. O resto foi colocado na velha van do homem e eles dirigiram por um longo tempo, o que fez o aroma quente e doce do corpo dominar o carro e deixou uma cara feia no rosto do homem. Por fim, quando acharam um lugar bom e distante, tiraram-na da van e a colocaram na grama. O céu, naquela hora, já ganhava um tom de prata queimada e o homem estava ansioso para ir embora.

— Temos muita coisa para arrumar, rapaz, e não ache que você vai se livrar disso. É importante que aprenda. Uma boa limpeza vai salvar sua pele.

Michael o ignorou por um instante. Com os olhos voltados para o céu cada vez mais claro, a mulher na grama parecia estranhamente serena. Abaixo da clavícula, tudo não passava de um massacre emaranhado de sangue. Ele sabia por que ela parecia tão tranquila: porque seu coração estava na terra fria e escura, em meio às raízes da antiga floresta. Com um único dedo da mão enluvada e usando o sangue da moça, ele desenhou um coração em um dos únicos pedaços de pele que não tinha sido destruído.

— Um coração por um coração — disse.

E o casaco dela. O casaco, que fora tão branco, estava encharcado de um vermelho vivo. Ele sorriu e gravou a imagem na memória, antes de voltar para a van.

19

No quarto de hóspedes, com as luzes ainda acesas, Heather estava sentada na cama, com os joelhos apertados contra o peito, esperando o enjoo passar. Havia um balde no chão ao lado. Ela amassara o bilhete e o jogara no lixo do banheiro, mas não conseguia parar de pensar nas palavras, tão claras e tão condenatórias. A letra não parecia ser de sua mãe, mas o quanto ela a conhecia, no fim das contas? Sem contar o fato de ter sido escrito com grandes letras maiúsculas, muito mais parecidas com o jeito que seu pai escrevia em Post-its na geladeira pedindo mais leite, ou em recibos no trabalho. Heather lembrou que Nikki havia dito que suicidas eram pessoas muito doentes, que talvez não pensassem de forma clara quando escreviam suas cartas — e talvez aquele recado tivesse sido escrito por sua mãe quando ela estava mal, escrevendo cartas acusatórias para uma pessoa não específica, ou quem sabe até para si mesma. Ela queria acreditar por causa do fiapo de conforto que a ideia lhe trazia, mas não conseguia.

Heather sabia que o bilhete era para ela.

Fazia sentido. Era parecido demais com todas as acusações que sua mãe fizera contra ela nos meses anteriores à sua mudança para a cidade. Na época, nos dias sombrios após o enterro de seu pai, as duas estavam em um estado de guerra e todos os conflitos entre elas finalmente haviam sido expostos pela perda da única pessoa que tinha mantido a família unida.

Horas de silêncio haviam surgido, longos períodos em que as duas se mantinham afastadas, até que, inevitavelmente, alguma coisa fazia uma delas explodir, como um dos tênis velhos do pai enfiado embaixo da mesa dobrável ou um pote de sorvete de que ele gostava muito no congelador. E, então, como farpas penetrando na pele, aquelas pequenas lembranças da ausência dele — *do que Heather havia feito* — voltavam a abrir todas as feridas.

Relutante, Heather se lembrou de ter levado a ave ferida para casa, ainda embrulhada com cuidado na camiseta. Ela a escondera em seu quarto, depois de achar uma caixa velha de sapatos e forrá-la com panos velhos. Tinha enchido um potinho de água e roubado alguns flocos de cereal, achando que talvez o animal pudesse comer. Pensando agora, em retrocesso, ela ficou impressionada por ter feito aquilo — claro que não conseguiria ter mantido o bicho escondido por muito tempo e não tinha a menor ideia de como cuidar de um animal. Afinal, nunca pudera ter um de estimação.

Mesmo ali, depois que a vida dera a ela uma série de lembranças terríveis, a expressão no rosto de seu pai quando ele havia encontrado a caixa ainda era uma das piores. Ele havia arrancado a caixa de seu lugar ao lado da cama — Heather lembrava que o passarinho parecia morto na hora, com a cabeça curvada na direção do peito e os olhos vítreos — e um olhar de puro pavor passara pelo rosto dele. Então, aos poucos, a raiva substituíra o medo: uma raiva tão inesperada e completa que pensar nela como adulta ainda a assustava.

Seu rosto ficara vermelho e os dois haviam gritado um para o outro, em um coro crescente de revolta. Mesmo naquele dia, Heather ficara surpresa com o calor da própria raiva, em grande parte alimentada pela surpresa — na dinâmica da pequena família deles, o pai era o toque suave e a mãe, a palmatória. Além disso, era apenas um passarinho. Um pobre passarinho. E ele estava agindo como se ela tivesse saído para matar bebês.

Ela lembrava que havia dito isso. Tinha gritado a frase na cara dele. Manchas brancas tinham aparecido nas bochechas vermelhas dele e seus olhos estavam úmidos e brilhantes. Ele saíra do quarto dela com a caixa do pássaro ainda nas mãos. Seu pai havia morrido cerca de quarenta e cinco minutos depois, de um infarto repentino e apocalíptico, enquanto estava no parque, devolvendo o passarinho ao local de onde tinha vindo. Estava tarde e o sol se punha, por isso não houvera ninguém por perto para ajudá-lo, nem para chamar uma ambulância, e tudo tinha acabado lá mesmo.

Sentada sozinha no quarto de hóspedes da casa vazia da mãe, Heather olhou para as próprias mãos. Sentia-se enjoada e tão cansada que não conseguia evitar que suas pálpebras caíssem a cada cinco segundos, apesar de seu coração estar disparado.

"Você sabe o que fez." Tinha sido isso que a mãe havia sibilado para ela, um ou dois dias depois do enterro. Ela nunca vira a mãe beber antes, mas a mulher havia bebido naquele dia, tomado pequenos goles de um copo de vodca com Coca-Cola, e estava com os olhos vermelhos e a pele em torno da boca enrugada. "Você sabe o que fez." Era a verdade gelada, o rio congelante entre as duas, que nunca poderia voltar a ser atravessado. Será que era tão diferente assim de *Sei o que você é?* Heather percebeu que podia imaginar a mãe escrevendo o recado. Podia imaginar facilmente, os lábios apertados de ódio e a mão segurando a caneta com tanta força que seus dedos haviam ficado esbranquiçados.

De repente, Heather se inclinou para fora da cama e vomitou profusamente, pegando o balde na hora certa. Um coalho quente de pudim de pão e vinho azedo se espalhou, molhado, pelo fundo do plástico, e seu estômago se contraiu e se retorceu até que tudo estivesse fora. Depois, parte de sua energia vital pareceu deixá-la e ela finalmente conseguiu dormir, apesar do cheiro de vômito e das luzes acesas fortes.

Heather acordou perto das quatro da manhã e se sentou na cama. *Minha escova de dentes estava no armário*, pensou do nada, sem entender por que a informação era importante. Foi só quando saiu para desligar a luz e depois voltou para a cama que notou o que aquilo significava: se tinha posto a escova de dentes no armário de manhã, então por que o bilhete e as penas não haviam caído?

Ela ficou acordada por um tempo depois disso, até o cheiro rançoso de vômito a forçar a sair do quarto e ir para o sofá lá debaixo.

20

— Desculpe pela confusão.

Heather desviou da pilha de caixas de arquivo enquanto o inspetor Parker a guiava pelo escritório caótico. Era muito malcuidado para uma delegacia, na opinião dela, basicamente lotado de pessoas que franziam para folhas de papel ou comiam sanduíches do Subway, mas pelo menos era bem animado.

— Como falei antes, você está ocupado, não é?

Ben Parker lançou um sorriso rápido por sobre o ombro.

— Sempre estou. Mas acontece que parte do teto caiu no lado leste do prédio, então um monte de coisas que estava lá foi trazido para cá. — Ele indicou as mesas sobrecarregadas. — A gente também costuma interrogar as pessoas lá, então você vai ter que usar a minha sala hoje.

Nos fundos do espaço aberto, eles chegaram a uma série de pequenas salas fechadas, com as divisórias de vidro cobertas de Post-its e manchas claras de fita adesiva antiga. Parker a levou para dentro de uma delas e pousou sobre a mesa abarrotada os dois cafés que estava carregando. Quando Heather se sentou, ela se viu tentando analisar tudo que a mesa tinha: havia relatórios escritos à mão, e-mails impressos e algumas fotografias grandes do que parecia ser o quarto de alguém

— Então isso é um interrogatório? Quer dizer, está parecendo muito oficial.

— Ah, não. — Parker se sentou, fazendo a cadeira ranger levemente. Ele passou a mão no cabelo e também olhou para o caos em sua mesa. Parecia ter esquecido por que os dois estavam ali. — É só uma conversa. A foto que você acha que pode ser de Fiona Graham. Você está com ela?

— É, eu...

Heather puxou a bolsa para o colo, pronta para procurar pela fotografia, quando outra coisa na mesa chamou sua atenção. Era uma série de sacolinhas plásticas transparentes, todas contendo o que parecia ser um cartão de aniversário engraçadinho. Na ponta da mesa, um saquinho continha algo totalmente diferente: uma pedra cinza lisa, mais ou menos do tamanho da palma da mão dela. Era polida, brilhante e tinha um formato grosseiro de coração desenhado na superfície. Heather se interrompeu e seu coração pareceu ter um sobressalto.

— O que é isto?

Parker olhou para onde ela estava olhando e fez uma careta.

— Desculpe. Como expliquei, está tudo uma bagunça aqui.

Ele se levantou e andou até a frente da mesa. Heather, imaginando que ele ia guardar as sacolas com as provas, não parou de olhar para a pedra.

— São provas coletadas na escola em que Fiona Graham trabalhava. Trabalha. — Ele suspirou e tirou a bandeja de cima da mesa. — A perícia é mais rápida aqui, então estamos fazendo tudo para analisar as pistas o mais rápido possível.

— Essa pedra é...

— Esta? Foi presente de uma das alunas dela.

Ela quis pegá-la, sentir o peso. Não era nada, provavelmente. Corações desenhados em objetos eram bastante comuns, mas ela não conseguiu deixar de pensar no vaso de plantas vazio do jardim de sua mãe. O desenho grosseiro que aparecera nos pertences de uma mulher assassinada. O bilhete deixado em seu banheiro. Alguém na internet não havia afirmado que o Lobo Vermelho comia o coração das vítimas? Ela sentiu um calafrio. Parte dela queria lembrar isso a Parker, se agarrar a algo que parecia ser uma pista, mas, ao mesmo tempo, ela não conseguia deixar de se ver através dos olhos dele: uma mulher que havia acabado de perder alguém, falando dos vasos de argila da mãe. Ela ia parecer maluca. E, se achasse que ela era doida, ele talvez não a deixasse voltar a falar com Michael Reave e isso acabaria com qualquer chance de Heather obter respostas sobre a mãe.

— Você descobriu alguma coisa? Quer dizer... — Heather pigarreou. — Quer dizer, acha que o assassino mandou um cartão de aniversário para Fiona Graham?

Parker deu de ombros.

— Criminosos violentos com certeza fazem as coisas de um jeito estranho. E, claro, temos que verificar tudo. E é por isso que...

Ele ergueu as sobrancelhas e Heather se lembrou da bolsa que tinha no colo.

— Ah, claro.

Ela tirou a foto do bolso da frente e deu uma olhada rápida antes de entregá-la ao policial. No caminho para a delegacia, ela começara a pensar que seu palpite era ridículo, que estava vendo coisas que não estavam na foto, mas o coração de pedra na mesa de Parker mudara tudo aquilo.

— Humm. Temos a foto que você mandou, mas, como pode imaginar, é melhor vê-la ao vivo. — Ele esfregou o polegar na superfície da fotografia. — Parece uma foto real.

— Você acha que eu a falsificaria?

Apesar de tudo, Heather achou a ideia meio engraçada.

Parker olhou para ela.

— Você ficaria surpresa com as coisas estranhas que as pessoas fazem, dona Evans. Especialmente em casos assim. Sabe onde ela foi tirada?

Parker franzia a testa para a foto, perturbado. Ela quase esperara que ele ridicularizasse a foto na hora, mas ele a virava, procurando uma data que não estava ali.

— Pelo que me lembro, em uma festa de verão em algum lugar dos arredores de Londres.

Parker olhou para ela.

— Eu sei, mas dá para ver quantos anos eu tinha. Dito isso... — Ela inclinou a cabeça levemente para o lado, tentando se lembrar das viagens pouco frequentes da infância. Não conseguia parar de pensar no desenho irregular de coração. — A gente costumava ir a Kent ou Essex quando ia passear. Às vezes Southend. Lugares assim.

— A família de Fiona Graham era de Manchester. O que eles estariam fazendo aqui?

— Não sei, mas já ouvi falar que até o pessoal do norte gosta de sair das terras geladas deles às vezes.

Isso a fez ganhar um sorriso.

— Está bem. E com certeza parece ela mesmo.

Parker mexeu em alguns papéis da mesa e encontrou uma antiga foto escolar. Era um retrato típico, ainda guardado na moldura marrom característica. Nele, Fiona Graham parecia cerca de dois anos mais velha do que na festa e mostrava um sorriso largo para a câmera, enquanto cachos ruivos bagunçados emolduravam seu rosto. Ela usava um uniforme escola: cardigã verde-escuro e camisa quadriculada verde-clara.

— Vou mostrar isto aos pais da Fiona e ver se eles podem confirmar. — Parker largou as fotos e tomou um gole de café. — É a sua mãe na foto? E você disse que foi seu pai que a tirou?

— É, isso mesmo.

A vontade de contar sobre aquele dia estava na ponta de sua língua: o modo como a mãe, sempre tão fria e distante, começara a chorar, tremer e esconder a cabeça entre as mãos. E como seu pai arrastara as duas para fora da área alegre de piquenique, com o rosto estranhamente pálido na altura da mandíbula.

— Você tem ideia se seus pais conheciam os pais de Fiona Graham?

Ela deu de ombros e pegou seu café. Era horrível, mas uma boa distração.

— Não faço ideia.

— Mesmo assim, é uma coincidência muito grande, não é? Uma ligação com Reave, uma ligação com Fiona Graham…

— Vocês ainda não sabem se a Fiona é uma vítima — lembrou Heather, rápida. — Ela pode ter simplesmente ido embora. As pessoas às vezes fazem isso: a vida fica pesada demais, ou ela ficou endividada, ou brigou com a família. — Ela sorriu. — Eu saí de casa assim que pude e não pensei muito no que estava fazendo. Só estava cansada de tudo. Talvez ela tenha cansado de tudo também

Parker assentiu, mas não sorriu.

Depois de um instante, ele pegou uma das fotos que ela vira antes, a do quarto desarrumado. Então a passou para ela por cima da mesa. Na hora, Heather percebeu que algo horrível acontecera ali. Sapatos e bolsas estavam espalhados pelo chão e havia manchas escuras de algo que claramente era sangue no carpete — não uma quantidade enorme, mas o suficiente para insinuar certo nível de violência.

— Este é o quarto de Fiona Graham — explicou Parker, não que a explicação fosse necessária. — Tinha mais sangue no alto da escada. Fotos que haviam caído da parede, coisas assim. Ela não foi embora por vontade própria, Heather.

— Não. Não, acho que não. — Heather encarou a foto, tentando analisar todos os detalhes. — Inspetor, se houver *mesmo* uma ligação entre meus pais e Fiona Graham… o que isso significaria? E se minha mãe estivesse escondendo alguma coisa, algo que soubesse e achasse que não podia contar a ninguém, nem mesmo a mim? Quer dizer, minha mãe se matou quando esses assassinatos começaram e agora isto?

Os tênis tristes e gastos, a pilha de livros com dobras nas páginas na mesa de cabeceira. Podia ser o quarto dela. Havia uma matéria ali, do tipo que podia levá-la de volta a qualquer jornal que quisesse, mas, cada vez mais, ela sentia que escrevê-la a faria descobrir um lado da mãe que ela jamais imaginaria.

Parker se levantou de repente.

— Olha, o café daqui é horrível. Quer sair e, hum, almoçar?

Ao olhar para cima, ela viu um leve rubor nas bochechas dele. Sorrindo, largou a foto.

— Vamos, sim.

Os dois foram ao restaurante da esquina, um local pequeno e aconchegante que Heather imaginou que não devia atender muitos policiais. Parker pediu um sanduíche complicado que se despedaçou assim que ele tentou pegá-lo. Heather preferiu uma salada de macarrão, de onde tirou todos os pedacinhos de carne. Para a surpresa dela, ele pediu uma cerveja e, quando ela ergueu as sobrancelhas, Parker apenas sorriu:

— E aí? Qual é a sua história com Michael Reave? — perguntou ela, quando já havia devorado metade da salada. — Imagino que já tenha precisado lidar com ele antes.

— Sou muito novo para ter participado da investigação original, como meu chefe não para de me lembrar, mas tive que falar com ele sobre outro caso alguns anos atrás.

Ele bateu a ponta dos dedos contra o gargalo da garrafa. Os dois tinham se sentado com as costas voltadas para a grande janela da frente do restaurante e um fiapo de luz outonal atravessava o ombro da camisa dele.

— Teve a ver com um caso não resolvido: uma mulher que desapareceu em 1979. A gente sempre achou que ele era responsável por isso. No fim, descobrimos que a mulher tinha ligação com uma antiga gangue do East End e, de repente, pareceu possível que ela tivesse desaparecido por um motivo completamente diferente, por isso fui até lá falar com ele. Foi na época em que eu tinha acabado de ser promovido a inspetor. Era um trabalho pequeno e provavelmente não ia dar em nada, por isso deram para o recruta mais novo. — Ele abriu um sorriso torto. — E não deu em nada *mesmo*. Ele praticamente não abriu a boca. Mas me ouviu e não se gabou nem gritou. Usando os parâmetros que a gente tem, isso foi quase um sucesso. Então, o caso continuou sendo investigado. Mas não me esqueci do Reave.

— Ele chamou sua atenção?

— Li tudo sobre ele na faculdade. Foi incrível ficar cara a cara com ele. Um serial killer tão estranho e singular… É um ponto fora da curva, tão estranho quanto Bundy, na verdade.

Ela percebeu que ele estava se animando, entrando realmente no assunto. Heather pensou na caderneta que tinha na bolsa, mas a ideia veio com uma onda de culpa. Ele estava se abrindo e ela não tinha sido totalmente sincera: todas as anotações que haviam feito se pareciam cada vez mais com uma reportagem.

— Bundy?

— Ted Bundy. Eles não são parecidos, não de verdade, mas o Bundy era impressionante por causa do jeito que se isolava do que havia feito. Como se houvesse duas pessoas diferentes vivendo no mesmo corpo. Até o fim, ele tentou explicar tudo, como se não tivesse sido responsável.

— E o Reave faz a mesma coisa?

— O Reave tem *muita* certeza de que não foi responsável por nada. — Parker abriu um sorriso amargo. — Mas o importante para ele era a ritualização feita com os corpos, o cuidado que tinha ao exibi-los. O que ele fez é muito arriscado: passar tanto tempo com os cadáveres só ia fazer com que fosse mais fácil achar e condená-lo, mas todas as vítimas que conhecemos foram arrumadas em um tipo estranho de, sei lá, exposição. *Tableaux*. E também existem muitas outras marcas características do Lobo Vermelho. A peça de roupa encharcada de sangue. E os corações.

— Os corações? — Heather sentiu a mão se contrair em volta do garfo e se forçou a relaxar. — Como assim?

— Nenhum deles foi encontrado. Ele os retirava e os escondia em algum lugar ou comia tudo, sei lá. — Ele parou por um instante e olhou para o resto da comida no prato dela. — Desculpa. Nossa, desculpa. Isso não é uma conversa muito apropriada para um almoço, é?

Heather deu de ombros e tomou um gole de sua bebida. *Corações*. Talvez a reportagem pudesse analisar a mitologia do Lobo Vermelho no geral. Ela já podia ver como tudo se encadearia: detalhes do passado estranho dele, o tempo na comunidade do Moinho do Violinista e seções sobre detalhes dos assassinatos — as pessoas adoravam esse tipo de coisa. E, entrelaçadas por todo o texto, as impressões dela sobre o homem em si, obtidas nas entrevistas. Sua mãe nem precisaria ser incluída. E aquilo podia esperar — os jornais ainda estariam interessados quando o novo assassino estivesse preso e atrás das grades. Talvez até ainda mais interessados. Ela podia procurar Diane, a antiga editora dela, e deixá-la ver parte de suas anotações. Pela primeira vez em semanas, sentiu um leve tremor de esperança, uma luz em um longo período de escuridão. Tinha se esquecido do quanto gostava de seu trabalho.

— Nem ligo, sério mesmo. A gente não imagina quando olha para ele, não é? Sei que é uma coisa estúpida de se pensar, mas, para ser capaz de fazer uma coisa dessas, a gente imagina que a pessoa tem que ser completamente maluca.

— Você quer tentar falar com ele de novo?

Heather piscou, surpresa por ele ter feito a proposta tão rápido.

— Quero ajudar. E acho que ele sabe mais sobre a minha mãe do que dizendo.

Quando estavam saindo, ela pôs a mão na manga da camisa dele. O braço sob seus dedos era firme e quente e ela lutou contra a vontade de apertá-lo.

— É… obrigada pelo almoço. O assunto era desagradável, mas a companhia foi boa.

Os dois pararam à porta e, por um instante, ficaram de pé, muito próximos. Ela olhou para o colarinho da camisa dele e para a mancha de pele bronzeada pouco acima do tecido. O que será que aconteceria agora? Foi quando o celular dele fez um ruído agudo. Ele se afastou ligeiramente e mexeu na tela.

— É melhor eu voltar — disse. — Mas, se você puder vir amanhã, a gente tenta falar com o Michael Reave de novo, que tal?

Heather assentiu, ligeiramente decepcionada.

— Combinado.

★ ★ ★

Quando Heather voltou à casa da mãe, já estava escuro e o vaso de terracota ao lado da porta tinha se perdido totalmente em meio às sombras. Enquanto subia a calçada a passos rápidos, Heather estava quase convencida de que havia imaginado aquilo tudo, mas ao chegar ao lado dele e se ajoelhar no escuro para pegá-lo, seus dedos passaram pela superfície arranhada e um arrepio subiu por seus braços e atravessou sua espinha: *o coração*.

Dentro da cozinha bem-iluminada, ela virou o vaso de um lado para o outro sob as luzes e examinou o desenho que notara pouco depois de o sr. Ramsey entregar a chave a ela. Ainda parecia grosseiro e estranho, e era quase igual ao coração desenhado na pedra que vira na sala de Ben Parker. E havia mais uma coisa, uma outra lembrança fraca que ela não conseguia reaver direito…

Heather levou o vaso para a pia e tirou com cuidado toda a terra preta, peneirando com os dedos, mas não havia mais nada a encontrar ali. Afastando-se, ela olhou para cima e viu o próprio reflexo na janela: estava pálida e abatida, o cabelo preto caía sobre as maçãs do rosto e a testa.

— Tem que significar alguma coisa — disse ela em voz alta para a cozinha vazia. — Não é coincidência, não pode ser.

Havia uma ligação ali. Uma ligação não apenas entre a mãe dela e Michael Reave, mas também entre Heather e o novo assassino. O que só podia significar que ela estava em perigo. *A matéria*, lembrou ela. Se houvesse mesmo uma ligação entre ela e o Lobo Vermelho, isso faria qualquer reportagem que ela escrevesse ser efetivamente explosiva. Ela teria que lidar com isso com muito cuidado.

Um movimento na escuridão do lado de fora da janela. Heather levou um susto e quase deixou o vaso cair antes de largá-lo na bancada. Havia uma figura ali, uma silhueta escura diante do gramado. Sem pensar, ela pegou uma faca da gaveta da cozinha, correu até a porta dos fundos, enfiou a chave na fechadura e a virou com tanta violência que, mais tarde, perceberia que quase havia torcido o pulso. Do lado de fora, o frio da noite de outono encheu seus pulmões de cubos de gelo. Ela não conseguia ver quase nada. Ideias confusas disparavam como cometas pela mente dela: *e se eu pegar o assassino, e se ele me matar, e se eu o matar...*

— Quem é você? O que você quer?

A luz das janelas da cozinha projetava quadrados amarelos no gramado. O que quer que estivesse se movendo do lado de fora da casa já tinha ido embora.

21

Antes

Michael estava na entrada da casa, olhando para os campos lá embaixo, e cerrou os olhos enquanto outra van lotada de jovens se aproximou. Foram recebidos por um grupo que já havia montado suas barracas, e ele ouviu as vozes animadas de todos pairando até ele. Uma leve pressão em sua coxa o fez perceber que o cachorro estava com ele. Então, ouviu o ranger de duas galochas atravessando o saguão.

— Pensei que a regra fosse: na nossa porta, não. — Ele falou sem se virar.

O homem riu atrás deles. Então apareceu, calçando um par de luvas grossas de jardinagem.

— O seu problema, rapaz, é que você não tem imaginação. — O homem puxou ar por entre os dentes. Era início de primavera e ainda fazia muito frio pela manhã. — Vou construir uma fossa séptica para eles. Quer me ajudar?

Michael cruzou os braços. Abaixo deles, duas mulheres caminhavam juntas pelo campo, uma delas carregava um estojo de guitarra. Ambas tinham longos cabelos louros, da cor de palha molhada, muito lisos, e andavam de braço dado, com a cabeça próxima uma da outra, conversando. Ele achou que elas deviam ser gêmeas, ou pelo menos irmãs. Percebeu na hora que, como todas as mulheres, não eram confiáveis.

— Por que está fazendo isso? Você nunca quis ter companhia aqui antes.

— Companhia? Eles não vieram fazer companhia, rapaz. — O homem deu um sorriso largo e cheio de dentes. — Ah não, isso é algo completamente diferente. Só precisamos dar tempo ao tempo.

22

Tremendo do lado de fora do portão enquanto esperava para ser levada para dentro da prisão, Heather olhou para trás, para uma pequena faixa de vegetação do outro lado da rua. No verão, ela estaria repleta de árvores, mas a forte ventania arrancara todas as folhas dos galhos e a área parecia exposta e crua. Uma figura estava parada ali, de costas para ela, com um capuz na cabeça e as mãos enfiadas no bolso. Ela pensou em Michael Reave, tão dedicado à paisagem e às coisas que podiam ser cultivadas. Sem querer, uma das imagens que havia encontrado nas pesquisas que fizera na internet flutuou por sua mente: uma mulher, seu rosto pálido, com aspecto de cera, a boca cheia de sangue e, sobre a cabeça, uma guirlanda de prímulas e pequenas flores brancas cujo nome Heather não sabia. O que Reave fazia agora, preso em uma pequena célula antisséptica? Será que tinham projetos para manter os prisioneiros ocupados? Será que o deixavam cuidar de algum jardim? Pensar naquilo a deixou de cara feia e ela precisou de alguns segundos para invocar um sorriso para o guarda que tinha ido buscá-la e levá-la para dentro.

— Inspetor Parker. Bom te ver.

E era bom mesmo. Tinha passado a manhã fazendo anotações e vasculhando suas lembranças em busca de outras ligações entre sua família e Michael Reave, mas não parara de pensar no almoço tão incômodo quanto fofo que tivera com o inspetor.

Com as sobrancelhas erguidas, o inspetor levemente desarrumado tirou os olhos de uma pilha de papéis.

— Bom te ver também. — Os dois estavam parados diante da sala de interrogatório, ao lado da pequena janela reforçada. — Eu, hum... Obrigado por vir aqui outra vez. Sei que não é fácil.

— Olha... Da última vez que vi o Reave, ele perdeu a paciência comigo. Ele... aceitou me receber de novo?

— Aceitou e bem empolgado. Na verdade, andou perguntando sobre você. — Ao ver a expressão que passou pelo rosto dela, Parker continuou: — Sei que é estranho, mas... Esse cara carregava partes de corpos pelo país e depois plantava flores em torno delas. O comportamento dele não é necessariamente racional nem previsível. Vale a pena lembrar disso enquanto você estiver lá. Está pronta?

Heather ajeitou a postura e ergueu um pouco o queixo. Sua cabeça latejava, mas ela havia ficado mais de meia hora no chuveiro naquela manhã, tentando lavar o cansaço e a ansiedade que restara da noite anterior.

— Vamos lá.

A sala de interrogatório ainda era pequena, opressiva e amarela. Michael Reave ainda era uma presença forte, enorme em seu assento, mas não havia como negar a breve expressão de alegria que tomou seu rosto quando Heather entrou.

— Você voltou.

— Como você está... — Heather se preparou, pedindo desculpas internas para uma série de mulheres mortas. — ... Michael?

Ele sorriu e pareceu mais jovem por alguns segundos.

— Tão bem quanto poderia estar, moça. Como está o tempo lá fora?

Foi uma pergunta tão estranhamente educada, tão absurdamente inusitada, que, por um instante, Heather só conseguiu se sentar e tentar se controlar.

— Está frio, esfriando. Agora sim parece o que outono está chegando. O ar está ficando fresquinho, sabe?

— Ar fresco é bom. É bom para a alma. Eu gostaria de pegar mais, mas... — Ele deu de ombros, e uma expressão de pesar surgiu em seu rosto. — Ar fresco nunca vai ser demais para mim.

Não havia sinal da raiva que ele demonstrara no encontro anterior.

— Você sai da cela? — perguntou Heather, pensando na faixa de vegetação que vira na frente da prisão. Ela não havia levado nenhum envelope com fotos naquele dia.

— Ele pode ir até o pátio — explicou o inspetor Parker.

— E tem grama lá? Dá para ver as árvores ou alguma coisa assim?

— É basicamente um buraco de concreto — respondeu Reave, seco. Ele olhou para os guardas. — Mas dá para ver o céu, o que já é alguma coisa. E fico feliz com qualquer coisa que eu tiver.

— Isso é importante para você, não é? O mundo natural, o campo.

— O lugar onde eu cresci... — Ele fez uma pausa, como se fosse dizer outra coisa e tivesse mudado de ideia. — Quando eu era criança, era só o que tinha por lá. A gente morava em um lugar afastado. Eu passava o dia em valas e campos, coberto de lama. Tem certa tranquilidade nisso, sabe, especialmente quando a gente não tem mais nada. — Com o rosto iluminado de raiva, ele olhou para ela. — Temos uma conexão com a terra, todos nós. Não é natural ficar longe dela.

— As mulheres que dizem que você matou. — Heather ouviu Parker pigarrear, incomodado com o rumo da conversa. — Elas foram encontradas em lugares cheios de vegetação, não foram? Com flores, árvores e plantas. Coisas verdes. Elas tinham perdido a conexão com a terra? Você estava tentando retomar essa ligação?

Heather ficou imóvel. Estava esperando uma explosão ou pelo menos que Reave pedisse para ser levado de volta para a cela. Em vez disso, ele ficou sentado em silêncio, com o olhar fixo na mesa.

— A sua mãe sabia. Ela sabia como o mundo real era importante — respondeu ele, por fim.

— E o que mais minha mãe sabia, Michael?

Quando ele não disse nada, ela continuou:

— Tem muita coisa para ler sobre o seu caso na internet. Quer dizer, a gente tem que ler um pouco mais do que a Wikipédia, mas está lá, para quem quiser procurar. Mas só Deus sabe o quanto é verdade... Foi a última vítima que fez você ser condenado. A sua van foi vista na região em que o corpo dela foi encontrado e alguns fios de cabelo dela foram encontrados em um cobertor na sua caçamba. Poucas coisas ligavam você às vítimas anteriores, a não ser as semelhanças no modo como elas foram mortas e os corpos foram exibidos. Deve ter dado muito trabalho e você sempre tomou muito cuidado.

Ela parou por um instante. Em algum lugar no fim do corredor, ouviu um telefone tocar sem parar, mas ninguém atendeu. Reave tinha ficado imóvel. Uma de suas mãos repousava na beira da mesa, e o polegar grosso e calejado pressionava a madeira, tornando a carne branca. Os olhos dele, que ainda não haviam olhado nos dela, pareciam assombrados.

— Quando a gente se encontrou no outro dia, conversamos sobre você ter a chance de contar a sua história. Alguém te ajudou, Michael? Alguém te ajudou a sequestrar as mulheres e colocá-las na van?

— Minha história. — Ele abriu um sorriso sem graça. — Já falei, moça, ninguém se importa com a minha história.

— *Eu* me importo. — Ela conseguiu dizer a frase dessa vez e pôs emoção suficiente nas palavras para fazê-lo olhar para ela, com as sobrancelhas erguidas. — Se é a história da minha mãe também, então eu quero saber. Você acha que ninguém se importa, mas as pessoas se importariam, Michael, se sua história ajudasse a impedir que alguém machuque mais mulheres. Eu me importo, se isso me fizer entender melhor a dor da minha mãe e o que a levou a fazer aquilo com ela mesma.

Heather se interrompeu e, por um longo instante, um silêncio se fez na sala. Ela pegou a bolsa e, depois de hesitar alguns segundos, tirou a carta de suicídio da mãe de dentro da caderneta. Alisou-a com os dedos enquanto tentava ignorar a sensação esmagadora de culpa — *O que você está fazendo? Por que mostraria isto, esta coisa tão particular que chega a doer, a um assassino como Reave?* —, e a entregou a ele. Reave pegou o papel com cuidado, como se estivesse mexendo com um filhote de passarinho.

— Esta foi a carta que ela deixou. É... Eu queria saber se alguma coisa nela faz sentido para você.

Heather observou o rosto do homem com cuidado enquanto ele lia, torcendo para ver alguma coisa óbvia — choque, raiva, tristeza ou até graça. Em vez disso, ele olhou para o papel sem hesitar. As mãos grandes faziam a carta parecer um pedacinho rasgado de papel. Ele engoliu em seco uma vez, depois a devolveu e assentiu levemente como se Heather tivesse feito um grande favor ao deixá-lo lê-la.

— E então? — Heather fez uma pausa e mordeu o lábio, numa tentativa de tirar o tom desesperado da voz. — Isso significa alguma coisa para você?

Quando Reave voltou a falar, sua voz soou mais suave do que antes.

— Sua mãe. Ela era diferente do resto. Mais bondosa, mais inocente. Era uma corça naquela floresta.

— Minha mãe? Diferente de quem?

Ele bufou.

— Do resto da comunidade. Eles estavam lá porque os amigos tinham ido ou porque queriam usar drogas e ficar bêbados, mas a sua mãe, moça... Ela era diferente de *todo mundo*, de todas as outras mulheres. Sabia o quanto a floresta era importante, ela sabia...

Quando ele não continuou, Heather se inclinou para frente de novo.

— *O que ela sabia?*

Ele vai dizer que ela sabia dos assassinatos, pensou ela, do nada. *Que minha mãe ficava parada, esperando que ele voltasse para ela todas as noites, com sangue nas mãos.* A ideia era terrivelmente atraente. Se a mãe tivesse sido uma pessoa horrível desde sempre, ela se livraria da culpa.

— Ela era inocente, mas era forte também. Eu não achava, não na época, mas isso mostra o quanto eu sabia, não é? Era uma rocha sob a neve. Eu a entendi errado, de várias maneiras. Ela me desafiava, de um jeito que só uma mulher consegue.

— Como assim?

Ele balançou a cabeça e Heather viveu um momento de puro desespero. Os dois iam falar de coisas paralelas para sempre, e ele sempre manteria aquela informação fora do alcance dela.

— Michael? Por favor. Me explique o que você quer dizer. Você… você a amava?

— Quero te contar outra história — disse ele. — Você deixa?

Heather cerrou os lábios e engoliu a frustração. Parker havia andado até parar atrás da cadeira onde estava sentada e ela se perguntou se estava prestes a ser retirada da sala outra vez.

— Havia um rei, conhecido por ser o rei mais sábio que já tinha vivido. Ele era realmente o… pai da terra e parecia saber das coisas quase antes de acontecerem. Era um mistério, mas o povo, seus filhos, o amavam mesmo assim. Eles não perguntavam como. Apenas confiavam que ele sempre saberia. Todos os dias, o jantar era servido para ele na sala de jantar real e o prato final era servido em uma bandeja de prata coberta. Ninguém sabia o que havia no prato, já que o rei sempre dispensava os convidados e empregados antes de comer e o empregado que o servia era sempre instruído a nunca levantar a tampa.

Reave respirou fundo. Algo na história parecia tê-lo acalmado.

— Só que, um dia, o empregado não conseguiu mais resistir. Quando o rei terminou de comer e pediu que os pratos fossem retirados, o empregado levou a misteriosa bandeja de prata para seu quarto e, depois de trancar a porta, retirou a tampa dela. Deitada no prato, havia uma pequena cobra branca, de olhos vermelhos como gotas de sangue. Curioso, o empregado tirou uma fatia da carne da cobra e a pôs na boca. No mesmo instante, o quarto se encheu de sussurros estranhos e conversas em voz baixa. Vozes o cercaram: eram as pulgas nos lençóis, as formigas sob a cama, os passarinhos no parapeito da janela. Estavam falando sem parar e ele conseguia entendê-las. Entendia todas aquelas pequenas almas.

Reave pigarreou e olhou para a carta, que estava sobre a mesa, entre os dois.

— Por fim, o rei descobriu o que havia acontecido e o empregado teve certeza de que seria executado por tamanho crime. Mas, no entanto, o rei o levou, sozinho, para o meio de uma enorme floresta escura. Eles cavalgaram juntos por três dias e três noites, até chegarem a um buraco profundo no chão. O fundo dele, Heather, estava repleto de ossos de animais e havia muitas cobras brancas deslizando pelo chão de terra, tantas que era difícil dizer quais eram cobras e quais eram ossos. "Você está vendo qual é o preço?", perguntou o rei. "Para termos essas informações, a terra exige carne. Ela exige carne e sangue, pois está sempre faminta." E com isso...

— O rei empurrou o empregado no fosso? — completou Heather.

Reave se interrompeu. Um sorriso lento se espalhou por seu rosto. Suas mãos estavam pousadas sobre a mesa, relaxadas, com as palmas viradas para o teto.

— Isso mesmo, moça.

Heather engoliu em seco. Ela estava começando a pensar como ele. Quando o silêncio entre os dois se tornou mais incômodo, ela se inclinou para a frente. Forçou-se a olhar nos olhos dele.

— Havia mais alguém, Michael? Alguém que você tinha certeza que poderia cuidar de tudo? Você conhece a pessoa que está matando essas mulheres agora? Quem ele era para você?

Reave balançou a cabeça.

— Estou contando a minha história, Heather, várias vezes. Mas não acho que você esteja ouvindo.

Michael Reave não disse mais nada. Entretanto, quando os dois guardas avançaram para escoltá-lo para fora da sala, ele ergueu a cabeça de repente e seu rosto pareceu ser tomado por vida mais uma vez.

— Você vai fazer um velório? Para a Colleen? Ou você já está...

— É na quarta-feira — respondeu Heather.

— Você vai enterrá-la?

Era quase fácil demais relaxar perto de Reave, acreditar que ele não era mais perigoso, mas a ansiedade com que o homem fizera a pergunta deixou os pelos da nuca de Heather arrepiados. Ela pegou a carta na mesa e a pôs de volta no bolso.

— Não, vai ser uma cremação. Ela pediu isso no testamento.

Ele olhou para baixo, escondendo o rosto, e seus ombros arfaram enquanto ele lutava contra alguma coisa.

— E as cinzas dela?

O inspetor Parker deu um passo para a frente e pressionou o ombro de Heather por alguns segundos. Ela se viu ridiculamente grata pelo gesto.

— Você sabe que isso não é da sua conta, Reave.

O homem alto desviou o olhar. Heather ficou chocada ao perceber que ele estava chateado de verdade, com as feições fortes contraídas de tristeza.

— Ela ia querer ficar em algum lugar ao ar livre, moça. Só se lembre disso.

Mais tarde, na pequena cantina escura da prisão, Parker estava sentado diante de Heather, franzindo a testa e mexendo com papéis outra vez. Os dois copos de chá tinham ficado intocados.

— Não sei bem se isso está ajudando a gente. É verdade que ele nunca disse tanta coisa para alguém, inclusive para a série de terapeutas que já teve, mas não sei o que esses contos de fadas sinistros podem trazer de bom.

— Você já parou para pensar nisso? Na possibilidade de ele não ter sido a pessoa que cometeu os assassinatos tantos anos atrás?

Ele suspirou.

— Não acho que seja provável, não. Ele não é o melhor exemplo de serial killer que temos, já percebeu isso? — Quando Heather olhou para ele sem entender, Parker continuou: — A maioria deles é um bando de idiotas que teve sorte por um tempo. Homens desajeitados de QI baixo e apetites sexuais bizarros. Homenzinhos tristes que não sentiam nada a não ser que estivessem dominando alguém. Um caso como o do Michael Reave é muito raro e não quero que você mergulhe demais nisso.

— Você quer dizer que ele é estranho para um assassino em série.

Parker pegou o copo de chá e o pousou na mesa de novo.

— Ele fala bem. É até charmoso. Dá para ter uma conversa com ele e não sentir que nossos neurônios estão morrendo, o que, pode acreditar, é bem raro com esse grupo de pessoas. Ele não parece um monstro. Mas — ele pigarreou —, além da van e das provas nela, ele vivia uma vida itinerante na época, viajava muito e não tinha álibi para os assassinatos. A mãe dele desapareceu quando ele era pequeno, você sabia?

— Está sugerindo que ele a matou também?

Parker deu de ombros.

— Talvez ela só tenha ido embora, mas temos todos os motivos para acreditar que ele vivia em um lar infeliz e abusivo.

— Isso não prova nada.

— Verdade. Os fios de cabelo e a localização da van é que provam.

— Não estou discutindo com você — disse Heather. Seu rosto estava ficando quente e ela se sentia irritada. Parker estava sugerindo que ela havia ficado encantada com Reave, como aquelas mulheres estranhas que escrevem cartas para assassinos declarados e acabam se casando com eles. Pensou na mãe e sentiu o corpo gelar. — Ben, tem uma pessoa solta por aí que sabe muita coisa sobre o caso do Lobo Vermelho. Que parece saber demais.

Ele ergueu a mão e esfregou a nuca.

— Olha, agradecemos pela sua ajuda. *Eu* agradeço. Sei que é horrível ficar sentada naquela sala com ele. — Ele se interrompeu e soltou um suspiro. — Achamos o corpo da dona Graham.

— Ah.

Sem conseguir se conter, Heather pensou na foto que dera a Parker, a da ruivinha sorridente com a mancha de creme na bochecha. Pensar que aquele destino esperava por ela alguns anos depois era inimaginável.

— Ela estava… como as outras?

Parker juntou a papelada de novo em uma pilha, demonstrando que a conversa havia acabado.

— É melhor eu não falar nada, para ser sincero. Você vai voltar? Tentar de novo?

— Então você acha que vale a pena?

— Vou tentar tudo o que puder agora. Temos que encontrar esse cara e detê-lo. E logo. Além disso... — Ele olhou para o lado, tentando ver, desconfiou ela, se havia algum colega que podia ouvi-los. — Eu ia gostar de te ver de novo.

Heather sorriu.

— Sabe, existem outras maneiras de chamar uma pessoa para sair. Maneiras que não envolvem um serial killer. Mas talvez eu seja tradicional demais.

O inspetor Parker abriu um sorriso esperto para ela.

— Como eu disse, faço o que posso.

23

Heather estava sentada de pernas cruzadas no sofá da mãe, com o vaso de terracota no colo. Ela o virava sem parar e, de tempos em tempos, passava os dedos pelo desenho grosseiro do coração na argila. Sentada no chão, Nikki servia mais vinho nas taças.

Era um coração. Não era nada. Ela podia andar por qualquer loja de departamentos de Londres e encontrar algum tipo de objeto rústico vagabundo estampado com corações: porta-copos, porta-pães, pratos... Todo mundo devia ter alguma coisa com um coração em casa, fosse alguém estiloso, brega ou prático. Eles eram estranhamente difíceis de se evitar.

Mas ainda assim.

— Minha mãe nunca gostou desse tipo de coisa, sabe?

— Do quê? — Nikki tomou um gole de vinho e ergueu a sobrancelha. — De vasos de flores?

— De corações — Heather virou o vaso para poder ver o desenho do coração. — Meu pai sempre tomava muito cuidado com os presentes de Dia dos Namorados que dava para ela. Ele sempre dizia que ela era exigente. Mas, quanto mais penso nisso... — Ela franziu a testa. — Meu pai dava todo tipo de presente para ela, mas nunca coisas com corações e flores. No aniversário, ele dava chocolates dos sabores favoritos dela, velas com aroma de coisas como roupa lavada e brisa do mar, joias, perfumes e livros. Mas nunca ursinhos de pelúcia segurando corações nem enormes buquês de flores.

— Beleza — disse Nikki. — E daí? Muita gente não gosta do Dia dos Namorados. E isso seria tão estranho assim para a sua mãe? Ela nunca me pareceu muito melosa.

— É, sei o que você quer dizer. Mas... — Heather virou o vaso outra vez, tentando se lembrar. Sempre houvera plantas ao redor da casa quando ela era pequena, plantas verdes e gordas, com flores brilhantes e lustrosas, do tipo de planta que podemos ignorar na maior parte do tempo, porque não vão morrer. Mas flores? Será que o pai já havia trazido um buquê de tulipas para casa, comprado no posto de gasolina? Sentada na sala tradicional da mãe, com o leve aroma de café e aromatizador de ambientes no nariz, Heather achava que não. — Ela não gostava de flores, tenho quase certeza. Não tinha narcisos em um vaso na mesa nem ganhava rosas no Dia dos Namorados. Nikki, e se flores fossem algo que trouxesse lembranças ruins para ela? Talvez ela olhasse para flores colhidas, botões frescos já quase mortos, e lembrasse que o homem que passara tanto tempo com ela, *o homem para quem ela escrevia na cadeia*, tinha usado flores para decorar os cadáveres de suas vítimas.

— Você está exagerando — afirmou Nikki, mas ela ainda parecia em dúvida.

— Não sei se estou. Porque claramente tem um monte de coisas sobre a minha mãe que eu nunca soube. É como se estivessem me mostrando todo um novo lado dela agora. — Heather suspirou. — Talvez eu descubra mais amanhã.

— Você vai encontrar essa tal de Anna?

Heather assentiu. Ela ligara para o telefone que Pamela Whittaker dera e falara com a recepcionista do Centro Twelve Elms. Heather havia sentido que a mulher ficara muito surpresa por Anna estar recebendo uma visita, mas se demonstrara empolgada para marcar o encontro.

— Ela pode ter conhecido a minha mãe, então vale a pena tentar. — Nikki mexeu a taça de vinho, pensativa. — Hev, você acha mesmo que o Moinho do Violinista é a chave para isso tudo? Que alguma coisa que aconteceu muito tempo atrás pode ter levado sua mãe a… fazer isso consigo mesma?

— Acho. — Assim que disse aquilo em voz alta, Heather percebeu que era verdade. — Realmente acho que alguma coisa aconteceu naquele lugar, alguma coisa que minha mãe manteve em segredo pelo resto da vida.

Ela se levantou, saiu da sala e foi até a cozinha, ainda com o vaso nos braços. Estava no meio do piso frio quando uma lembrança surgiu em sua mente como uma farpa de gelo e ela se sobressaltou, deixando o vaso de terracota escorregar de suas mãos. Ele se quebrou, espalhando pedaços de argila alaranjada aos pés dela e lançando cacos para baixo da geladeira e do fogão, mas Heather mal percebeu.

O cartão.

— Heather? — Nikki apareceu à porta da cozinha com os olhos arregalados. — Tudo bem?

Ele havia sido deixado na porta delas quando Heather tinha treze ou catorze anos. Ela o encontrara ao sair para ir até o mercado e se lembrava de ter uma sensação estranha tanto de vergonha quanto de alegria ao se ajoelhar para pegá-lo. Na época, ela cultivava uma paixonite por um menino chamado James Thurlow, que estava em sua turma de ciências, e, graças a uma combinação louca de hormônios e otimismo, nas semanas anteriores, dera a ele várias dicas para o Dia dos Namorados. O cartão em si era muito chique: um fundo branco simples, traçado com linhas douradas, e um grande coração vermelho no centro. Dentro, algo relativamente decepcionante: as palavras "Sempre penso em você" impressas e um coração desenhado a caneta abaixo delas.

— O que foi? Qual o problema?

Nikki pegou a mão dela e a apertou. Com certa dificuldade, Heather se forçou a voltar para o presente.

— Quando eu era adolescente, alguém deixou um cartão de Dia dos Namorados à nossa porta. Achei que fosse para mim, mas... minha mãe me viu pegar e, Nikki, ela surtou.

A mãe a havia agarrado pelo ombro, puxado-a de volta para o corredor e batido a porta. Seu rosto tinha ficado tão pálido que ganhou quase um tom cinza e Heather ainda podia ver claramente as manchas escuras que tinham aparecido sob os olhos dela, quase como hematomas.

— Ela arrancou o cartão das minhas mãos e o rasgou, do nada. Quando gritei dizendo que era meu, ela me perguntou se tinha meu nome. Não tinha, mas, bom, eu era uma menina. Nunca imaginei que alguém pudesse ter mandado um cartão de Dia dos Namorados para minha mãe. Ela era velha, casada e, para os adolescentes, isso significa que basicamente ela já tinha morrido, né? Mas... — Heather olhou para os cacos do vaso espalhados pelo chão. — Quando parou de gritar comigo, ela começou a chorar. Depois, se trancou no banheiro. Nunca mais falamos sobre isso.

— O que você acha que isso significa?

— Não sei. — Heather esfregou as mãos no rosto. Elas cheiravam à terra que o vaso continha. — Provavelmente nada. Vamos, não quero limpar isso agora. Vamos terminar o vinho.

Heather viu Nikki voltar para a sala. Estava frio — frio demais. Ela esfregou os braços com força e um calafrio violento desceu por sua espinha.

O cartão não significava nada, a não ser o fato de que sua mãe era paranoica com alguma coisa, mesmo em uma época em que o próprio Michael Reave já devia estar preso e não existia nenhuma possibilidade de deixar cartões diante de portas — a não ser que tivesse alguém do lado de fora fazendo pequenas tarefas para ele. Tarefas como gestos românticos. Ou assassinatos.

Heather chutou um dos maiores cacos do vaso para baixo da geladeira e foi se juntar à amiga.

24

O Centro Twelve Elms era um prédio gótico agradável, com venezianas brancas que brilhavam contra tijolos cinza-escuro, ainda mais imponente sob um céu repleto de nuvens de chuva. Heather subiu a trilha que atravessava o jardim e percebeu como ele era bem-mantido e arrumado e que a placa na fachada do prédio era estreita e discreta: Centro Twelve Elms para Tratamento de Distúrbios de Ansiedade e Trauma. Dentro de uma recepção aconchegante, ela falou com um homem de olhos bondosos e aparência forte, que logo se apresentou como dr. Parvez.

— Você veio visitar Anna Hobson?

O dr. Parvez era um homem alto e magro, com uma calvície avançada e óculos grandes e antiquados. Usava um cardigã bege comprido e largo demais, o que o fazia parecer uma vovozinha desligada.

Heather sorriu.

— Vim, é um favor para minha amiga Pamela. Ela costumava sempre vir visitá-la, eu acho, mas teve que ficar de repouso nos últimos tempos. O senhor com certeza a conhece.

— É, a sra. Whittaker. Bom, obrigado por vir. A Anna não recebe muitas visitas, mas elas sempre ajudam. Notícias do mundo real são muito bem-vindas.

Ele a guiou por uma série de corredores agradáveis, todos com um leve cheiro de desinfetante e cera para piso. Heather viu algumas pessoas aqui e ali: um jovem com um corte de cabelo antiquado lendo jornal, uma senhora mais velha, sentada em uma poltrona, esfregando as mãos sem parar.

— A sra. Whittaker falou muito sobre a Anna?

— Não muito. Só que ela passou por coisas difíceis.

O dr. Parvez assentiu, sério.

— Passou mesmo. Ela pode perder o fio da meada um pouco, mas a Anna costuma ser uma companhia ótima. Chegamos.

Ele parou à porta de um quarto grande e espaçoso, decorado com bom gosto em tons de magnólia e de um rosa fraco, anêmico. Havia várias mesas, todas com um par de cadeiras, e um punhado de pessoas falando baixinho. Janelas altas davam para o jardim. Apesar de o local ser agradável, Heather se pegou pensando nas visitas a Belmarsh, para ver Michael Reave.

— As pessoas aqui — perguntou ela de repente — não têm… histórico de violência nem nada, têm?

Um lampejo de irritação passou pelo rosto do dr. Parvez, e Heather imediatamente se arrependeu de ter perguntado.

— Tratamos uma série de problemas aqui, srta. Evans: depressão, ansiedade, vários distúrbios de personalidade… E uma das poucas coisas que todos têm em comum é que a probabilidade de os pacientes se machucarem é muito maior do que a de ferirem outras pessoas. Posso apresentá-la à Anna?

Ele a levou até uma mesa no canto oposto da sala. Sentada ali, estava uma mulher de expressão cansada, cabelos castanhos lisos e rosto com rugas profundas. Heather percebeu que não conseguia adivinhar quantos anos a mulher tinha: ela parecia ter todas as idades ao mesmo tempo. Usava uma blusa macia com capuz e uma camiseta cinza e olhou para Heather com olhos úmidos.

— Bom dia, Anna — cumprimentou o dr. Parvez com ânimo na medida certa. — A Pamela mandou alguém para conversar com você. Está se sentindo disposta hoje?

Os olhos de Anna passearam de volta para o médico, como se o estivesse vendo pela primeira vez, e ela assentiu devagar;

— Maravilha. — O dr. Parvez se virou para Heather e sorriu. — Vou pedir que alguém traga uma xícara de chá para vocês duas.

Heather se sentou à mesa. Sentia-se um pouco boba. O que podia dizer àquela mulher? Um murmúrio suave vindo do canto da sala revelou uma TV a que ninguém assistia.

— Oi, Anna, como você está? Eu sou Heather Evans. A Pamela me disse que eu devia vir aqui conversar com você. Que tal?

Heather se encolheu ao ouvir o modo como parecia estar falando com uma criança. Era porque o lugar parecia um asilo: ela quase esperava ter que erguer a voz ou não falar sobre política. A mulher soltou um suspiro profundo.

— É, podemos conversar. Seria bom. — Ela se remexeu na cadeira e levou os braços até o peito por alguns instantes, como se quisesse se abraçar, antes de baixá-los outra vez. — É muito chato aqui — explicou, com os olhos um pouco mais animados. — Não tem muita coisa para fazer. Eu posso dar uns passeios de vez em quando, mas arranjei confusão da última vez.

— Por quê? O que aconteceu?

Anna deu de ombros e desviou o olhar. Uma expressão estranha passou por seu rosto quando uma jovem baixinha se aproximou, trazendo dois copos de isopor com chá para elas. Heather agradeceu e ela foi até a outra ponta da sala, onde um senhor jogava damas sozinho.

— Bom. Parece um lugar legal. Como você veio parar aqui?

— Fui passando de um lugar para o outro. Disseram que tenho esquizofrenia paranoide leve. — Ela pronunciou o diagnóstico com cuidado, como se o tivesse lido em um cartão em sua mente. — Tenho delírios prolongados e alucinações ocasionais. — Então, como se tivesse se lembrado daquilo: — Provavelmente exacerbada pelo abuso de bebidas alcoólicas e drogas.

— É muito problema para uma pessoa só.

— E eu não sei? — Com tudo aquilo às claras, Anna pareceu se animar um pouco. — É difícil, e eu tomo tanto remédio que fico meio zonza, mas é um lugar legal. Melhor do que os outros. Então a Pam te mandou aqui, não foi?

— É, eu conversei com ela sobre as pinturas e ela me ajudou, então falei que vinha falar com você. — Heather pigarreou. — Ela pediu desculpas por não ter vindo nos últimos tempos.

Anna voltou a dar de ombros.

— Coitada da Pam, ela se preocupa muito. Acha que grande parte disso é culpa dela, mas não é. Foi assim que meu cérebro foi feito, mas ela… Ela acha difícil me ver quando estou mal.

— Por que a Pam acha que seus problemas são culpa dela?

Mais uma vez, Anna pareceu não querer responder. Em vez disso, tomou um gole de chá e fez uma careta quando engoliu.

— Nossa, esse troço tem gosto de mijo. Essa é a pior parte de estar nesses lugares, eu acho. A droga do chá. Nenhum chá é igual ao que a gente faz em casa, não é?

Quando pousou o copo, Heather viu o topo de seu antebraço. Ela o viu apenas por um segundo, mas havia uma cicatriz grosseira ali, branca contra a pele coberta de sardas da mulher. Parecia um coração.

Heather se forçou a sorrir.

— Nisso você está certa. E como conheceu a Pam?

— A gente se conheceu quando eu era bem novinha e estava viajando pela Europa e me metendo com todo tipo de coisa errada. — Ela abriu um sorriso rápido, revelando pelo menos um dente que havia escurecido. — Era mais velha do que eu, então eu a acompanhei por um tempo e acabamos indo parar em uma comunidade em Lancashire. Ela adorou no começo, a Pam.

— A comunidade?

— É. Toda aquela natureza, ela adorava. Era uma daquelas hippies muito dedicadas, sabe? — Anna sorriu, embora parecesse uma lembrança dolorosa. — Eu estava lá pelas drogas, principalmente. Tinha coisa boa lá.

— No Moinho do Violinista. — Heather mencionou o nome com cuidado, convencida de que ia deixar a mulher chateada, mas ela não demonstrou nenhuma reação específica. — A Pam mencionou. Disse que você passou por momentos difíceis lá.

A pergunta implícita pairou no ar por um instante. Anna voltou a erguer os braços, no mesmo movimento discreto de abraço, depois os pousou sobre a barriga.

— Tinha umas pessoas ruins lá. Drogas boas, pessoas más. Engraçado como isso funciona, não é? Eu… Eu até que me diverti lá. É um lugar estranho, aquela região. Cresci em um apartamento de um desses conjuntos habitacionais populares onde a coisa que mais se aproximava de um jardim era o gramado malcuidado do parquinho, mas naquele lugar… tem tanto verde… A gente ia lá e ficava no meio da floresta e era como se pudesse estar em qualquer época. Cem anos atrás, ou trezentos, sei lá. Talvez até antes de as pessoas terem surgido, sabe? Era esse tipo de lugar. Muito silencioso, muito solitário. — Ela deu de ombros. — Eu me sentia sozinha lá e resolvi ser menos sozinha. É assim que as drogas funcionam às vezes: elas fazem com que seja mais fácil ficar menos sozinha.

— Tinha muito amor livre?

Anna abriu um sorriso fraco, apesar de seus olhos expressarem algo que preocupava Heather. Ela olhou em volta e viu uma enfermeira pesada entrar na sala, a primeira pessoa com algum tipo de uniforme. A mulher parou perto da mesa para pegar o copo vazio.

— Não sei se "livre" é a melhor palavra para definir aquilo. Eu com certeza me senti muito presa. Mas é, acho que sim.

— Anna, quando estava lá, você conheceu uma mulher chamada Colleen?

Heather tirou uma fotografia antiga da bolsa e a pousou na mesa. Era uma foto de sua mãe em uma festa de aniversário, parada ao lado de um bolo coberto de velas apagadas. Heather acreditava que ela devia ter quase trinta anos na época e, como em todas as fotos em que aparecia, sua mãe parecia um pouco incomodada e tinha as bochechas rosadas.

— Colleen? — Anna olhava para a fotografia.

— É. Acho que ela estava no Moinho do Violinista na mesma época que você. Você a reconhece?

— Por quê? Por que você quer saber disso? — Anna parecia confusa. Ela pôs os dedos na foto e os afastou rápido, como se a imagem a tivesse queimado. — Pensei que você fosse amiga da Pam.

— Ah, é que fiquei curiosa. Conheci uma pessoa que também foi para lá. É uma coincidência estranha, não é?

Heather sorriu e analisou o rosto de Anna em busca de algum sinal de reconhecimento, mas viu apenas surpresa.

— Havia muitas moças lá — respondeu Anna, por fim. — E muitas drogas. Não sei. É um milagre eu me lembrar da Pamela, para ser sincera.

Mas, quando ela tirou os olhos da foto, Heather pensou ter visto outra expressão neles e nos cantos de sua boca: culpa.

Heather pegou a fotografia e pôs de volta na bolsa.

— Havia alguma outra coisa acontecendo lá, Anna? Tipo alguma coisa estranha?

Por um segundo, ela pensou em perguntar sobre as cicatrizes no braço de Anna, mas a interna voltou o queixo para o teto e apertou os olhos, como se estivesse olhando para um céu azul de verão.

— Às vezes agarravam a gente com tanta força que machucava. Eu acordava de manhã com manchas escuras nos braços, sabe? Achava que era terra, mas a sujeira não saía.

— Quem? Quem agarrava você?

— Diziam que tudo ia voltar para a terra. Era isso que sempre diziam: que a terra estava faminta, sedenta e que a gente tinha que fazê-la melhorar. Eu acho que foi onde... — O queixo e o lábio inferior da mulher desabaram, como se ela fosse chorar. — Acho que foi onde a colocaram. — As palavras finais foram ditas em um sussurro.

— Colocaram quem, Anna?

— Minha filha. — Ela baixou a cabeça e olhou direto para Heather. De repente, tinha os olhos repletos de lágrimas. — Minha filha. Eles a *levaram*.

— Você engravidou no Moinho do Violinista e deu à luz lá?

— Eles *a levaram*. — A voz de Anna havia se erguido e se tornara fraca e aguda. Heather sentiu os outros ocupantes da sala se virarem para olhar para elas. — Dei à luz na floresta, na lama, e eles a arrancaram de mim quando ela ainda estava coberta com o meu sangue.

— Anna, está tudo bem. Você não precisa falar sobre isso…

Era tarde demais. Anna estava de pé, e a cadeira caiu no chão atrás dela.

— Eles a roubaram! — gritou ela. — Roubaram a minha filha e ninguém acredita em mim!

A enfermeira apareceu ao lado da mesa, movendo-se de maneira tão rápida e silenciosa que Heather quase se convenceu de que ela havia se materializado ali.

— Anna, querida, está tudo bem. Talvez esteja na hora de voltar para o seu quarto, o que acha?

Para a leve surpresa de Heather, a enfermeira tinha um sotaque dos Estados Unidos, o que, de certa forma, apenas tornava aquela situação ainda mais surreal. Ela se pegou olhando para os cantos do teto. Será que havia câmeras ali? Anna não se acalmou com a enfermeira. Em vez disso, tropeçou para longe da mesa e sentiu lágrimas correndo livres por seu rosto.

— Para onde ela foi? Por que vocês não acreditam em mim, porra?

O dr. Parvez apareceu na entrada da sala comum e, ao ver a enfermeira assentir, pegou com cuidado o braço de Anna.

— Venha, Anna. Vamos te levar para o quarto, está bem?

A mulher saiu da sala arrastando os pés, com a cabeça baixa e o cabelo pendendo sobre o rosto, ainda murmurando sobre a filha, sobre como a criança havia sido levada e ninguém acreditava nela. Heather ficou observando Anna ir embora com um nó de angústia na garganta. A enfermeira se virou para ela, com a boca cerrada de irritação.

— Por que quis falar com ela sobre isso? Ela vai ficar assim o resto do dia agora.

— Eu não sabia — explicou Heather, sem dizer realmente a verdade. — É verdade? Que o bebê foi tirado dela? Parece uma história muito maluca.

A enfermeira revirou os olhos de forma teatral, mas a hostilidade em sua postura pareceu diminuir um pouco.

— Querida, Anna não está bem, não está nada bem. Ela perdeu filhos, mas não porque um monstro os tirou dela. — Ela baixou os olhos e o tom de voz. — Teve duas gestações completas, mas os bebês nasceram mortos. Tem sido muito difícil para ela. Seria difícil para qualquer pessoa, mas para Anna... — Ela ergueu um dos ombros arredondados. — A doença torna tudo pior porque ela não sofre só com a tristeza. A cabeça dela cria todo tipo de justificativas estranhas para o que aconteceu. Olha... — A mulher pegou copo de chá ainda pela metade de Anna e olhou para dentro dele, analisando-o. — É melhor você ir agora. O dr. Parvez vai tentar acalmá-la e você não vai conseguir falar com ela hoje de novo. Se voltar a visitá-la, me faça um favor e pense em um assunto melhor, está bem? Comida, notícias locais, o tempo. Vocês adoram o clima daqui.

Heather concordou que era melhor ir embora e saiu pela trilha de cascalho com o grande prédio imponente logo atrás. Pouco antes de virar a esquina que a levaria à rua principal, ela olhou de volta para o edifício, para as janelas abertas. Perguntou a si mesma se Anna a estava observando ou se já caíra em um sono induzido por sedativos e estava sonhando com um parto na floresta. Mas a luz do sol havia tornado as janelas opacas e, se havia alguém olhando para fora, ela não conseguia enxergar.

O dia seguinte estava claro e muito frio, com um céu azul sem nuvens que aparentemente havia permitido que o gelo do universo penetrasse na Terra. Heather decidiu se abrigar do frio em um café agitado do centro de Londres e se sentiu imediatamente aliviada pelo calor e o burburinho suave dos funcionários de escritórios que mastigavam seus sanduíches.

— Oi, Diane. Tudo bem?

A mulher mais velha levou alguns segundos para tirar os olhos de seu café com leite. Ela não estava muito diferente da última vez que Heather a vira: o corte de cabelo talvez estivesse mais chique e as roupas, um pouco mais sóbrias.

— Heather, sente-se. Eu soube da sua mãe. — Diane se virou na cadeira e fez um gesto complicado para um barista parado perto dali. Ele assentiu e começou a fazer dois cafés. — Como você está?

— Mais ou menos do jeito que você imagina, na verdade. Obrigada por falar comigo. Sei que, do jeito que as coisas ficaram no *The Post*, bom...

Diane agitou as mãos, dispensando o assunto. As duas pararam de falar enquanto os cafés eram servidos.

— Olha, Diane. Tenho uma reportagem. — Heather olhou para as próprias mãos. — Acho que vai ser algo grande.

Diane ergueu uma das sobrancelhas.

— E daí? Você quer passar para mim?

— Quero. Quer dizer, não. — Heather sorriu. Era bom ver a Diane de novo. O estilo direto dela fez tudo parecer mais lógico do que fora dez minutos antes. — Quero que você publique, depois, mas preciso de tempo. É sobre o Lobo Vermelho.

— Heather, todos os jornais estão até as orelhas com matérias sobre o Lobo Vermelho. Você tem mesmo alguma coisa nova?

— Estar falando direto com Michael Reave conta?

Ela ficou feliz ao ver uma expressão surpresa tomar o rosto de sua antiga editora.

— Digamos que você conseguiu chamar a minha atenção. Como isso aconteceu?

Heather jogou dois pacotinhos de açúcar no café.

— Primeiro, quero que você me prometa que vai esperar, está bem? Não posso atrapalhar a investigação nem meu... acordo, então a matéria tem que esperar até eu conseguir tudo. E eu quero escrever. Tudo bem? Esta matéria é *minha*, Diane. Mais do que qualquer outra coisa que eu já tenha escrito, está bem?

Diane ergueu as sobrancelhas.

— Você vai me contar o que está acontecendo?

Depois de tomar um gole do café doce demais para se acalmar, Heather contou. Sobre as cartas, sobre a aparente relação de sua mãe com um assassino em série e sobre tudo que descobrira em relação aos assassinatos até ali: que Fiona Graham tinha sido levada de seu quarto, que a polícia estava analisando os pertences dela encontrados na escola em que ela trabalhava e que corações, ou desenhos de corações, pareciam importantes nos assassinatos. Ela explicou a Diane suas impressões de Reave e observou o rosto da antiga editora se tornar faminto — um olhar que ela via sempre que iam publicar uma matéria importante. Deixou de fora o bilhete encontrado na casa da mãe e as próprias suspeitas sobre o papel da mãe naquilo tudo. Na história que contou, as cartas tinham sido apenas o estopim que lhe dera acesso a um assassino. Heather não disse nada sobre as acusações improváveis de roubo de bebês feita por Anna Hobson — não queria forçar a barra.

— Estou imaginando uma série de reportagens, talvez — afirmou Heather, com a voz baixa. — Sobre o Reave e, quando pegarem o novo criminoso, sobre ele também. Com base na minha perspectiva singular. Dá para entender? Sou a única pessoa com quem ele falou de maneira mais profunda.

— Além da sua mãe. — Heather estremeceu ao ouvir aquilo, mas Diane continuou. — Você tem razão. É um ponto de vista singular.

— Você tem que prometer, Diane, que vou poder escrever. Volto a te procurar quando tiver tudo de que preciso.

— Heather, do jeito que as coisas ficaram... Bom, isso não me dá muita margem de manobra. As pessoas com quem trabalho agora não vão ficar muito felizes em ver uma matéria sua no nosso jornal.

— E isso lá importa? Ou você acha que, de alguma forma, eu perdi a capacidade de escrever nos últimos meses? Por favor, Diane.

— Vamos fazer o seguinte, já que gosto de você. Me mande algumas laudas. — Diane tomou um gole da espuma que cobria o café. — Me dê uma ideia mais concreta do que você quer fazer. Vai ser mais fácil assim.

Heather suspirou e se recostou um pouco na cadeira. Aquilo era arriscado, e ela sabia disso, mas ver Diane de novo já havia trazido muitas lembranças de volta, lembranças do quanto ela gostava do trabalho, do quanto, anos antes, ele havia sido extremamente importante para ela.

— Está bem. Vou te mandar algumas anotações.

— Combinado. — Diane abriu um de seus raros sorrisos, era como se o sol aparecesse em um dia de inverno. — Mas isso parece perigoso, Heather. Preste muita atenção. Se cuide.

25

— Temos um problema com a visita de hoje.
Heather envolveu o copo de isopor quente com as mãos e procurou pistas no rosto de Ben Parker. Naquele dia, ele voltara a manter a imagem profissional, sem demonstrar nenhum vestígio do almoço tranquilo que haviam tido, mas lançara um sorriso um pouco triste enquanto andavam pelo corredor.

— É mesmo?

— Um incidente com outro preso. — Ao ver a expressão dela, Parker balançou levemente a cabeça. — Não foi nada sério, mas, junto com um problema na comunicação entre os setores, isso bagunçou a programação do Michael Reave. Então, agora ele vai ficar no pátio por uma hora, enquanto devia estar conversando com você.

— Você não pode simplesmente tirá-lo de lá?

— Eu poderia — admitiu Parker. — Mas o diretor não quer. Se há uma coisa sobre a qual o Reave gosta de reclamar, é o acesso que tem ao pátio, ou a falta dele, e o diretor não quer mais reclamações. Então você vai ter que esperar um pouco. Quer outro chá?

Heather olhou para o líquido amarronzado do copo. Pelo cheiro, talvez algum dia aquilo ali pudesse ter sido chá.

— Não, obrigada. Olha, não posso falar com ele no pátio?

Os dois haviam chegado à porta que levava à pequena sala de interrogatório. Parker parou e esfregou a nuca com uma das mãos.

— Isso é totalmente proibido, Heather…

— Mas é uma coisa urgente, não é? E você vai estar lá com os guardas. Além disso, talvez ele fique mais disposto a falar ao ar livre. Acho que vale a pena tentar.

Parker suspirou. Ela percebeu que ele estava cansado, e a pele sob seus olhos, escura e fina.

Ele revirou os olhos para ela e um pequeno sorriso surgiu no canto de sua boca.

— Vou ver o que posso fazer.

Cinco minutos depois, Heather estava sendo escoltada por corredores mais anônimos por dois homens fortes de uniforme e Parker atrás, no fim da comitiva. Por fim, passaram por uma série de portões, o estalar de trancas e o zumbido de vários alarmes soaram em seus ouvidos, até chegarem a um pátio quadrado e árido. O chão era uma mistura de terra e cascalho, e as paredes cinzas de pedra tinham sido desgastadas e arranhadas em vários cantos para criar grafites — alguém havia se dado ao trabalho de esculpir "FODA-SE A POLÍCIA" bem ao lado da porta. No meio do quadrado tosco, havia uma série de jardineiras largas, repletas de arbustos verdes anônimos e, ao lado deles, dois cinzeiros de metal para bitucas, ambos lotados. O cheiro de tabaco velho e cinzas era forte, mas bem acima deles surgia o céu azul e Heather percebeu que estava feliz em vê-lo.

— Heather? Que coisa boa te ver, moça.

Michael Reave estava parado ao lado de uma das paredes. Ele usava uma blusa azul escura de mangas compridas e calça de moletom preta. Estava com as mãos algemadas atrás das costas, mas, quando se aproximou dela, tinha um sorriso fácil nos lábios. Ao ar livre, sob a luz do sol, ele, de certa forma, parecia maior do que antes, mais vital. Comparado ao inspetor Parker, não estava nem um pouco cansado. Parecia desperto e calmo, até mais jovem do que era, e Heather sentiu uma onda de nervosismo passar por seu corpo. Ele podia estar preso e ser constantemente vigiado, mas ainda era um homem alto e forte e ela teve certeza de que, caso quisesse machucá-la naquele lugar — ou em qualquer outro —, ele conseguiria.

— É aqui que você fica nas suas folgas? É onde faz exercícios?

Reave olhou em volta, como se estivesse vendo o pátio pela primeira vez. Então deu de ombros.

— É um dos lugares. Sair de baixo de um teto já é alguma coisa. E hoje está fazendo sol. — Ele sorriu e ela percebeu que nunca o vira tão feliz. — *E* eu tenho uma companhia agradável para variar

Tomando cuidado para não se aproximar demais, Heather deu alguns passos para a frente. Parker estava à sua esquerda e os outros guardas fortes, pouco atrás dela.

— Eu queria saber, Michael, se você poderia me contar mais sobre como minha mãe era. Quando ela era mais jovem. Agora que ela se foi, eu acho... — Ela se forçou a olhar para os próprios pés, depois de volta para ele, enquanto o sol a cegava. — Sei lá. É que não sei muita coisa, sabe?

Ele assentiu devagar e seu rosto suavizou um pouco. Por um longo instante, ninguém disse nada. Em algum lugar atrás deles, Heather ouviu o zumbido grosseiro de portas se destrancando e se trancando de novo, dentro do prédio.

— Colleen era bondosa — disse Reave, por fim. — Muito gentil. Era uma mulher educada. Pelo menos comigo. Eu gostava de ouvir quando ela falava sobre histórias, sobre o que significavam para ela. — Ele se interrompeu e se virou para olhar na direção da jardineira, apesar de Heather achar que ele estava com a cabeça em outro lugar. — Ela não se importava com o fato de eu não ter educação formal. Nunca me julgou por isso. Simplesmente dividia as coisas comigo. Era assim que sua mãe era.

Heather cruzou os braços e tentou manter uma expressão neutra no rosto. Era difícil relacionar essa mulher cheia de compaixão, bondade e doçura com a mulher que havia passado grande parte da adolescência dela tendo discussões amargas com a filha. Falar de Colleen parecia ter deixado Reave mais animado e ele deu um passo na direção dela. Heather sentiu dedos gelados passarem por sua espinha quando os guardas se aproximaram dela, claramente incomodados.

— Você conhece a história de Briar Rose, moça?

— É outros dos contos dos irmãos Grimm?

— É. Você deve conhecer, imagino eu, como "A Bela Adormecida". — Ele sorriu, mas, daquela vez, não havia humor nenhum no gesto. — Provavelmente a versão da Disney, cheia de músicas e animais selvagens bondosos.

— É a que tem as três fadas coloridas — explicou Heather. — Flora, Fauna e Primavera. — Para a própria surpresa, ela sentiu o rosto ruborescer. Era meio surreal e levemente vergonhoso falar sobre personagens animados em um pátio de cadeia. — Elas abençoam a princesa no batizado dela.

Reave parecia entretido.

— Isso mesmo. Mas, na história original, eram mulheres sábias, ou bruxas, e havia treze delas no reino. O rei só tinha doze pratos de ouro para servir comida para elas, já que, imagino eu, as bruxas eram um tanto quanto frescas, então ele decidiu não convidar uma delas. Quando a décima terceira mulher sábia chegou ao batismo, furiosa por ter sido esnobada, ela amaldiçoou a princesa, dizendo que, quando fizesse quinze anos, ela espetaria o dedo no fuso de uma roca e morreria.

— Eu me lembro — respondeu Heather.

— Mas a décima segunda bruxa ainda não havia tido a chance de dar seu presente. E, apesar de não poder retirar a sentença de morte... — Reave fez uma pausa, seus olhos de repente haviam ficado distantes. — E nem poder impedir a morte, a décima segunda bruxa podia suavizar a pena.

— Para cem anos de sono.

Reave assentiu.

— Sua mãe era como essa bruxa boa, moça. Ela suavizava as coisas. Tirava um pouco da dor do mundo. Como um fiapinho de luz em uma floresta de sombras.

— E quanto tempo ela ficou no Moinho do Violinista?

— Não sei se saberia dizer. — Reave virou um pouco o corpo e deixou de olhar nos olhos dela. — Eu não vigiava todos os movimentos dela.

— Mas vocês eram próximos?

— Éramos *amigos*. — Algo no tom de voz dele fez os pelos dos braços de Heather se arrepiarem. — Ela é… era minha amiga mais antiga, eu acho. A única que ainda pensava em mim, vinte anos depois do Moinho do Violinista. A alma dela era bondosa demais para me deixar apodrecer na cadeia, sem nenhum contato. Todas as cartas que ela escreveu para mim foi porque tinha o coração bom. Nunca pedi que ela fizesse isso.

— Você conheceu uma mulher chamada Anna Hobson enquanto estava no Moinho do Violinista, Michael?

— Anna Hobson? Eu deveria?

— Era uma moça que se envolveu com drogas quando estava na comunidade. Ela diz que engravidou lá e que o bebê foi tirado dela logo depois de nascer. Levado contra a vontade dela.

Michael Reave deu uma risadinha alegre.

— Nunca ouvi falar dela. Mas não me surpreende ver gente inventando histórias sobre aquele lugar. O que você acha, moça? Acha que isso pode ter acontecido?

— Não sei — respondeu Heather, incapaz de evitar que o sarcasmo aparecesse em sua voz. — Várias coisas que eu achava muito pouco possíveis agora parecem ser verdade.

Ele assentiu, concordando com ela. Heather decidiu tentar uma abordagem diferente.

— Ela… Minha mãe achava que você era inocente? Ela achava que você tinha sido vítima de uma grande injustiça ou alguma coisa assim? Foi por isso que ela continuou a escrever para você?

— Ela achava que eu era um homem bom. Na verdade, ela sabia que eu era bom. Foi a única pessoa que me valorizou… em toda a minha vida. Você sabe como é isso?

Em algum lugar bem acima deles, uma gaivota grasnou. Heather cerrou os lábios e conteve a resposta imediata, que teria muitos palavrões e mencionaria a injustiça que a mãe cometera. Pelo visto, Colleen Evans acreditava que Michael Reave era um homem *bom*. Dera a ele apoio constante durante todos os anos em que ele estivera preso. Colleen Evans também vira a filha de dezesseis anos sair de casa e nunca voltar, deixara o relacionamento com a única filha atrofiar, até se tornar frio e fraco. Mas nunca fora difícil para ela pegar uma caneta e escrever para seu velho amigo, o Lobo Vermelho.

— Michael — disse ela, com calma. — Você sabe quem está matando essas mulheres? Sabe quem é tão fã do seu trabalho? Tem alguma ideia?

Reave deu de ombros, balançou a cabeça e abriu um leve sorriso, como se Heather tivesse feito uma piada de extremo mau gosto. Ignorando a tensão nas próprias entranhas, Heather deu um passo para a frente.

— Como você as escolhia? Me diga pelo menos isso, Michael. Era uma coisa aleatória? Ou você procurava por alguma coisa específica? A pessoa que está pegando as moças agora, o cara sabe o que você procurava?

— Uma vez, eu disse à sua mãe que fui condenado e sentenciado há muitos anos — afirmou Reave. Sua voz era suave, perigosa. — Muito antes de qualquer mulher morrer, muito antes de eu chegar ao lugar em que cresci. Eu estava destinado a ser condenado por causa de quem minha família era e do que eles haviam feito comigo. Até *ele*... — Reave então se interrompeu e deixou uma expressão incompreensível passar por seu rosto, como uma tempestade de verão. Heather abriu a boca para perguntar quem era o *ele* a que se referia, mas Reave continuou: — Fui julgado por causa do que fizeram comigo, do que me tornaram, e eles nunca vão levar a culpa por isso.

— Quem? Quem são eles?

Ele deu de ombros como se aquilo não se importasse. Gesticulou para as paredes sujas.

— Estive preso a vida toda. Falei isso para Colleen uma vez, e ela tentou me dar uma saída, eu acho. Foi ela que me mostrou o céu, mas, mesmo assim, aqui estou eu, preso, para sempre. Não tenho culpa do que eu sou. E escute. — Ele se virou para ela, com o rosto sério. — Eu entendo que você queira saber sobre a sua mãe, mas não sou bobo. Se perguntar demais sobre outras coisas, vai arranjar problemas. E eu não quero isso para você.

— O quê...? — Heather pensou no coração desenhado no vaso de terracota, na sensação de estar sendo vigiada. O que Reave sabia sobre aquilo? — Michael, o que você sabe? Eu estou em perigo?

Ele balançou a cabeça, sem olhar para ela.

— Não vá até lá. Não há nada para você lá. Não se meta com coisas que não são da sua conta, moça.

Mas o inspetor Parker tinha dado um passo à frente e tocado levemente na parte de trás do braço de Heather, sinalizando que a entrevista havia acabado. Mais tarde, enquanto voltavam para a entrada da prisão, Heather se pegou pensando nas últimas palavras de Michael Reave. Elas tinham gerado ainda mais perguntas.

— E a família dele? Ainda tem alguém vivo?

Parker balançou a cabeça. Depois de mais uma entrevista e nenhuma resposta, ele tinha voltado a parecer distraído, ansioso para estar em outro lugar.

— Todos morreram. A mãe dele, como já expliquei, desapareceu quando ele era criança e, se ainda estivesse viva, estaria muito velha agora e com certeza não se encaixaria no perfil. Ele tinha pai e uma irmã mais velha, e os dois tinham contatos pontuais com a assistência social, por suspeita de abuso sexual na família.

— Meu Deus!

— Mas eles também já morreram. Alguns parentes distantes, mas nada que dê em alguma coisa.

Do lado de fora, sob o céu azul gelado, Heather estava parada sozinha em um ponto de ônibus, ainda pensando na mãe e nos mistérios que ela deixara para trás. Estava ficando cada vez mais claro que Colleen

Evans havia sido extremamente importante para Reave, representara algo para ele que Heather não conseguia nem começar a entender. E ela estava sendo forçada a acreditar que Colleen tivera um apego semelhante a ele, mas nada daquilo combinava com a mulher rígida e forte com que Heather crescera. Havia outra coisa, outra ligação. Tinha que haver.

Quando o ônibus finalmente apareceu, Heather entrou sem olhar para o motorista. Ela se sentou no fundo no veículo, pegou a caderneta e começou a escrever.

26

Antes

As manhãs na Floresta eram repletas de cantos de pássaros e luz. Os sussurros das covas de Michael ficavam silenciosos, mas ele ainda assim gostava de visitar cada uma delas para deixar que todas sentissem sua forma de lobo passar. Era importante que soubessem que ele estava ali, mesmo que ele tivesse começado a viajar para longe naquela época. Naquela manhã específica, a floresta estava coberta de jacintos e havia uma névoa quase roxa que surgia em todos os cantos. Michael estava pensando em colher alguns para levar com ele na próxima viagem — tinha começado a pôr flores na boca das mulheres para que aquele pedacinho do Bosque do Violinista pudesse apodrecer com elas — quando ouviu uma voz suave chamar.

— Tem alguém aí?

Ele apoiou a pá em uma árvore e andou na direção do som.

— Olá?

Ele a viu muito antes que ela o visse. Havia uma moça na floresta, de calça jeans justa, galochas verdes manchadas de lama e uma blusa branca diáfana que flutuava sobre seus braços. Seus cabelos louros caíam em ondas suaves sobre os ombros e o rosto pálido parecia levemente contraído. Havia duas manchas de um rubor rosado caótico em suas bochechas e ela carregava um livro velho embaixo do braço. Quando ele saiu de trás das árvores, perto dela, a moça levou um susto e quase o deixou cair.

— Ah. — Ela riu e seu rosto ruboresceu ainda mais. — Pensei ter ouvido mais alguém caminhando aqui. Desculpe.

— Você é da comunidade?

Michael pigarreou. Ele não queria falar com ninguém, não com lama nas mãos e tão perto dos túmulos, mas desde o início havia algo nela — algo que o provocava.

— Sou. — Ela abraçou o livro. — Você não é?

— Você se perdeu?

Ela deu de ombros e desviou o olhar.

— Eu queria ver a floresta pela manhã. Não pensei que haveria mais alguém aqui porque...

Quando ela se interrompeu, Michael assentiu. Os outros jovens da comunidade não estariam ali porque passavam a noite toda bebendo e fumando maconha, ficavam até o nascer do sol, conversando e rindo, e dormiam até meio-dia em sacos de dormir catinguentos. Ou grunhindo como animais. O próprio Michael os havia ouvido em seu quarto na casa e na floresta.

— Posso te levar de volta lá.

Estava claro que a moça não queria voltar ainda, que tinha ido até ali com a intenção de caminhar mais um pouco, mas ela cedeu facilmente e assentiu uma vez, o que fez seu cabelo balançar.

— O que você está lendo?

Ela olhou para o livro que tinha nos braços, como se nunca o tivesse visto.

— Ah, é o meu velho livro de contos dos irmãos Grimm.

A moça o ergueu para que Michael o visse. A capa marrom estava toda coberta com dobras brancas e, no meio, havia uma gravura de um lobo preto enorme com a boca escancarada, revelando muitos dentes brancos. Seus pés estavam emaranhados em eras, e um céu muito branco servia como pano de fundo. O coração de Michael começou a bater mais rápido ao ver aquilo. Quem era essa mulher que carregava a personalidade verdadeira dele em seus braços?

— Não parecem ser histórias infantis — afirmou ele, sem saber o que mais podia dizer.

— E não são, na verdade, ou pelo menos não são o que imaginamos. — A garota deu de ombros e abriu um meio sorriso. — São muito antigas, transmitidas de família para família. Uma tradição oral. Mas eu adoro — acrescentou ela, de repente emocionada. — São muito *sinceros*, sabe? Falam sobre os perigos do mundo selvagem, e o bem e o mal, e fazer a coisa certa… — Ela se interrompeu. — Achei que seria legal lê-los aqui fora, como se… Como se eles fossem se tornar mais reais aqui. — Ela ruborresceu ainda mais, claramente envergonhada. — Mais ou menos isso.

Os dois haviam chegado ao fim da floresta e a comunidade se estendia diante deles. Ainda não era enorme, mas, como o homem gostava de dizer, seus moradores eram entusiasmados. De onde estavam, Michael podia ver o homem — ele parecia muito mais velho em meio a todos aqueles jovens —, de pé, perto de um grupo de pessoas que estavam, em sua maioria, sentadas. Havia uma fogueira acesa e o aroma de café viajava até eles. A maior parte dos homens e mulheres mal parecia acordada, mas as duas irmãs Bickerstaff estavam junto do homem e pareciam bem alertas, com seus longos cabelos louros cortados recentemente em estilo Joãozinho, bem curto. O homem as chamava de "meninas Hitchcock", mas Michael só tinha uma vaga ideia do porquê. Da última vez que tinha ido ao cinema, ele entrara em pânico ao ver as luzes se apagarem e tivera que sair rápido — o armário parecera próximo demais naquele dia.

— Ele é bom, não é? — A mulher soou desconfiada ao dizer aquilo. Michael apenas assentiu. — Eles adoram ouvir esse cara falar sobre o campo, a importância vital da paisagem rural, a liberdade em relação à domesticidade e a eterna corrida. Algumas coisas que ele diz me fazem pensar…

Ela se interrompeu outra vez, e Michael se perguntou se ela alguma vez tinha chegado a terminar uma linha de raciocínio em voz alta.

Os dois já haviam se aproximado do grupo e ele se viu observando um casal na beira do círculo: o homem tinha a mão dentro da blusa da mulher e ela bocejava, sem prestar muita atenção no cara. De repente, ele percebeu que a moça olhava para os dois também e, quando voltou a olhar para ele, Michael viu algo nos olhos dela: medo, animação. A extensão pálida de seu pescoço pareceu brilhar à luz da manhã e ele sentiu uma onda forte de emoção em relação a ela: desejo e uma necessidade de protegê-la, os dois misturados e emaranhados. *Ela é a lebre que se oferece ao predador*, pensou, abruptamente zonzo.

— É melhor eu voltar — disse ela, em dúvida. — É a minha vez de lavar a louça do café da manhã.

— Qual o seu nome? — A voz dele pareceu vir de muito longe.

— Colleen — respondeu ela.

27

A campainha tocou quando Heather estava terminando de digitar as anotações que fizera nos dias anteriores. Ela se levantou e desceu pelo corredor fazendo o mínimo de barulho possível e sem tirar os olhos do vitral do meio da porta. Havia uma figura parada ali e ela tinha quase certeza de que não era Lilian. Sentindo-se um pouco ridícula e um pouco enjoada, ela pegou um bibelô pesado de madeira de uma mesinha, segurou-o ao lado do corpo e olhou pelo olho mágico. A figura do lado de fora se mexeu e ela viu mechas de cabelo louro bagunçado e um colarinho desabotoado.

— Inspetor Parker?

Ele pareceu triste quando ela abriu a porta, como se quase esperasse que ela não estivesse em casa. Abrindo um sorriso tímido, ele ergueu uma garrafa de vinho.

— Eu sei. É muito errado. Mas é que foi um dia difícil e... — Ele deu de ombros. — Se eu já disser que procurei o endereço da sua mãe, isso vai evitar que você me expulse depois?

— Entre. — Heather deu um passo para o lado e pousou o bibelô de madeira de volta na mesinha lateral. — Você tem muita sorte. Pedi comida há uns vinte minutos e costumo pedir o suficiente para umas seis pessoas. Você aguenta comer comida chinesa suficiente para três pessoas?

— Vou considerar isso uma honra e um desafio.

Mais tarde, quando a comida chinesa tinha sido devorada e os dois já haviam aberto a segunda garrafa de vinho, a conversa voltara, de forma inevitável, para o imitador do Lobo Vermelho. Parker jogou os palitinhos descartáveis na embalagem plástica.

— Outro corpo apareceu hoje. Não te contei, mas... — Ele deu de ombros. — Está ficando mais frequente. Os assassinatos originais aconteceram durante vários anos, só que esse filho da puta já matou o que, quatro mulheres em pouco mais de um mês? A polícia está surtando por causa disso.

Heather se remexeu, piscando rapidamente. Os dois haviam se acomodado no sofá, depois de arrastar a mesa de centro para apoiar a comida, e era muito tentador mergulhar na sonolência provocada por um estômago cheio de macarrão, só que Parker estava um tanto quanto bêbado e começara a falar demais.

— Ela estava... do mesmo jeito que Elizabeth Bunyon? E Fiona Graham?

Por alguns segundos, Parker não disse nada, e ela sentiu uma pontada de pena ao ver a expressão de tristeza passar pelo rosto do inspetor. Por fim, ele assentiu.

— Estavam sem o coração. Tinham a boca cheia de flores. Graham foi encontrada por um passeador de cães pouco antes do nascer do sol. Quando chegamos lá, a grama ainda estava gelada, e parecia... que ela tinha sido feita de gelo. O sangue dela tinha endurecido na grama. — Ele estremeceu. — A nova garota era uma viciada chamada Abi. É horrível, né, reduzir uma pessoa a isso? Mas é isso que acontece. As vítimas se tornam uma característica única enquanto fazemos de tudo para descobrir quem *ele* é. A Abi foi cortada aqui. — Ele passou a mão na altura da cintura. — Bem no meio. E havia um buraco no peito dela, com terra e outras coisas enterradas no espaço. As fotos são uma loucura.

Heather estremeceu e lembrou do vaso de terracota na soleira da porta de sua mãe. Ela quis perguntar se haviam achado alguma coisa em formato de coração perto do corpo, mas isso a faria revelar demais.

— Meu Deus… Mas que coisa, Ben. Não consigo imaginar como é ter que ver essas coisas e continuar trabalhando. Você já descobriu alguma coisa sobre a Fiona? Quer dizer, alguma prova?

Ela esperava que ele se calasse, que percebesse que estava falando demais. Mas, em vez disso, ele deu de ombros e tomou um gole de vinho.

— Nada de útil ainda. Quem quer que esse filho da mãe seja, ele toma cuidado para não deixar nenhuma pista. Mas as outras coisas: as flores, os insetos que elas carregam… Na época dos assassinatos originais, a entomologia forense não era lá grandes coisas. Tenho esperança de que vão descobrir algo, alguma pista de onde fica a base dele, talvez… — Ele se interrompeu e então disse, direto: — Eu não devia estar contando nada disso.

— Olha, é melhor do que manter tudo no peito.

Heather se inclinou para a frente e começou a empilhar os pratos de plástico vazios. Juntos, os dois os levaram para a cozinha e os jogaram na lixeira.

— Mesmo assim. — Ele se encostou no balcão. Tinha tirado o paletó e dobrado as mangas da camisa até os cotovelos, revelando uma cicatriz branca em seu antebraço. — É a última coisa que você precisa.

Heather deu de ombros. Começou a imaginar o que Ben diria se soubesse como ela havia perdido o emprego — ou que ela era jornalista. Ele com certeza não estaria ali, aconchegado com ela no sofá.

— O que você acha? — perguntou ela de repente. — Você estudou serial killers e falou com Michael Reave antes. Teve acesso a tudo, a todos os arquivos e fotos. Se você tivesse que dar um palpite agora, o que me diria?

Parker abriu um sorriso torto.

— Não crio perfis para o FBI, Heather.

Ela se aproximou e se apoiou no balcão ao lado dele para que tivesse que olhar para cima para ver seu rosto. As bochechas e a testa do inspetor estavam um pouco avermelhadas, contrastando bem com seus olhos cor de mel. Naquela luz, eles pareciam quase verdes.

— Por favor. Você deve ter pensado nisso.

Do lado de fora, o vento ganhou força e jogou folhas secas de outono contra as janelas. Parker pigarreou.

— Bom, um homem branco na casa dos trinta, talvez. Tem um emprego que permite que viaje muito e deve morar sozinho. Se for casado, a mulher não sabe nada sobre isso. E é alguém com um passado problemático, assim como o Reave. Com pais abusivos ou ausentes, provavelmente. Nem todo mundo que sofre abuso quando criança acaba se tornando serial killer, mas quase todos os assassinos em série sofreram abusos.

— É que nem dizer que nem todo filho da puta é conservador, mas todo conservador é filho da puta?

Aquilo arrancou uma risada surpresa dele.

— Achei que a gente só pudesse falar de política depois do terceiro encontro.

— Bom, você já está na minha casa, então...

Para a tristeza dela, lembranças do pássaro preso, do bilhete no armarinho de remédios e do perfume da mãe ressurgiram todas juntas. De repente, Heather quis que Parker ficasse — enquanto o inspetor estava ali, a casa parecia mais segura, menos deprimente. Pegar o assassino parecia uma fantasia louca, algo que ela vinha usando para se distrair. Mesmo entender sua mãe parecia uma tarefa impossível. E ela estava cansada de ficar triste. Seria tão bom, pensou, sentir outra coisa por um tempo.

— Acho que tecnicamente isso conta como o quarto ou quinto encontro.

Ela olhou nos olhos dele ao dizer isso, torcendo para que ele entendesse. Parker desviou o olhar e sorriu, mas não fez menção de se afastar dela.

— Bom. Acho que o assassino escolhe as vítimas com muito cuidado, talvez até com antecedência, porque sabe levá-las sem fazer muito alarde. *Tem* que haver alguma coisa que as une, mas não consigo ver o quê. Todas têm mais ou menos a mesma idade: trinta e quatro, trinta e cinco, por aí.

— Elas têm todas mais ou menos a mesma idade que eu.

Ela franziu a testa.

— Heather, a gente mostrou a foto que você deu para os pais da Fiona Graham.

— Ah. — Ela esfregou a testa com uma das mãos, tentando não imaginar a mãe desesperada de Fiona Graham, chorando por uma foto que ela nunca vira da filha. — Eles devem estar arrasados.

— Não foi muito divertido. Tudo que eles querem agora é poder sofrer em paz, mas... — Ele se interrompeu e Heather teve a impressão de que ele estava falando mais do que devia mais uma vez. — Os dois confirmaram que a menina era filha deles e se lembravam, sim, da ocasião. A Fiona estava participando de algum projeto de conservação ambiental e havia uma pequena cerimônia de entrega de certificados na festa. O nome da iniciativa era Prêmio Jovens Amantes da Natureza, ou alguma coisa assim. Era por isso que eles estavam lá.

— Hum. Não me lembro de nada disso.

— Pelo que conseguimos saber, eles não falaram com a sua mãe nem com o seu pai, e não há nenhuma conexão óbvia entre eles.

Heather balançou a cabeça.

— Mas não é estranho? Pensa comigo, é muita coincidência eles terem ido a uma festa, se sentado e comido bolo com uma mulher que conhecia o homem que... — Ela fechou os olhos com força. Pôr todos os fatos no lugar estava lhe dando uma dor de cabeça. — O homem que *inspirou* o assassino que matou a filha deles?

— A mulher que vinha escrevendo para Michael Reave havia décadas — corrigiu ele, fazendo Heather sentir um arrepio, apesar do calor da cozinha. — É, também achamos que é uma coincidência esquisita. Estamos revisando as cartas que você nos deu e as que o Reave recebeu da sua mãe, para o caso de podermos fazer mais conexões entre sua mãe e as vítimas.

— O que você quer dizer?

— Desculpa perguntar isso, mas… como era o seu relacionamento com sua mãe?

Heather se inclinou para trás e quase deu uma gargalhada, mas depois engoliu em seco.

— Você acha que é justo me fazer essa pergunta agora?

— Desculpa, desculpa mesmo, mas é que há mulheres sendo… Olha, eu tive que falar com outro pai sobre a filha dele hoje e nós tivemos que pedir que ele identificasse os pertences dela. Só que havia manchas de sangue… — A voz estava embargada de emoção, e Heather sentiu uma pontada de desejo por ele. — Ele vai fazer de novo e provavelmente não vai demorar. Temos que pegá-lo.

— Você tem razão. — Ela olhou para a azulejos de cozinha. — Olha, eu saí de casa aos dezesseis anos, bem pouco depois que meu pai morreu. Mal falei com a minha mãe depois disso, só em telefonemas muito raros e incômodos quando um parente morria, esse tipo de coisa. Não éramos próximas. Ela me mandava cartões de Natal. — De repente, ficou difícil falar. Sua garganta parecia repleta de penas. — Por Deus, era um saco, para falar a verdade.

— Você acha possível que ela tenha escolhido as vítimas de algum jeito?

Por um bom tempo, Heather não disse nada. Um ruído intenso surgiu em seus ouvidos e um terrível latejar, atrás dos olhos. *Sei o que você é, e acho que você também sabe.* Ela podia imaginar a mãe, agachada diante de um vaso de terracota com uma faca em uma das mãos e o rosto contorcido com alguma emoção desconhecida.

— Heather?

— Não sei o que dizer sobre isso, Ben. Claro que não acho que ela estava escolhendo as mulheres. Não consigo acreditar que minha mãe estivesse envolvida nisso. Mas e se a conexão for *mesmo* a minha família? A minha mãe? — Ela mordeu o lábio. — Não quero pensar nisso, mas aquela foto e o suicídio da minha mãe…

Ele se virou ligeiramente para ela, preocupado.

— Se houver alguma ligação entre elas, Heather, vamos encontrá-la.

— Eu sei, você está certo. É só que... — Ela pôs uma mecha de cabelo atrás da orelha, pensando. *E se isso fosse uma matéria para o jornal? Que perguntas você faria?* — Tudo bem, e o que mais? Que outras coisas podemos supor sobre esse novo assassino?

— Ele leva as mulheres para algum lugar antes de matá-las, não as mata em casa nem em nenhum tipo de espaço público. Gosta de estar no controle. Eu... Eu não acho que ele mate rápido. Tudo isso tem a ver com poder, com exercer algum tipo de poder sobre elas, e a apresentação dos corpos também tem a ver com isso.

Heather assentiu.

— Pensei nisso também — afirmou ela, distraída. — Que ele cuida dos corpos. Ele cuida deles após a morte.

Parker olhou para ela com atenção.

— Eu não diria que ele cuida delas.

— Não, mas... — Heather bateu os dedos contra a bancada de mármore. — Será que ele se importa com a maneira como elas são exibidas porque quer que fiquem iguais às vítimas originais do Lobo Vermelho? Ou porque ele mesmo precisa que elas fiquem daquela maneira?

— Essa é a grande questão, não é? — Parker suspirou. — Será que ele conhece o Reave ou é só um fã alucinado?

— É. Sinto muito por não ter ajudado apesar de ter conversado com o Reave.

— Mas você ajudou, sim. — Parker se virou para ela. — Talvez a gente ainda não saiba como, mas tenho certeza...

Um barulho do lado de fora fez com que eles se virassem para a janela. Estava escuro e o vidro refletia a imagem dos dois parados, muito próximos, quando um movimento repentino deu um susto neles.

— Aquilo foi uma raposa?

Heather soltou uma risada nervosa. Seu coração tinha disparado.

— Um cachorro, talvez?

Alguma coisa em sua voz deve ter soado errada porque Parker pôs a mão na lombar dela.

— Você está bem? Parece que viu um fantasma.

— É, eu… — Ela respirou fundo, envergonhada por estar tão ansiosa. — Minha nossa, estou muito doida. Desculpe, não devo estar sendo boa companhia.

— Na verdade, acho que você é uma ótima companhia.

Mais uma vez, ela sentiu que queria que ele não fosse embora. Como se lesse os pensamentos dela, ele se inclinou para a frente, com uma expressão incerta misturada a outra coisa. Sem pensar muito no que estava fazendo, Heather segurou a camisa dele, puxou-o para si e o beijou.

Por um segundo, ele não se mexeu — Heather pôde vê-lo questionar a própria atitude —, mas então seus braços a envolveram e sua boca dominou a dela com firmeza. Ele tinha gosto de vinho e algo que ela não conseguia identificar. Suas mãos, que subiam pelas costas da camisa dela, eram calejadas. Juntos, os dois esbarraram na mesa da cozinha e, enquanto tirava a própria calça e tentava arrancar o cinto dele, ela por um instante se perguntou o que a mãe ia achar daquilo.

Olha, mãe, se a gente for analisar essa situação, acho que transar com um policial na mesa da sua cozinha não vai ser nada demais.

— Você… quer?

Heather olhou para o rosto avermelhado de Ben e percebeu que havia soltado uma gargalhada.

— Pelo amor de Deus, quero. Não pare agora.

Depois, eles subiram a escada aos tropeços, rindo baixinho, e transaram de novo no quarto de hóspedes. Enquanto estavam deitados juntos no escuro, finalmente exaustos, Heather ficou ouvindo a respiração dele, lenta, regular e, de certa forma, tranquilizadora. Seria fácil ficar ali, ouvindo o homem adormecer, deixar aquela noite se tornar uma lembrança agradável, aliviada e confusa pelo excesso de vinho e sono. No entanto, as imagens dos corpos que ele havia descrito e as palavras que usara para identificar o assassino flutuavam em sua cabeça como placas de neon.

— Ei. — Ela o cutucou com o pé e ele soltou um gemido delicado. — Ben?

— Hum?

— Desculpa ter que falar isso, ainda mais depois de a gente... Mas você não pode dormir aqui. Tenho que ir ao enterro da minha mãe de manhã.

Ele ficou imóvel na cama, depois se virou. À meia-luz do corredor, ela viu os músculos firmes da barriga dele e a mancha macia de pelos em seu peito, um pouco mais escuros do que seus cabelos. Era tentador descobrir se ela podia fazê-lo ficar mais um pouco, mas ficou claro pela maneira que ele se levantou que a palavra "enterro" havia acabado com todas as chances dela.

— Ah. Merda. Você não disse nada.

— O que eu poderia dizer? — Ela também se sentou, abraçou as pernas dobradas e observou Parker se levantar da cama para procurar a calça. — Está perto da porta. Desculpa, é que... Duvido que eu vá ser boa companhia de manhã. Sabe?

— Alguém vai estar aqui com você?

Ele se virou. A luz do corredor foi suficiente para que ela visse a expressão genuína de preocupação em seu rosto e, de repente, Heather se sentiu suja, envergonhada e ainda mais dolorosamente atraída por ele. Era fácil demais imaginar o que sua mãe diria se ainda estivesse viva, o tom "decepcionado, mas não surpreso" que surgiria em sua voz.

— A Nikki, uma amiga minha, vai comigo e metade da família dela também, eu acho. Vou ficar bem.

— Eu posso ir. Eu...

Ela se obrigou a encará-lo e tentou sorrir.

— Obrigada, mesmo assim. Quer dizer. Por ter ficado aqui esta noite.

Quando ele foi embora, Heather vestiu um robe e desceu até a sala. Já estava muito tarde e seu corpo estava dolorido em vários pontos, mas, mesmo assim, ela ligou o notebook e começou a digitar. A matéria estava tomando forma.

28

O dia do enterro amanheceu claro e ensolarado, apesar de a casa ainda estar gelada e saturada de sombras. Heather, que havia ficado horas acordada, viu-se presa em um estado entre a exaustão e a agitação, lavando o rosto várias vezes e tomando café preto e forte para tentar se concentrar.

Ela escolheu uma calça jeans que ainda podia ser chamada de preta e não cinza e uma blusa preta simples, colocou tudo na cama e depois evitou as roupas durante toda a manhã. Várias vezes se pegou indo até a janela e olhando para a série de árvores escuras que margeava o gramado de sua mãe, esperando ver alguém parado ali. Sua cabeça não parava de voltar ao bilhete: *Sei o que você é, e acho que você também sabe.* Ela disse a si mesma que era importante que fosse ao enterro. Ia ser um encerramento, uma maneira de deixar a mãe e os recados maldosos dela para trás. Mas, quando voltava à janela, tinha a sensação de que estava deixando alguma coisa passar despercebida, de que havia uma mensagem, gentil ou não, que ela não estava captando. Tentando tirar aquilo da cabeça, ela mandou para Diane as anotações que tinha até ali, junto com o seguinte comentário: "Isto é um *rascunho muito cru* ainda, então não me julgue demais."

Quando Nikki a chamou, ela já estava desesperada para sair de casa, por isso ficou feliz ao se espremer no banco de trás do carro da tia de Nikki. A mãe de Nikki também estava com elas, sentada no banco do passageiro, e estendeu os braços sobre o apoio de cabeça para envolver Heather em um abraço de uma força impressionante.

— Tudo bem, Heather? Como você está?

— Estou bem, dona Appiah, de verdade. Mas vou ficar feliz quando isso tudo acabar.

Havia mais pessoas no crematório do que Heather esperara — mais vizinhos, como a tia de Nikki, e alguns primos muito distantes que ela reconheceu de fotos antigas. Lilian estava lá também, usando um terninho preto muito elegante e um chapéu pequeno com um véu rígido de renda preta. Ao vê-la, Heather sentiu uma onda de vergonha: alguém que havia morado na mesma rua que sua mãe tinha se esforçado mais do que a própria filha dela.

— Vamos lá, Hev. — Nikki pegou de leve em seu cotovelo. — Vamos entrar agora.

Aos poucos, o singelo grupo de pessoas entrou na pequena capela de tijolinhos vermelhos, todos de cabeça baixa e com olhos secos. Quando passaram por baixo do arco e subiram até os bancos, Heather sentiu um arrepio de terror percorrer seu corpo: havia uma grande cruz de madeira na parede dos fundos, dominando todo o espaço, e o caixão da mãe estava disposto diante dela, com um buquê de flores brancas que cobria a madeira cor de caramelo escuro.

Por alguns minutos, ela sentiu que recuava, como se a própria sala a repelisse, e então se lembrou: claro, era a mesma capela em que ela havia se despedido de seu pai. Como podia ter esquecido? Só que, em um gesto desesperado de autopreservação, ela *havia* esquecido a maior parte daquilo. O velório de seu pai existia em sua memória apenas como uma série de imagens e impressões dolorosas. O cheiro de couro do casaco que estava usando, o som do choro sofrido da mãe, a tristeza e a culpa, cacos afiados de vidro entalados tão fundo em sua garganta que ela passara a cerimônia em um tipo de silêncio aturdido.

Com a preocupação formando uma ruga entre suas sobrancelhas, Nikki olhou para ela.

— Hev?

Ela assentiu rapidamente, forçando um sorriso.

— Vamos. — A sra. Appiah passou o braço carnudo pela cintura dela. — Vamos nos sentar com você.

A família de Nikki a levou até o primeiro banco, se sentou em volta de Heather e ficaram olhando para ela e entregando lenços. Eles se sentiam em casa em igrejas, absolutamente acostumados com o cheiro de flores velhas e a cruz ameaçadora, e Heather sentiu uma onda de gratidão que ameaçou fazê-la chorar antes mesmo de a missa começar. No entanto, quando a freira se levantou e pigarreou, ela percebeu que estava estranhamente calma. Olhou em volta uma vez e viu Lilian sentada nos fundos, sozinha, com as mãos unidas sobre uma bolsa grande e os olhos cinzentos fixos no caixão.

— Obrigada a todos por terem vindo aqui celebrar a vida de Colleen Evans.

A freira sorriu para todos e Heather se perguntou o que será que ela achava: dos poucos presentes, das circunstâncias da morte da mãe. As duas haviam tido uma conversa estranha ao telefone em que a freira fizera muitas perguntas sobre Colleen, tentando obter informações suficientes para falar sobre ela com tranquilidade durante a missa, mas Heather percebera que tinha muito pouco a dizer. Se a mãe tinha começado algum hobby no fim da vida, ela não ficara sabendo e a maior parte de suas lembranças envolvia uma infância distante e incômoda. Em dado momento, fora tomada por uma vontade imensa de contar sobre Michael Reave. *Minha mãe ficava vadiando por aí com um assassino de mulheres. Dá para incluir isso de algum jeito? Talvez mencionar que ela escreveu para ele durante décadas e nunca contou a ninguém. Ou você poderia falar que ela morou em uma comunidade hippie e provavelmente usou um monte de drogas. Ia ser uma história legal, não ia?* Acabara dando a conversa por encerrada e, agora, percebeu que a vigária estava tendo dificuldade de criar uma imagem de alguém sobre a qual não sabia nada.

— Feliz no casamento com o marido Barry durante muitos anos, Colleen também tinha muito orgulho da filha Heather...

Ela soltou um pequeno grunhido ao ouvir aquilo. Imaginando que Heather estivesse chorando, a sra. Appiah deu uma série de tapinhas carinhosos no joelho dela.

Heather se pegou encarando o caixão, lembrando-se inevitavelmente das conversas com a equipe do necrotério, quando o corpo de sua mãe tinha sido recuperado e identificado. Eles haviam sido gentis, solenes e atentos, e explicaram que ela não poderia ver Colleen — os danos de quando alguém cai de uma grande altura (pula, acrescentara Heather em silêncio, *pula*) eram intensos demais. Em vez disso, eles a haviam apresentado a uma policial, que lhe entregara a bolsa de Colleen. Dentro dela, estava a carteira velha da mãe, o passe de ônibus e punhados de frutos de roseira, como se ela os tivesse colhido e enfiado na bolsa enquanto andava até o penhasco. Lá também estava a carta de suicídio.

— Os frutos de roseira são importantes? — perguntara a policial.

Ela era muito jovem e empolgada, com grandes olhos castanhos, e pusera duas colheres cheias de açúcar no chá de Heather, apesar de ela não ter pedido. Para o choque.

— Não jogamos fora, caso você quisesse guardar.

Heather não soubera o que dizer, então, no fim, tinha apenas pegado a bolsa, com as sementes e tudo, e jogado tudo fora nos arbustos que cercavam o necrotério. Será que eram importantes? Ela não tinha ideia. Aquele era o problema que estava se tornando cada vez mais óbvio: Heather não sabia quase nada sobre Colleen Evans e tudo que havia descoberto desde a morte da mãe sugeria que nunca saberia.

— Colleen amava a família e era uma mulher muito generosa. Muito generosa com seu tempo...

Tão generosa, pensou Heather, a tristeza dentro dela de repente se transformou em raiva. *Realmente, ela era generosa o tempo todo.*

Com um susto, ela percebeu todas as cabeças do banco se virarem para ela e notou que havia falado em voz alta. Ruborescendo, ela baixou a cabeça, mas foi como se um dique tivesse sido aberto: imagens e ideias indesejadas passaram por sua cabeça, pressionando-a por todos os lados. Ela, sentada na mesma capela quando adolescente, dormente de dor e culpa, o olhar de medo que havia passado pelo rosto de seu pai ao encontrar o pássaro no quarto dela, sua mãe pulando da beira do penhasco, talvez se arrependendo no último instante e morrendo de medo durante a longa queda, antes de sua cabeça ser destruída e seus ossos se tornarem poeira… Ela pensou em Michael Reave e na voz irritantemente firme dele, em todas as mulheres cuja vida ele destruída.

Antes de perceber o que estava fazendo, já estava de pé. As palavras da freira secaram e todos olharam para ela, ansiosos. Alguém atrás dela pigarreou.

— Hev! — A voz de Nikki era um sussurro urgente. — Está tudo bem, senta aqui. Por favor.

Era impossível. Impossível ficar ali mais um segundo, a poucos metros de uma caixa que continha os pedaços quebrados de sua mãe. Ela balançou a cabeça e saiu do banco, afastando com carinho as mãos da sra. Appiah e da irmã dela.

— Por favor, continue — pediu ela, tentando fazer sua voz soar o mais normal possível. — Continue, só preciso de um pouco de ar.

Ela saiu pela porta lateral e entrou em um pequeno jardim. Grande parte dele era cimentado, com pequenas áreas cobertas de cascalho branco e suculentas baixinhas. Em uma murta, alguém havia organizado com cuidado todas as homenagens florais. Ela viu a sua na hora, uma guirlanda de lírios brancos e amarelos. Heather se obrigou a ir até lá olhar para o arranjo, a encarar as pétalas longas e macias até seu coração se acalmar no peito.

Pelo que sei, ela provavelmente odiaria isso aqui. Heather respirou fundo, lentamente. *Provavelmente odiaria todas estas flores. Nossa, talvez eu devesse ter trazido frutos de roseira.*

Ela esperou e, por fim, ouviu o som agudo e incerto de um pequeno grupo de pessoas cantando "Morning Has Broken", a canção que havia escolhido para encerrar a missa. Pouco depois, as portas do crematório se abriram e a freira começou a trazer as pessoas para fora.

— Hev, você está bem?

Nikki foi direto até ela, enquanto sua mãe e tia esperavam, ansiosas, logo atrás. O pequeno grupo de presentes saiu para o jardim e parou para agradecer à freira, mas Heather não pôde deixar de notar que todos estavam olhando rapidamente para ela.

— Desculpa. — Ela olhou para a sra. Appiah e sua irmã para que o pedido de desculpas as incluísse também. — Eu simplesmente não aguentei. Não parava de me lembrar do velório do meu pai e do choque de tudo isso...

— A gente entende, querida. — A sra. Appiah dispensou suas explicações. — Sua mãe está em paz agora. Está na hora de você tentar ter um pouco de paz também. Agora olhe para todas estas flores lindas que todo mundo mandou. A Colleen com certeza teria ficado muito emocionada.

Heather assentiu e voltou, obediente, para as flores, decidida a ler todos os cartões e agradecer a cada um dos presentes. Afinal, não sabiam da relação frágil que tinha com a mãe e haviam se dado ao trabalho de comparecer — era o mínimo que podia fazer depois de dar tamanho show. Enquanto estava se inclinando para ler o cartão de um buquê de flores amarelas claras — a letra do florista era horrível —, Lilian apareceu ao lado dela, segurando a alça da bolsa com mãos enluvadas.

— Foi uma missa linda, *bem* o que a Colleen ia querer.

Heather se virou ao ouvir o som da voz dela — aquilo era um toque de sarcasmo? Mas Lillian parecia tão composta como sempre.

— Você vai dar uma recepção, querida?

— No King's Arms. Reservei o salão. Eu devia fazer lá em casa, mas...

Ela se interrompeu. Na verdade, não havia um bom motivo para isso. Ela só não conseguia suportar a ideia de ver outras pessoas lá, percebendo que a poeira havia se acumulado e abrindo a geladeira.

— Não precisa explicar, eu entendo perfeitamente. Isso tira um pouco da pressão, imagino eu.

— E nós levamos um pouco de comida. — Isso foi dito pela tia de Nikki, que apareceu ao lado de Heather. — Sanduíches, frios, enroladinhos de salsicha… Tem o suficiente para todo mundo e mais um pouco. Vou guardar um pouco para você levar para casa, Heather.

Alguém me livre das velhas e seus potes de plástico, pensou Heather, antes de notar que a tia de Nikki olhava para Lillian com curiosidade.

— Ah, desculpe. Shanice, esta é a Lillian. Imagino que vocês se conheçam. A Lillian também é, bom, vizinha da minha mãe.

— Acho que a gente nunca se conheceu — respondeu tia Shanice, estendendo uma mão gordinha. — Onde você mora, Lillian?

— Perto da escola — afirmou Lillian, antes de se virar para Heather outra vez. — Me desculpe, querida, mas tenho que ir. Foi mesmo uma missa linda. Vou passar mais tarde na sua casa e levar um pouco do ensopado de abóbora que estou fazendo.

E com isso ela se foi. Shanice ergueu um pouco uma das sobrancelhas, o que Heather reconheceu como uma avaliação extremamente condenatória de Lillian e de outras mulheres como ela, antes de voltar para perto da irmã e passar seu relatório. Heather, com olhos fixos em um buquê estranhamente colorido, foi até os fundos do jardim para ler o cartão. Para sua surpresa, ela reconheceu a maior parte das flores porque eram do tipo que cresciam em bosques — violetas, rosas-mosquetas, margaridas e dedaleiras — e tinham sido amarradas com cuidado, em forma de guirlanda. Ela se ajoelhou e tocou no cartão. Aquela letra pelo menos estava legível.

Sei o que você é, e acho que você também sabe.

Seu estômago deu uma guinada nauseante. O cartão não estava assinado e não havia mais nada escrito nele — nem mesmo uma pequena imagem de flores no canto, como na maioria dos outros. Ela arrancou o cartão da guirlanda e se levantou. Dava para sentir a bile pressionando o fundo de sua garganta.

— Hev? O que houve?

Ela balançou a cabeça, incapaz de responder. Em algum lugar muito distante, um cachorro latia sem parar.

Sei o que você é.

Em algum lugar, alguém que sabia tudo sobre sua mãe e o Lobo Vermelho estava brincando com ela.

29

A recepção foi um pesadelo. Um salão escuro nos fundos de um pub, bandejas de sanduíches e enroladinhos de salsicha — muito mais do que o necessário para a quantidade de pessoas — e taças de vinho tinto ácido. Heather percebeu que não conseguia se concentrar em nenhum dos rostos nem acompanhar conversa alguma. Em vez disso, voltava a pensar no cartão e em seu recadinho amargo: *Sei o que você é.*

Nikki ia ver como ela estava de tempos em tempos, aparecia com um prato de papel cheio de queijo ou um copo de Coca-Cola, se metia em conversas que pareciam dolorosas e incômodas demais, e Heather a pegou olhando para ela mais de uma vez, surpresa e emocionada com os gestos carinhosos da amiga. No entanto, quando um senhor que ela acreditava ser vizinho de sua mãe pegou seu braço e o apertou, Nikki estava na outra ponta da sala, tendo algum tipo de briga em voz baixa com a tia.

— Fiquei muito triste ao saber da sua mãe, muito triste. — O senhor voltou a apertar o braço dela, como se quisesse enfatizar o que dissera. Tinha dedos grosseiros, com unhas que haviam sido cortadas perto demais da pele. — Você sabe por que ela fez isso?

Sei o que você é. Heather tentou se desvencilhar da mão dele, mas o homem não entendeu o gesto. Em vez disso, continuou a olhar para ela. Havia pequenos flocos de pele seca sobre suas bochechas e os vasinhos do alto de seu nariz haviam se rompido já há muito tempo.

— Quer saber por que ela se jogou de um penhasco? — Sua mandíbula parecia ter enrijecido. Ela tomou o resto da bebida e pôs o copo em uma mesa próxima dali, com mais força do que o necessário. — Me diz uma coisa, você acha mesmo que isso é pergunta que se faça em um velório? Ainda mais para a filha da pessoa que morreu?

— Bom, eu… — O homem franziu a testa dramaticamente. — Não precisa ficar assim também.

— Não preciso? Não preciso ficar irritada com você querendo que eu exponha toda a minha dor e a minha tristeza para você examinar? A dor e a tristeza da *minha mãe*, só por pura curiosidade mórbida?

— Não foi isso…

— Foi, *sim*. Meu pai do céu, graças a Deus eu tive a oportunidade de ir embora deste buraco quando tive a chance. Dá para acreditar que senti pena da minha mãe por ter que viver nesse antro de urubus? — A voz dela havia se erguido e ela viu Nikki atravessar a sala, com os olhos arregalados. — Quer saber? Dane-se. Pode ficar à vontade.

Sair para o ar livre não trouxe o alívio que ela esperava. Em vez disso, ela se sentiu caçada, exposta. Heather pensou em ligar para Ben Parker, certa de que ouvir a voz dele — calorosa e gentil — a curaria de alguma forma, mas ela estava chorosa, e pensar que tinha dormido com ele em um dia e ia chorar ao telefone com ele no dia seguinte a enchia de vergonha. Havia um ponto de ônibus perto dali e um ônibus estava encostando, por isso ela entrou sem nem olhar qual era o destino. Foi só quando se sentou e desabou com força demais no banco ao lado de uma adolescente assustada que percebeu que a taça de vinho que tomara tinha subido à sua cabeça. Um segundo depois, o celular dela apitou com uma mensagem de Nikki.

Para onde você foi? Você está bem? Beijo.

Heather olhou para ela por muito tempo, antes de colocar o celular de volta no bolso. Ela desceu do ônibus quando viu outro pub com uma placa gasta e descascada, pintada com um leão vermelho. Era um lugarzinho escuro, de piso grudento e com um punhado de velhos curvados nos cantos, acalentando chopes. A proprietária, baixinha e atrevida, lançou um olhar de desconfiança quando Heather entrou, mas não hesitou em servir a bebida que ela havia pedido. Heather pegou o copo e um pacote de salgadinhos, foi se sentar em uma pequena mesa redonda, o mais longe possível da TV de tela plana, e percebeu que seria uma presa fácil para homens que gostavam de ficar em grupos, soltando gritos e berros altos e repentinos por causa de alguma besteira esportiva.

O rum era bom e escuro. A cada gole, ela sentia as pontas afiadas do susto ficarem um pouco difusas, embora ainda não tivesse conseguido esquecer o estranho buquê de flores silvestres e o bilhete no armário do banheiro, com sua pequena rajada de penas de estorninho caindo na pia. Além disso, havia o pássaro preso, voando pela escada, batendo contra as paredes, e a figura que havia visto parada na beira do terreno da mãe. E será que Lillian também não tinha visto? Afinal, ela perguntara sobre possíveis namorados.

Ela virou o resto do rum e pediu uma Coca-Cola. Seu estômago estava vazio demais para qualquer outra bebida alcoólica.

Talvez o bilhete do armarinho fosse realmente de sua mãe. Talvez Colleen também tivesse mandado as flores e organizado tudo antes de acabar com a própria vida? Será que dava para fazer uma coisa dessas? Se pagasse bem ao florista, se tivesse uma boa ideia de onde a filha previsível faria o velório, se tivesse estipulado de forma clara no testamento que queria ser cremada. Heather podia não conhecer a mãe tão bem quanto pensava — e realmente, todos os dias pareciam levá-la para ainda mais longe da imagem que tinha da mãe —, mas fazer algo parecido com aquilo exigiria um nível de crueldade que ela não acreditava que a mãe tinha. Ela havia sido fria? Com certeza. Mas malvada?

— Isso é loucura.

Dois homens na mesa ao lado olharam para ela e ela deu as costas para eles. No centro de tudo estava a lata de biscoitos cheia de cartas, uma pequena bomba relógio cheia de mistérios insolúveis e sombras terríveis. Ela pensou em Michael Reave e em suas mãos cheias de cicatrizes, no modo como ele falava com tranquilidade sobre lobos e mulheres que comiam carne crua.

Heather se levantou para pegar outro refrigerante. Ao voltar para a mesa, o alerta de notícias em seu celular apitou e, antes que pudesse desviar o olhar, ela leu a manchete: "O LEGADO DO LOBO VERMELHO – SERIAL KILLER INSPIRA NOVOS ASSASSINATOS".

Heather piscou, antes de o celular escorrer por seus dedos e desabar no chão.

— Você está bem, querida?

— Estou ótima.

Correndo atrás do telefone, Heather o pegou e voltou para a mesa, sentindo os olhos de todos no bar pousarem como dedos sujos em sua nuca. Ela encarou a todos, fingindo que não estava com dificuldade de enxergar, e voltou à sua bebida.

O legado do Lobo Vermelho.

Era do *The Post*, o jornal para o qual Diane trabalhava. Depois de fazer uma pausa para se preparar para o pior, Heather abriu a matéria e a leu rapidamente. Havia a foto famosa da prisão de Michael Reave, junto com uma foto de Fiona Graham com suas alunas. O texto incluía um resumo de tudo que havia acontecido até ali, uma revisão dos assassinatos antigos e os detalhes de todas as vítimas… e, entremeado a isso, tudo que ela dera a Diane: os interrogatórios de Michael Reave e as impressões que tivera sobre ele, os corações desaparecidos, as flores nas bocas das vítimas, o fato de a polícia estar analisando os cartões que as alunas de Fiona Graham tinham dado a ela de aniversário… Estava tudo lá. Diane não havia esperado para ler a matéria completa. Ela pegara os pedaços melhores que Heather tinha dado a ela e reunira tudo em uma matéria maior. Ela podia ver as junções. Em certo ponto, havia um parágrafo dela, palavra por palavra. E outras duas frases depois daquilo.

Como o que havia mandado para Diane tinha sido um esboço, grande parte do que Ben tinha dito a ela aparecia sem nenhuma alteração, quase como uma citação. Heather encarou as próprias palavras e elas brilharam como lâminas.

— Vá se *foder*, Diane.

Ela já podia imaginar como havia acontecido. Diane leu o que ela havia mandado, levou para os outros editores e, então, com todos os outros jornais dando manchetes sobre os assassinatos do imitador, a chance de puxar o tapete deles havia sido deliciosa demais para resistir. Ela podia imaginar Diane assentindo, concordando. *Não podemos segurar isso.*

Heather ficou sentada com os dedos pressionados contra os lábios e sentiu o coração batendo alto demais no peito.

Ele vai perceber, pensou, encarando o pequeno quadrado iluminado da tela do telefone. *Quando Ben vir isto, ele vai saber que falei com o jornal. Vai saber o que eu sou.*

Por um longo instante, a indecisão a paralisou. Será que devia ligar para Diane, pedir que tudo aquilo fosse tirado do ar? Ou para Ben, para tentar explicar as coisas antes que ele visse? Ou será que devia pedir uma garrafa de rum e começar a mergulhar nela? No fim, a paralisa foi interrompida pelo toque do telefone. Ela reconheceu o número de Ben Parker.

Porra.

— Ben?

— Heather…

Havia um tom na voz dele que ela nunca ouvira.

— Olha, eu posso explicar…

— Então você sabe por que estou ligando. — Ele suspirou, e de alguma forma aquilo foi ainda pior. Ela poderia lidar com a raiva dele, mas ele parecia cansado, decepcionado. — Foi você.

— Olha, falei com uma amiga sobre o que estava acontecendo. Eu não achei que ela fosse…

— Você não achou que Diane Hobert, editora-assistente de um dos nossos maiores jornais, escreveria uma matéria sobre o Lobo Vermelho?

Quer saber, é melhor a gente deixar isso para lá, por favor. Eu sou um idiota. — Ela ouviu os movimentos dele, como se estivesse passando o telefone de um ouvido para o outro. Imaginou-o em seu escritório, talvez olhando através do vidro para os colegas. — Eu não devia ter contado nada para você. É minha culpa, sério. Sei que você é jornalista, Heather.

— Ex-jornalista. Se você pesquisou sobre mim, também sabe disso. — Ela mordeu o lábio, furiosa consigo mesma e com aquilo tudo. — Eu não te fiz de bobo, está bem? A noite passada... foi ótima para mim, de verdade. Eu gosto mesmo de você, Ben. Por favor, não ache que isso significa algo que não significa.

— Acho que isso significa que sou um idiota que arriscou uma investigação. O que significa que coloquei vidas em perigo. — Ben fez uma pausa e, quando voltou a falar, Heather sentiu que ele estava tentando se distanciar. — Olha, só estou ligando para avisar que cancelei todas as outras visitas a Michael Reave. Acho que é melhor, para você e para a investigação, se você se mantiver afastada agora. A gente entra em contato se precisar de mais alguma coisa.

Heather abriu a boca, sem saber o que ia dizer, mas tudo que ouviu foi outro suspiro e um gemido eletrônico agudo antes de ele desligar.

Heather ficou sentada em silêncio, segurando com a mão o celular sobre o colo. Pegou-se pensando nas paredes do quarto do primeiro apartamento em que havia morado ao sair de casa — ao fugir de casa, na verdade. O papel de parede era barato e estava descascando, então ela arrancara um pedaço um dia, curiosa para ver o que havia embaixo dele. Não tinha valido a pena: o proprietário ficara furioso e, embaixo do papel, havia apenas uma tinta azul manchada, da cor de centáureas. Mas e se ela tivesse retirado aquilo e revelado algo mais sombrio, uma paisagem terrível, cheia de verdades horrendas demais para se olhar? Imagine tudo aquilo ali embaixo, espreitando sob a superfície.

Ela voltou a si de repente e encontrou um homem corado, de camisa de futebol, parado ao lado da mesa dela. Ele tinha um copo de cerveja na mão e olhava para ela com olhos agitados e brilhantes demais.

— Não fique triste, gata. Talvez nunca aconteça.

— O quê?

Ele deu de ombros e olhou para trás, para um grupo de amigos que estava basicamente assistindo futebol. O pub havia enchido muito na última hora.

— Você está com uma cara de bunda, sabe? Só estou dizendo que você se sentiria melhor se desse um sorrisinho.

O rosto de Heather ficou vermelho na hora e seu coração perdeu o compasso. Ela se levantou e, ao fazer isso, alguma outra coisa pareceu fluir dentro dela, fervendo desde as raízes.

— Como é que é?

O homem puxou o queixo na direção do pescoço, com uma expressão ridiculamente ofendida no rosto vermelho brilhante.

— Não precisa reagir assim, gata. Eu só estava…

— Estava O QUÊ, caralho?

Heather pôs todo o peso na lateral da mesa e a empurrou para cima das coxas do homem com força suficiente para os copos vazios escorregarem. Um som forte que vidro quebrado soou quando dois deles se despedaçaram no chão, seguido pelos aplausos tradicionais da área do pub que não conseguia ver o que estava acontecendo.

— Ô, sua vagabunda maluca!

O homem tropeçou para trás e um resto de Coca-Cola manchou sua calça creme de marrom. Sentindo que estava flutuando e repleta de algo escuro e leve, Heather deu a volta na mesa até ele. Quase sem querer, ela pegou um dos copos vazios que ainda estava de pé e pensou em quebrá-lo na cabeça dura gigante dele.

— Sou maluca mesmo, porra — respondeu ela, feliz em ver como sua voz soava calma. Os amigos do cara estavam todos olhando para ela, alguns se aproximavam com as mãos erguidas. — Sou uma vagabunda maluca e irritada, seu asqueroso do caralho.

Ela ergueu a mão com o copo, mas a dona do bar atrevida apareceu e sibilou para que ela saísse.

— Não quero nada disso aqui, fazendo o favor! Vamos, saia, não queremos isso aqui.

Heather olhou para a mulher, confusa, e o que quer que estivesse dentro dela — uma coisa horrível, rápida e calma que também havia se mostrado em seu último dia no jornal — escapou. Ela lançou um último olhar para o cara, que, por estar protegido pela proprietária, a xingava de todos os palavrões possíveis.

— Qual é o problema dos homens? — perguntou ela à mulher, a voz baixinha. — Não dá nem para beber em paz sem que eles estraguem tudo.

A proprietária lançou um olhar irritado para ela e então Heather voltou à rua desconhecida. Ela havia entrado no Red Lion no meio da tarde, mas a noite já caía, fria e escura, e uma garoa leve e triste pairava no ar gelado. Heather ficou parada, inspirando-o. À medida que sua temperatura baixava, a adrenalina foi expelida de seu sangue, deixando-a envergonhada, cansada e relativamente entorpecida.

Tropeçando um pouco, ela andou de volta para o ponto de ônibus.

De volta ao portão do jardim da mãe, Heather parou para mandar uma última mensagem para Nikki. As duas haviam trocado mensagens durante todo o caminho de volta. A maior parte das de Nikki soavam preocupadas e todas as de Heather tinham sido pedidos de desculpas. Ela prometera, de maneira um pouco precipitada, preparar um jantar para a mãe de Nikki e para a tia Shanice para tentar agradecer pela gentileza. Além disso, enquanto abria a porta, sua cabeça estava ocupada com o número de pessoas para quem devia desculpas.

Pétalas, vermelhas como gotas de sangue arterial na luz fraca, estavam espalhadas pelo carpete claro de sua mãe, marcando um caminho pelo corredor até as escadas. Havia também um cheiro, um fedor quente, como o de lixo velho ou carne deixada por tempo demais no sol. Com o coração batendo na altura da garganta, Heather subiu a escada, tentando não pensar nos contos de fadas em que crianças seguiam uma trilha de migalhas até a parte mais escura da floresta. Será que Michael Reave tinha uma versão daquela história? Claro que tinha.

A trilha levava ao quarto de sua mãe, onde uma pequena pilha de escuridão havia sido posta na mesa de cabeceira. Um pássaro — um estorninho, na verdade. Um bicho morto. A pequena cavidade de seu peito havia sido aberta e, dentro dela, brilhando de modo desagradável, Heather viu mais pétalas. Eram do mesmo rosa delicado das rosas-mosquetas, iguais à guirlanda entregue no crematório.

30

Por um breve instante, Cathy ficou lá, parada na entrada do pub, completamente paralisada pela indecisão. Sem nem perceber, ela tirou o telefone do bolso pela milésima vez e olhou para a tela, para o caso de uma notificação fazê-la seguir em uma direção ou outra. Mas não tinha recebido nada.

Olha, pensou ela, com a mão pousada na porta. *É só dar meia volta e ir para casa agora, se você quiser. Pegue o ônibus e mande uma mensagem dizendo que, no fim das contas, você não pôde ir. Só que, se fizer isso, vai ficar para sempre se perguntando como é que ela era. Para sempre. Isso não é realmente uma escolha, é?*

A porta se abriu e um homem saiu do bar, puxando o colarinho da blusa para cima para se proteger do frio. Ele olhou com curiosidade para Cathy, depois passou por ela. A imagem que viu de dentro do pub era quente e aconchegante, então, depois de parar por um segundo para tirar o cabelo do rosto, Cathy entrou no bar. Ela viu a mulher quase no mesmo instante. Seu nome era Jane Bailey.

Minha mãe. Quer dizer, minha mãe biológica.

Ela foi até a mesa e a mulher olhou para a moça. Cathy sentiu um sorriso surgir em seu rosto, apesar de estar com vontade de chorar.

— Oi, é… eu sou a Cathy. Uau. Eu não… Quer dizer, é maravilhoso te conhecer.

A mulher não parecia estar achando maravilhoso. Ela, sobretudo, parecia estar sofrendo e olhou nos olhos de Cathy por apenas alguns segundos antes de apontar para a cadeira do outro lado da mesa. Cathy hesitou. Elas não deviam se abraçar? Não devia ser um abraço emocionado? Ela se lembrou do que o marido, David, havia dito: que aquilo podia ser difícil, por motivos que ela não teria como prever, e que a dificuldade seria duas vezes maior para a mãe biológica dela. Então, se sentou.

— Tome. — Havia uma taça a mais na mesa. A mulher pegou a garrafa de vinho branco que estava bebendo e serviu para ela. — É branco, tudo bem? Imagino que nós duas precisemos de uma bebida.

— Vinho branco está ótimo, obrigada.

Cathy parou para analisar Jane Bailey. A mulher era alguns anos mais velha do que ela esperava, talvez alguns anos mais velha do que sua mãe quando falecera. Estava bem-vestida, com uma blusa de gola rolê azul-marinho cara e calça jeans branca, e tinha argolas douradas nas orelhas. Seu cabelo tinha um tom improvável de vermelho-púrpura — uma cor que viera de uma caixinha.

— E obrigada por vir me encontrar. Sei que não deve ter sido fácil, mas isso é importante para mim.

— Não vou mentir. Parte de mim não queria vir de jeito nenhum. Achei que tudo isso… — Jane se interrompeu e mexeu com um anel dourado grosso que tinha em um dedo gordinho. — Bom, achei que tudo isso tinha ficado para trás. Esse meio que era o objetivo. Aliás, como você me encontrou?

— Minha mãe faleceu. Bom. Quero dizer…

— Sei o que você quer dizer. Sinto muito pela sua perda.

Cathy assentiu, tentando se recompor. O jeito frio da outra mulher a abalara.

— Antes de morrer, ela disse que fui adotada. Foi um pouco chocante, para ser sincera. Nunca nem desconfiei. — Ela fez uma pausa e tomou um gole do vinho. — Minha mãe também me disse que foi uma adoção fechada, sem registros oficiais nem nada, e que esse tinha sido um dos principais motivos para ela nunca ter me contado. Achei tudo uma loucura. Ainda acho.

— É mais comum do que você pensa. — Jane Bailey havia cruzado as pernas e estava inclinada para a frente, mas olhava para algum ponto atrás de Cathy. — Ainda mais naquela época.

— Ela me deu o nome da mulher que tinha cuidado de tudo e… Bom, resumindo, demorei muito para encontrá-la. Quando a achei, ela não quis falar comigo. Tipo, não quis *mesmo*. Foi só quando ameacei envolver a polícia que… Não me orgulho disso.

Jane Bailey levantou o corpo e seu rosto empalideceu.

— Você fez o quê?

— Nada. Essa história não deu em nada, eu só estava desesperada. Queria saber quem você era. E ela me contou. Aí achei que…

— Olha, Cathy. O que você quer de mim?

A mãe biológica pousara a taça de vinho na mesa e Cathy não pôde deixar de notar que seus dedos tremiam.

— O que eu quero? O que você acha que eu quero? — Cathy cerrou os dentes e se obrigou a manter a calma. Nada daquela situação estava sendo como o esperado. — Quero ter uma ideia do *porquê*. Eu queria saber quem você era e por que não me quis. Acho que essas são as principais perguntas.

Por cerca de um minuto, fez-se um silêncio entre elas. A televisão em um canto do pub passava o jornal e legendas com fundo preto surgiam e desapareciam da tela antes que fosse possível lê-las. O rádio tocava alguma música dos anos 1980 que Cathy não conseguia identificar.

— Cathy. — Ligeiramente trêmula, sua mãe respirou fundo. — Infelizmente, não sei o que responder. Quando tive você, eu era jovem. Jovem demais. E não estava… bem. Mal sabia o que estava fazendo na época e não é um período da minha vida de que gosto de lembrar, muito menos de falar a respeito. Ainda mais para uma estranha. Me desculpe, querida, mas é isso que você é para mim.

— E quanto ao meu pai verdadeiro? Você ainda está com ele? Pode me dizer quem é?

Jane Bailey olhou para as próprias mãos e seu rosto magro ruboresceu de repente.

— Não posso responder isso. Não sei quem ele é. Olha, isso não é uma boa ideia para ninguém, está bem? Acho que é melhor se...

— Você tem netos! Você nem quer saber sobre eles?

Cathy sacou o celular e, depois de apertar alguns botões, achou fotos de Harry e Rosie. Ela passou o aparelho para a outra ponta da mesa, mas, quando Jane não o pegou, decidiu mostrar as fotos mesmo assim. Havia imagens do aniversário de três anos de Harry, que tivera um bolo em forma de caminhão, e fotos de Rosie no parque com as galochas manchadas de lama. Ela chegou às fotos em que os dois eram bebês, quase idênticos com seus rostinhos rosados e enrugados. Ao vê-las, Jane pareceu triste. Ela pôs a mão para trás e pegou o casaco.

— O que você...?

— Desculpa, mas não consigo. Não entre mais em contato comigo. — Ela vestiu o casaco com uma série de movimentos bruscos e pegou a bolsa. — É sério. Termine o vinho se quiser, está pago.

E, assim, ela se foi.

Mais tarde, depois de chorar no ônibus e passar pelo banheiro do supermercado para limpar o rosto, Cathy subiu a própria rua já se sentindo um pouco melhor. É, não tinha sido como ela esperava. Não houvera um reencontro choroso, nenhuma sensação de duas famílias se unindo — apenas uma mulher mais velha que sentira sua privacidade invadida. Como David havia lembrado antes, todas as coisas importantes ainda existiam: Harry e Rosie, a vida deles juntos e as lembranças dos pais dela.

Vou superar, disse a si mesma. *Jane Bailey não vale a pena, pelo visto.*

As luzes acesas na sala de estar lançavam um brilho amarelo no gramado. A claridade revelava dois patinetes: rosa e azul sob a luz do dia, mas cinza e laranja na sombra. Harry e Rosie eram anjos em muitos sentidos, mas bem relaxados quando o assunto era manter as coisas arrumadas. Sorrindo para si mesa, Cathy pegou um patinete em cada mão e, em vez de seguir para a porta da frente, andou até o portão lateral — sempre aberto quando havia alguém em casa — e foi até o quintal. As luzes não estavam acesas na cozinha, então o jardim longo e estreito estava muito escuro e ela mal conseguia ver o barracão nos fundos do terreno. Mesmo assim, conhecia o lugar bem o bastante para chegar até ele no escuro.

— Está bem. A partir de amanhã, ou eles guardam esses troços ou eu tranco os dois aqui de vez. — Cathy largou os patinetes e abriu a porta do barracão. Havia um cheiro horrível, que a fez tapar o nariz de forma instintiva. — Meu Deus. Alguma coisa morreu aqui.

Com uma das mãos, ela tateou, procurando o interruptor, mas, quando o ligou, nada aconteceu.

Dane-se. Isso é tarefa do Dave. Vivo dizendo para ele limpar este lugar.

A ideia de pôr os patinetes no barracão com algo podre era nojenta. Esfregando as mãos na frente do casaco, Cathy se virou, mas não antes de ouvir uma coisa: uma pequena inspiração, um fungar de alguém muito próximo. Um arrepio percorreu todo o seu corpo.

— Quem...?

Algo saiu do escuro e saltou em cima dela. Cathy desabou e bateu a parte de trás da cabeça no cascalho do chão. O céu noturno se iluminou com estrelas multicores antes de ser apagado por uma figura que se debruçava sobre ela. Mãos ásperas e fortes se fecharam em volta de seu pescoço.

— Estou aqui agora. — A voz em seu ouvido era suave, quase amistosa. — Estou aqui para te levar para casa.

Cathy se debateu e tentou derrubar o estranho, mas cada movimento convocava uma nova onda de dor atrás de sua cabeça. Desesperada, ela tirou os olhos do homem que a atacara e se virou para a casa. Alguém havia acendido uma luz no andar de cima. Ela rezou para que abrissem as cortinas. Olhassem pela janela. *Olhe pela janela.*

— Eu *estou* em casa — afirmou ela, a voz rouca. — Esta é a minha casa...

31

Estava tarde, fazia frio e chovia.

A delegacia existia em um pequeno oásis de luz próprio. Tentando não se sentir uma criminosa, Heather estava parada no estacionamento vestindo seu casaco mais grosso com o capuz erguido contra a chuva persistente.

Ela sabia que ele estava na delegacia. Também sabia, logicamente, que uma hora ele teria que sair de lá para chegar ao carro, mas, à medida que as horas passavam, aquela ideia parecia cada vez menos provável. Talvez ele estivesse de plantão, talvez algo tivesse acontecido no caso e ele já tivesse ido embora, saído em uma patrulha enquanto ela estava olhando para o lado errado. No entanto, sempre que pensava em desistir e ir embora, ela se lembrava da noite dos dois na cozinha, da forma e do peso quente do corpo dele no escuro. Pensava em como ele levara vinho e rira das piadas horríveis dela enquanto jantavam comida chinesa.

— Pode até não ter mais volta — murmurou ela para si mesma, as mãos enfiadas no fundo dos bolsos. — Mas, pelo menos, devo um pedido de desculpas decente a ele.

Para o próprio desânimo, ela reconheceu a silhueta de Parker assim que ele saiu das portas duplas. Ele ficou lá, conversando com um colega depois desceu a escada enquanto erguia o colarinho para se proteger do frio. Quando se aproximou do carro, Heather saiu das sombras.

— Oi.

Ele parou e deixou os ombros caírem, antes de olhar para trás, para a delegacia bem iluminada.

— Heather, não posso mesmo falar com você agora. — Ele suspirou. — E está chovendo pra caramba. Você ficou esperando a noite toda?

— Olha, eu só queria pedir desculpas direito, tá? Talvez me explicar um pouco.

Ela baixou o capuz, ignorando as gordas gotas de chuva gelada que imediatamente começaram a escorrer por seu pescoço.

— E com isso ver o que mais consegue arrancar de mim para o artigo?

Ela se encolheu e sentiu a culpa ganhando peso a cada palavra.

— Eu sei que mereço isso. Mas só quero alguns minutos. Depois você pode me mandar embora, eu prometo.

Ele suspirou e puxou um chaveiro do bolso. O carro piscou e ganhou vida.

— Entre.

Ele não olhou para ela depois que entraram no carro. O veículo estava tão desarrumado quanto no outro dia. Havia até uma embalagem de McDonald's amassada no chão.

— Vou te levar de volta para a casa da sua mãe — disse ele, com a voz fria. — Você não devia ter vindo aqui hoje.

— Não, escuta, não quero ir para lá. Podemos ir para algum outro lugar? — Heather esfregou as mãos no rosto. — Você não me deve nada, claro, mas eu realmente não vou conseguir encarar aquele lugar agora. Tem algum outro lugar que a gente possa ir?

Por um longo tempo, ele não disse nada, mas, enquanto seguiam pelas ruas, Heather foi percebendo que não estavam indo na direção de Balesford. Em vez disso, estavam seguindo para o leste, para Hoxton, e ela conteve vários comentários sarcásticos sobre hipsters e rabos de cavalo masculinos. Por fim, pararam diante de um bloco de elegantes apartamentos recém-construídos, a alguns metros de uma loja de *bagels* vinte e quatro horas. Ben tirou as mãos do volante e falou, ainda sem olhar para ela:

— Esta é a minha casa. Se quiser, pode ficar uns dez minutos e dizer o que precisa. Pode tomar uma xícara de chá ou café, se eu tiver. E depois vou te levar de volta e essa história vai terminar aqui, entendeu?

— É mais do que eu mereço.

Ela abriu um sorriso hesitante, mas ele não o devolveu.

O apartamento era minúsculo e tão desarrumado quanto o carro dele, mas, aos olhos de Heather, continha um tipo de bagunça boa: livros espalhados por todo lugar, papéis empilhados aleatoriamente nos cantos, xícaras de café vazias, abandonadas como marcos em todas as superfícies. A sala de estar compartilhava espaço com uma cozinha americana e havia vários eletroportáteis interessantes entulhando o balcão — Ben era um homem que gostava de cozinhar. Heather sentiu outra pontada de arrependimento. *Porra, eu estraguei tudo mesmo. Ele é perfeito.*

— Chá? Café?

— O que você for tomar.

Ele tirou o casaco e o jogou no sofá. Heather não se deu ao trabalho de tirar o dela. Depois de alguns minutos, ele lhe entregou uma xícara de chá pelando que, grata, ela envolveu com as mãos.

— Beleza. Certo. — Ela tomou um gole do chá, apesar de ainda estar quente demais. Parker se apoiou no balcão da cozinha, sem tocar no chá. — Você sabe que não teve nenhum grande plano, né? Sim, procurei minha antiga editora e disse que talvez tivesse uma matéria que fosse interessar a ela, mas falei que queria controle total e que queria escrevê-la depois que esse desgraçado fosse pego. Eu nunca atrapalharia a investigação, de jeito nenhum. A Diane me fodeu, publicou o que contei sem a minha permissão. E o que aconteceu na outra noite…

— Eu perguntei com o que você trabalhava — lembrou Parker, ríspido. — E você me disse que era escritora.

— O que não é mentira.

Ele meio que riu e balançou a cabeça, mas não havia humor em seu gesto. Heather sentiu o coração se partir.

— Ah, nesse caso tudo bem então. Também sei o que aconteceu no seu antigo emprego. — Ele olhou para ela com seus olhos castanhos firmes. — Eu devia ter analisado seu passado mais de perto antes, claro, mas estava tudo uma loucura.

Ela se apoiou em uma banqueta da cozinha.

— O que aconteceu no jornal... Você não sabe como fui provocada.

— Imagino que não.

— Eu briguei com um colega.

— Uma briga costuma sugerir que duas pessoas estão tentando causar danos físicos uma à outra.

— Você tem noção do quanto soa como um policial às vezes? — Heather suspirou. — Olha, o jornalismo ainda está cheio do tipo de homem que fica chocado com o fato de as mulheres terem se aventurado a sair da cozinha. Era um ambiente turbulento, sabe.

Parker não disse nada.

— Tinha um cara, o nome dele era Tristan. A gente estava cobrindo uma daquelas notícias, uma modelo que tinha dito que um jogador de futebol americano a havia estuprado e o Tristan não parava de falar disso: ficava berrando que a mulher era uma interesseira, que a carreira do cara tinha sido arruinada, blá-blá-blá. Ele disse que ela estava envelhecendo e claro que ia inventar aquilo. De que outra forma ela ia aparecer no jornal?

— Entendi

Parker havia pousado o chá na mesa. Pelo que ela havia visto, ele não ainda tocara na bebida.

— O cara estava sempre falando besteiras desse tipo, normalmente para que eu reagisse, e eu, idiota, quase sempre respondia. Naquele dia, chamei ele de cuzão, mas fiz questão de salientar que ele não tinha nem o calor e nem a profundidade de um.

Parker virou o rosto, mas não antes de ela ver um sorriso.

— Bom. Ele foi até a minha mesa, se debruçou e sorriu. Abriu a boca para falar alguma outra coisa e... eu simplesmente surtei.

Heather fez uma pausa, olhando para a caneca de chá.

— Não precisa me contar nada disso, tá?

— É, mas, bom... talvez eu precise. — Heather tomou outro gole de chá, lembrando. — A gente tem que engolir muito sapo nesse tipo de trabalho. É o único jeito de sobreviver a essas coisas. Odeio quando dizem para "ser igual os caras", mas isso faz parte. Temos que fingir que não nos incomodamos com as besteiras deles, que aquilo nunca vai atingir a gente nem nos fazer reagir. Mas, naquele dia, foi a gota d'água. Ver como era injusto aquele bostinha poder andar por aí falando o que quisesse e eu ter que engolir tudo. E que ninguém ia dizer que ele não podia fazer aquilo. Eu... Eu peguei minha caneta e enfiei na mão dele.

Parker pigarreou.

— Foi muito ruim. Tinha sangue por toda parte. Ele berrava sem parar e, enquanto fazia isso, joguei meu café quente na cara dele.

Ela virou o rosto, sem querer ver a expressão dele. Não mencionou a mortalha fria que havia pousado sobre ela antes de atacá-lo nem a sensação linda e pura de que aquele homenzinho não importava, que ela podia machucá-lo se quisesse, o *prazer* que a dor dele lhe trouxera. Não mencionou a satisfação que sentira ao ouvi-lo gritar e como ver o sangue em sua mesa a agradara. A imagem daquilo ainda era muito vívida para ela.

— Foi um caos, claro. Mas, no fim, fui só demitida. Sabe, eu podia ter tornado as coisas muito difíceis para eles. Nesse tempo em que vivemos, mencionar o machismo institucionalizado teria derrubado todos eles que nem um grande saco de bosta, então ele foi convencido a não me processar e eu fui embora.

Do lado de fora, uma ambulância uivou, descendo a rua, e lançou um brilho azul repentino nas janelas molhadas.

— Olha, Ben, sou uma pessoa horrível, está bem? Sou um caos, sempre fui. Meu Deus. — Ela engoliu a risada amarga que surgia em sua garganta. — É, eu queria recuperar minha carreira, queria tentar entender um serial killer e talvez evitar que uma coisa horrível acontecesse, mas também posso estar aqui e dizer que, sim, eu também queria você e não inventei isso. Fiquei *mesmo* feliz quando você apareceu na minha porta e *não* lamento que tenha ido parar na minha cama. — Heather olhou para o chá, furiosa por estar quase chorando. — Aquela noite foi a única coisa boa em um mês terrível para caralho.

— Heather. — Ben deu um passo para a frente, pensou melhor e parou. — Heather, isso atrapalha a investigação. Não é como se eu estivesse investigando um roubo ou fraude fiscal. Tem gente morrendo. E fui enrolado por uma pessoa que estava querendo informações, detalhes escabrosos para poder deixar uma matéria mais interessante. Tenho um dever para com as vítimas e, quando permiti que você fizesse isso, falhei. — Ele se interrompeu e passou ambas as mãos pelo cabelo. Havia menos raiva no gesto. Em vez disso, ele parecia cansado e triste. — Outra pessoa desapareceu. Uma mulher com filhos pequenos, eu... — Ele balançou a cabeça, triste. — O mínimo era que eu aprendesse a não te contar essas coisas, né? A questão é que não tenho tempo para isso. Não se eu quiser parar esse filho da mãe.

— Me desculpe, Ben.

— É, bom... Me desculpe também.

Ele se ofereceu para levá-la de volta a Balesford, mas ela não quis. Pensar em outra viagem de carro silenciosa com ele era pesado demais. Em vez disso, ela pediu um táxi e ficou esperando perto da loja de *bagels*. Quando o carro chegou, ela deu o endereço da mãe ao motorista e ficou sentada no banco traseiro, observando as ruas molhadas de chuva. Quando passaram por uma loja de bebidas com todas as luzes ainda acesas, ela pediu para o táxi parar e entrou, antes de voltar para o carro com uma garrafa de dois litros de vodca e um frasco de paracetamol.

Se tinha que voltar para a casa da mãe, não ia chegar sóbria.

Mais tarde, algumas vodcas depois, sentindo-se enjoada e muito cansada, Heather estava encolhida no sofá da mãe com o álbum de Pamela Whittaker no colo. Sem saber se por causa do álcool ou dos dias difíceis que enfrentara, Heather estava achando uma imagem mais perturbadora do que a outra — e havia várias. Pamela podia ter se arrependido da época que passara no Moinho do Violinista, mas o local havia definitivamente a inspirado. Havia tantas fotografias e desenhos amontoados que, em alguns pontos do álbum, Heather achou várias imagens escondidas embaixo de outras, entulhadas como folhas amassadas.

A floresta aparecia muito, assim como a mansão antiga, e o céu ao nascer e ao pôr do sol. Havia menos fotos das outras pessoas da comunidade, mas Heather analisou cada uma delas com cuidado e procurou algo familiar em todos os rostos. Sempre que não conseguia achar nada, ela sentia a tensão que a dominava diminuir um pouco.

Então virou uma página rápido demais e várias fotografias escorregaram para fora do álbum, espalhando-se sobre sua perna como se tivessem animadas para se mostrar para ela. Uma delas chamou a atenção de Heather na hora.

Era sua mãe. Extremamente jovem, vestida com um casaco pesado que chegava até o queixo, mas, sim, era ela. Era uma foto de uma multidão reunida em torno de uma fogueira e tinha muita gente reunida perto da câmera, mas não havia como confundi-la com outra pessoa. A única coisa que Heather não reconhecia era a expressão despreocupada em seu rosto, a forma como estava iluminado com a ideia de liberdade. E, ao fundo, sobre uma colina, a mansão pairava sobre eles. Ela havia frequentado o Moinho do Violinista. Não havia como negar.

— Tenho que ir até lá. — A ideia era tão certa que assustou e animou Heather. — Tenho que conhecer este lugar.

32

Antes

O sangue transformara sua manga em uma massa vermelha encharcada.

Os olhos de Michael não paravam de ser atraídos para lá. Ele se distraiu tanto que acabou encostando e estacionou a van no pequeno acostamento de cascalho.

Ela o havia cortado. A vagabunda havia feito um corte nele.

Ele abriu a porta da van com um empurrão e saiu para a noite de verão. Estava em uma das estradas vicinais que seguiam de volta ao Moinho do Violinista e estava muito escuro, sem nenhum poste à vista. Acima dele, as estrelas surgiam, brilhantes e claras, e a lua ainda não estava totalmente cheia. Normalmente, ele teria ficado muito feliz com uma noite daquelas — podia sentir todos os bons cheiros verdes e, em algum lugar ao longe, uma raposa guinchava, chamando seu parceiro —, mas a dor no braço apagava tudo aquilo, tornava a beleza irrelevante.

Mais uma vez, sem saber por que, ele se lembrou do que havia acontecido e procurou o erro que cometera. Ele tinha seguido a mulher enquanto ela voltava do pub, de uma distância suficiente para que tivesse certeza de que ela não o havia visto, pelo menos de início. Ela pegara uma rua que margeava um canal, mal iluminada e desertada, e, ao fazer isso, ele tivera certeza: aquela mulher ia voltar com ele. Seu coração iria para as profundezas da terra escura do Bosque do Violinista e o resto de seu corpo seria coberto com flores. Mas, quando a alcançara e pusera um braço forte sobre seus ombros, o rosto que ela voltara para ele não estava rígido de medo nem de surpresa — ela não havia levado um susto nem gritado. O rosto com que virara para ele era raivoso. *Furioso*.

Na estrada silenciosa, Michael foi até a parte traseira da van, pensando.

A mulher havia lutado com ele. Ele era o *barghest*, era o lobo, mas ela havia sacado um estilete, justo isso, da bolsa e o cortado, rasgando sua camisa fina e a pele embaixo dela. Ele levara apenas um segundo para pegar a lâmina das mãos dela, que conseguira cortá-lo apenas uma vez, mas… O que aquilo significava? O fato de o *barghest* ter sangrado? Será que ele havia escolhido a mulher errada? Isso era possível?

Em outra parte de seu cérebro, mais lógica, Michael se perguntou se as pessoas estavam prestando atenção nas notícias nos últimos tempos e haviam notado o número de mulheres desaparecidas na região. Talvez aquela não fosse a única moça que estivesse andando com uma faca na bolsa.

Pelo menos, ele tivera o bom senso de pegar o estilete e levá-lo com ele.

Lançando um olhar de volta para a estrada para garantir que nenhuma luz estava se aproximando, ele abriu as portas traseiras da van. O corpo dela era uma massa encolhida na caçamba e as mãos e o rosto davam vida a formas pálidas ao luar. Um dos sapatos tinha saído e seu pé se esticava na direção dele. Na briga, sua meia-calça se desfiara em vários pontos.

Estava tudo errado, claro. As regras eram muito claras: ele nunca levava os corpos de volta para o Moinho do Violinista. Isso estava fora de cogitação. O fato de ter chegado até ali com ele apenas demonstrava que toda aquela noite havia sido um erro, que havia algo de discordante no ar noturno. De repente, ele não era mais o *barghest*, não era o lobo — apenas um homem com uma faca e uma manga quase rígida e grudenta com o próprio sangue. E, se não era o lobo, será que era alguma coisa?

Michael bateu as portas traseiras e voltou para a van. Continuou dirigindo. Quando estivesse de volta em seu bosque, sabia que sua mente se clarearia. Quando pudesse andar sobre seus túmulos e sentisse o coração delas cantando, as coisas voltariam ao normal.

Mas, quando chegou ao Moinho do Violinista, se viu frustrado mais uma vez. Os jovens haviam estendido seu território até uma das principais estradas de acesso. Ele podia ver suas luzes e ouvir suas vozes, e um tipo lento de pânico começou a crescer em seu peito, o pânico de uma presa ao perceber que tinha cometido um erro, que estava sem saída. Ele não podia chegar a seu bosque, não podia chegar até a casa. Estava sangrando. Trouxera um corpo consigo. Com certeza era ali que tudo ia terminar.

Michael estava inclinado sobre o volante, convencido de que as paredes se fechavam sobre ele, que podia sentir o cheiro do armário mofado e as mãos de sua irmã o dominando, quando um rosto branco apareceu na janela aberta.

— Michael? O que houve? Você está... Você está sangrando?

Era a Colleen. Com os cabelos louros caindo sobre seu rosto, ela se inclinou pela janela para dentro da cabine. À luz das fogueiras, os fios brilhavam em tons de ouro e cobre.

— Sofri um acidente. — Por algum motivo, a preocupação pura no rosto dela acabou com a ansiedade dele. De repente, ficou mais fácil pensar. — Eu estava limpando uma casa para umas pessoas. Sabe, só um trabalhinho sujo para ganhar um dinheiro fácil. — Ele se obrigou a sorrir. — Mas tinha vidro quebrado na lixeira e só vi quando já era tarde demais. — Quando o ergueu, seu braço estava horrível e ele viu Colleen se encolher. — Não está tão ruim quanto parece, sério.

— Meu Deus, Michael, acho que você precisa ir para o hospital.

Mas ela disse aquilo em dúvida. Ninguém que morava no Moinho do Violinista gostava muito de hospitais. Eles podiam descobrir as drogas que usavam e o hospital talvez tentasse entrar em contato com os pais ou a polícia.

— Venha aqui para fora para eu poder ver.

Ela ergueu uma lanterna a pilha de plástico — vários dos jovens as carregavam quando andavam no bosque à noite.

Quando ele ficou de pé ao lado da van, Colleen se inclinou e lançou luz branca sobre a manga rasgada. Ela soltou um gemido de pena e puxou um pedaço do tecido. Michael grunhiu de dor.

— Certo. Tudo bem. Você confia em mim, Michael?

— O quê?

Ela olhou para ele e deu um sorriso tímido. Mais uma vez, ele ficou impressionado com a delicadeza da moça.

— Tenho um kit de primeiros socorros no meu trailer. Vou tentar ver se, hum, consigo dar um jeito nisso, pode ser? Mas vou ter que cortar a manga da sua camisa, eu acho, porque ficou presa na ferida. Bom, acho que você vai ter que desistir dessa camisa de qualquer jeito.

Em algum lugar perto dali, alguém começou a tirar notas de um violão, apenas para ser interrompido pelas risadas e gritos de várias outras pessoas.

Por um instante, Michael sentiu que não conseguia falar. Colleen ainda estava com a mão apoiada em seu braço, aparentemente tranquila apesar do sangue, e, a alguns metros dali, dentro da van, uma mulher estava deitada em um cobertor grosseiro com olhos encarando cegamente o nada. Tudo aquilo parecida impossível. Colleen sorriu, tentando incentivá-lo.

O que ela é?

— Vamos, meu trailer não fica muito longe.

Ela estava estacionada a certa distância dos outros, o que deixou Michael feliz. O trailer estava entulhado e desarrumado, com todo o caos que indicava que era o lar de pelo menos duas jovens que não respeitavam o horário comercial. Colleen o fez sentar em um banco coberto por uma almofada fina, que seguia uma das paredes, e depois pegou uma caixa de plástico verde de um dos armários.

Ao fazer isso, um pacote de curativos espalhou todo seu conteúdo dentro da pia.

— Opa!

Ela pegou um pouco de água, retalhos de pano secos e uma tesoura de tecido enorme. Ao ver a cara que ele fez, ela a ergueu, sorrindo.

— É da Charlie. Ela faz as próprias roupas.

Nos minutos seguintes, os dois mergulharam em um silêncio incômodo enquanto Colleen cortava a manga da camisa dele e a soltava da pele grudenta. Em seguida, ela molhou um dos retalhos e o usou para limpar o sangue. Enquanto fazia isso, ele observou um leve ruborescer subir pela curva suave do pescoço pálido da moça.

— Pronto. Não está tão ruim, na verdade. Está um pouco rasgado, mas... — Ela abriu um pequeno frasco marrom e o fedor de antisséptico dominou o pequeno espaço. Colleen franziu o nariz. — Credo. Fique parado.

Ela passou um pano sobre a ferida, que ardeu violentamente por alguns segundos, mas Michael mal notou. Ali dentro, com Colleen, toda a sua tristeza e medo havia desaparecido. Ali, ele voltara a ser forte. Saber que podia, se quisesse, pegar a tesoura e cortá-la, que podia pôr as mãos em volta do pescoço fino dela e tirar sua vida era reconfortante. Pensar naquilo também aumentou a noção de que precisava protegê-la. Ela era a única coisa boa. Era apenas dele.

— Colleen. — Ela olhou para ele e Michael viu que o rubor tornara suas bochechas bem rosadas. Soube então que ela também sentia. — O que eu faria sem você?

33

— Preciso sair daqui por um tempo. Quer vir comigo?

Estava claro que Nikki tinha chegado em casa havia pouco tempo, já que as compras ainda estavam no balcão da cozinha e ela havia tirado as meias no corredor e as substituído por um par de pantufas rosas fofinhas que pareciam especialmente ridículas, combinadas com a camisa cinza formal que usava.

— Para onde você está pensando em ir? — Ela afastou as compras e começou a encher a chaleira. — Quer um chá?

— Tem alguma coisa mais forte?

Nikki olhou de cara feia para o relógio, mas, mesmo assim, foi até a geladeira e pegou uma garrafa de vinho branco pela metade.

— Hev, parece que você ficou acordada a noite toda. O que está acontecendo?

Heather balançou a cabeça e aceitou a taça de vinho, antes de tomar três deliciosos goles da bebida gelada e responder:

— Cansei daquela casa, Nikki. Ela está, hum, me deixando maluca. Eu estava pensando em ir até Lancashire, até o tal do Moinho do Violinista, para dar uma olhada. Por que não? Pode ser uma homenagem à minha mãe, um jeito de pôr um fim nessa história, sei lá

Com uma taça na mão, Nikki se juntou a ela no balcão da cozinha.

— E os seus encontros com o Michael Reave?

— Acabaram. Depois da matéria, eu...

— Humm. Então você não teve notícias do inspetor?

O rosto de Nikki estava cuidadosamente impassível. Ela sabia tudo sobre a noite de Heather com Ben Parker, graças a uma conversa aos sussurros antes do velório. Por isso, inevitavelmente, Heather também explicara para ela, por mensagem, os detalhes humilhantes do fim daquela história.

— Acho que posso dizer com certeza que perdi minha chance naquele caso, de mais de uma maneira. — Heather se forçou a sorrir, tentando esconder como aquelas palavras eram dolorosas. — Uma viagem para o interior é exatamente o que preciso. Prometo que não vai ser ruim. A antiga mansão agora é um spa e tem um chalezinho muito legal em que a gente pode se hospedar, na própria propriedade. Ar fresco, longas caminhadas, e eu ia adorar ter companhia. Ficar presa sozinha naquela casa não é saudável. — Ela pensou nas pétalas de flores na escada e no coração do vaso de terracota. — A Diane me enganou com a matéria sobre o Lobo Vermelho, mas isso não significa que, depois, não posso escrever a minha versão dessa história. E isso seria um ótimo pano de fundo, uma chance de entender o clima do lugar. E talvez fazer uma massagem no spa, sei lá.

Franzindo a testa para seu conteúdo, Nikki fez o vinho girar em sua taça.

— Tá bom, é mais porque estou curiosa para ver o lugar. A Pamela Whittaker disse que era *maligno*. — Heather sorriu enquanto Nikki revirava os olhos. — Quero ver aquela região horrenda que minha mãe supostamente achava incrível. Onde tudo isso começou. Tenho certeza de que... Tenho certeza de que, se quiser saber mais sobre ela, tenho que ir até esse lugar e ver com meus próprios olhos.

— Esse lugar é em Lancashire, não é?

— É.

— Lancashire, onde acabaram de achar pedaços do corpo de uma mulher enfiados embaixo de uma árvore.

— Por favor, é no mesmo *condado*. Não é como se o assassino estivesse no comitê de boas-vindas que vai nos receber quando sairmos da M6.

Por um instante, uma imagem das pétalas e do pássaro morto flutuaram por sua mente. Ela ainda podia sentir o cheiro de sangue. Com um sentimento de culpa, ela tentou abstrair aquilo

— Humm. — Nikki, que estava mais segurando o vinho do que tomando, bebeu um longo gole e depois deu de ombros. — Tudo bem. Tenho uns dias de férias sobrando. E, aparentemente, não tenho nada melhor para fazer.

Heather sempre gostou de fazer longas viagens de carro. Elas a faziam lembrar da infância, quando seu pai ainda estava vivo e do nada ficava com vontade de viajar até a praia. A mãe dava a ela um pacote enorme de balas para enganar o estômago — ela nunca se esquecia do dia em que a filha tinha vomitado profusamente pela janela enquanto estavam na estrada. Heather, então, passava horas chupando balas e observando grandes extensões de verde, marrom e cinza, manchas e borrões de lugares que ela nunca conheceria. Às vezes, ela jogava com o pai versões diferentes de "Eu espio" ou de jogos de palavras com base em números de placas, e, quando chegavam ao destino, ela sempre ficava um pouco decepcionada. Havia algo de precioso e estranho no fato de ter toda a atenção de seus pais por tanto tempo.

Nikki parecia muito menos animada com a viagem e mexia sem parar no celular, que estava no suporte do painel, sendo usado como GPS. Incluindo as paradas, a viagem até Lancashire levaria pelo menos cinco horas, por isso saíram no fim da manhã para evitar o costumeiro trânsito lento de Londres. Naquele instante, elas já haviam saído da M25 e estavam livres da cidade. Horas passaram e, sob um céu cinza e pouco interessante, campos anônimos e áreas de vegetação corriam pelos dois lados da rodovia.

Elas chegaram à fronteira de Lancashire quando os últimos raios de sol escorriam do céu. Heather estava cochilando no banco do passageiro, mas algo a acordou quando elas viraram em uma estrada de terra. Ela se ajeitou no banco, piscou e tentou se lembrar daquela sensação específica. Foi uma voz dizendo o nome dela? Será que havia sonhado com aquilo?

— Ah, que bom, você acordou. — Nikki parecia distraída. — Fica de olho no mapa para mim? A estrada não é nada fácil e este lugar é no meio do nada.

Heather assentiu e olhou para o mapa do GPS. Elas seguiram por mais ou menos uma hora, subindo e descendo estradas cercadas por árvores e muros baixos de pedra, até tudo estar absolutamente escuro. Havia pouquíssimas luzes ali e, mais de uma vez, Heather se pegou encarando a noite, a escuridão penetrante dos campos.

— Quando eu era criança — lembrou ela —, ficava imaginando como seria assustador ser trazida do nada para um lugar assim. Tipo, se eu estivesse em casa, assistindo à TV de pijama, e de repente aparecesse no meio de um campo à noite, sem saber onde estava, sem ter como voltar para casa. Sozinha e com frio, sem nenhuma ideia do que podia haver na floresta. Eu sempre imaginava isso.

— Temos que pegar a próxima à esquerda? Não, espere, já entendi… — Nikki assentiu na direção do para-brisa. — Aqui está, olha. Ali está a entrada.

Os faróis a encontraram: um brilho branco no meio da noite. Era uma grande placa brilhante que anunciava o Spa Moinho do Violinista em uma fonte verde chamativa. Abaixo do nome, havia uma bolota enorme estilizada com as palavras "Oak Leaf" e, atrás da placa, elas podiam ver uma rua longa e tranquila, iluminada de maneira inteligente por postes discretos. Em algum lugar no escuro, no alto de um leve aclive, a mansão do Moinho do Violinista se escondia. Heather apertou os olhos para o para-brisa, achando que talvez fosse possível ver luzes nas janelas, mas a luz do carro encobria toda a área além da rua em um tipo de escuridão vazia.

— Nossa cabana deve ser à esquerda. — Heather se recostou no banco. — Fica um pouco longe do casarão.

Seguindo as instruções, elas viraram à esquerda e, depois de cerca de vinte minutos dirigindo por mais campos e árvores, chegaram a outra placa, iluminada de forma discreta por uma lâmpada fraca. Ela indicava o caminho para cinco casas alugadas por temporada, cada uma com um nome: Herne, Titânia, Puck, Odin e Frick.

— Acho que a nossa é a Herne.

Elas continuaram seguindo uma rua estreita que parecia margear um campo extenso, até um chalé surgir diante dos faróis, cinzento, quadrado e estranhamente inerte. Heather pegou a chave do cofre ao lado da porta e, juntas, as duas levaram as coisas para dentro: malas e uma sacola de comida e bebidas. O interior era aconchegante e neutro e Heather percebeu que, de um modo estranho, estava aliviada. O lugar havia sido projetado para ser inofensivo, palatável para qualquer turista, sem nenhuma exigência de personalidade. Havia sofás bege, tapetes cor de vinho e uma iluminação moderna discreta, escondida entre as vigas que atravessavam o teto. Ali não haveria chance, disse ela a si mesma, de encontrar folhas de papel do caderno usado na carta de suicídio da mãe, nenhum risco de um objeto inócuo fazê-la lembrar de um trauma esquecido. O que quer que a estivesse assombrando em Balesford podia ficar lá.

Alguém havia tomado o cuidado de deixar uma pequena pilha de jornais daquele dia na mesinha de centro, além de duas taças de vinho, uma garrafa da bebida e uma caixa de biscoitos chiques. Nikki foi até a pequena cozinha americana e começou a guardar a comida, enquanto Heather procurava um saca-rolhas.

— Nada mal — determinou Heather quando já estavam aconchegadas no sofá, tomando vinho. Nikki tinha as pernas dobradas sob o corpo e um dos jornais locais abertos no colo. — Acho que dá para aguentar quatro dias disso.

Heather tirou o telefone do bolso. Não havia mensagens de Ben Parker, mas o celular também estava sem sinal. Ela decidiu mandar uma mensagem para ele quando visse algumas barrinhas mais estáveis na tela, apenas para ver como ele estava. Talvez não fizesse diferença para o que ele sentia por ela, mas o gesto podia diminuir um pouco da culpa que Heather sentia.

— O que você está planejando fazer?

— Humm? Ah, comer muita bobagem e dormir muito.

— E o que tem de diferente nisso?

— Rá-rá-rá. — Heather fez o vinho girar na taça. — Bom. Foi para cá que minha mãe fugiu quando era adolescente. Talvez eu nunca entenda o que ela fez, mas espero poder conseguir entender *minha mãe* um pouco melhor.

Fora também ali que ela havia conhecido um homem com quem mantivera uma ligação pelo resto da vida, apesar do que e de quem ele havia se tornado. Ela se lembrou do que Pamela Whittaker dissera sobre a terra absorver as lembranças e guardá-las para si. Lembrou-se do rosto de Anna, de como ela havia perdido a compostura ao mencionar o bebê desaparecido. Havia algo de ruim ali e a terra se lembrava, no fundo de sua alma. Ela tinha que descobrir o que era. O que tinha a perder àquela altura?

— Amanhã vou dar uma olhada por aí.

Nikki ergueu o jornal que tinha no colo e mostrou a primeira página a Heather. Havia uma foto, ampliada de maneira um pouco excessiva, o que fazia o contorno do rosto sorridente de uma mulher ficar borrado. Acima dela, a manchete gritava "A MAIS NOVA VÍTIMA DO LOBO VERMELHO?".

— Não importa o que você diga, estamos no território dele agora, Hev. Tenha cuidado quando for investigar, está bem?

Heather ergueu sua taça.

— Um brinde a isso.

34

Antes

O trailer de Colleen ficava longe do grupo principal de barracas e vans e, enquanto seguia até lá, Michael notou que as janelas estavam repletas de uma luz amarela frágil — ela não estava sozinha naquela noite. Saindo da van, ele se olhou rapidamente no espelho retrovisor e, impaciente, tirou o cabelo do rosto. O chuveiro da pousada era minúsculo e apertado e ele gastara quase todo o sabonete. Estava tomando mais cuidado do que nunca naqueles dias, mas nunca era demais voltar a conferir, já que respingos de sangue tinham o costume de se esconder onde flanelas não chegam.

Satisfeito, ele foi até o trailer e abriu a porta da pequena moradia aromatizada com patchouli. Três mulheres olharam para ele, claramente assustadas: Colleen, que usava um vestido longo um pouco gasto e uma flor rosa no cabelo — uma rosa-mosqueta, pensou ele — e uma outra mulher que ele reconheceu vagamente, esparramada no banco do canto em que ele gostava de ficar. Nos últimos meses de gravidez, sua barriga inchada esgaçava uma camiseta amarela pequena demais, e ela olhou para ele através de uma nuvem de fumaça de cigarro. A terceira era uma das irmãs Bickerstaff — Michael não sabia qual. Comparada à grávida, ela parecia alerta demais e ergueu as sobrancelhas para ele.

— Mas quem é vivo sempre aparece — disse.

Michael entrou e fechou a porta, preso por um longo instante entre duas imagens: a moça que deixara em um campo perto de Eccleston com o casaco encharcado de vermelho e a boca cheia de amores-perfeitos, e as três mulheres no trailer, ou ao menos o modo como as via — Colleen, a virgem, mordendo o lábio inferior rosado, a grávida desconhecida à beira da maternidade e a irmã Bickerstaff, com o rosto jovem e liso, mas tão sábio quanto o de qualquer velha. Pelo menos, o coração da moça já estava na floresta. Ele se lembrou disso e ficou calmo.

— Mike, pensei que você não fosse voltar hoje. — Desajeitada, Colleen se levantou, foi até ele e abraçou e apertou sua cintura. — A gente estava só reunindo as meninas.

— Que legal.

Era difícil falar. As palavras travavam e secavam em sua garganta. Era sempre assim depois que ele devolvia alguém à floresta, como se parte dele tivesse voltado ao armário, à época em que ele não enunciava palavra nenhuma.

— Você viu o jornal?

A tal Bickerstaff — seu nome era Lizbet ou Beryl — empurrou um jornal dobrado na direção dele. Era um tabloide, e a manchete gritava "QUINTA POSSÍVEL VÍTIMA DO LOBO VERMELHO". Abaixo dela, havia uma foto embaçada de uma mulher gordinha de cabelo grosso e encaracolado. A foto havia sido tirada em um casamento, e ela usava um vestido de madrinha particularmente feio, de cor pêssego. Não era aquilo que estava usando quando Michael a vira pela última vez. Lizbet ou Beryl deu um sorriso discreto.

— Que horror, né? Esse cara deve ser um monstro. O que você acha, Janie?

Ela deu uma cotovelada na mulher grávida ao lado, que levou três bons segundos para reagir. Sua cabeça balançou, e ela teve dificuldade de se concentrar no jornal. Michael ficou observando a mulher tentar decifrá-lo e, por fim, dar de ombros e se virar, antes de apagar o cigarro em um cinzeiro lotado. *Drogas.*

— É assustador — disse Colleen, emocionada. — Eu preferiria que eles não dessem esses nomes. Tudo isso faz com que essa história pareça, sei lá, glamourosa ou algo assim.

— O Lobo Vermelho — repetiu a irmã Bickerstaff. Então, de repente, ela sorriu, se inclinou para frente e esfregou a ampla barriga da moça grávida. — Não tem mais nenhum lobo mau nas histórias que você ouve antes de dormir, pequena?

Aquilo pareceu fazer a moça de camiseta amarela acordar um pouco.

— Você tem alguma coisa para mim, Beryl?

— Sabia que a Beryl e a Lizbet são enfermeiras? — perguntou Colleen. Ela olhou para Michael, como se estivesse tentando convencê-lo de alguma coisa. — Estão dando uma olhadinha na Janie.

— Um parto natural — disse Beryl, olhando com carinho para Janie. — Uma criança nascida sob as estrelas. Vai ser incrível, não vai?

Michael deu de ombros. Ele já sabia que as Bickerstaff forneciam pílulas anticoncepcionais para as mulheres da comunidade e sabia que Colleen as tomava regularmente. Não perguntava que outras drogas as irmãs distribuíam nem por que a grávida Janie estava claramente fumando maços de cigarro um atrás do outro. Em vez disso, ele tirou os braços de Colleen de sua cintura com cuidado e deu um passo para trás, em direção à porta frágil.

— Não vá — disse Colleen na hora. — A gente só estava…

— Volto daqui a pouquinho. Só preciso pegar um pouco mais de ar fresco.

O olhar que Beryl Bickerstaff lhe lançou quando ele saiu do trailer não passou despercebido: direto e calculista, como o de um gato que tenta decidir se vale a pena se esforçar para pegar um rato.

Depois de apenas alguns minutos dentro do trailer enfumaçado, o ar noturno pareceu doce e aconchegante. Cheio de gratidão, ele andou de volta para a casa, apesar de sentir uma pontada de arrependimento por deixar Colleen para trás. Ela não gostava da mansão e não dormia lá, apesar de nunca deixar realmente claro por quê. Era uma atitude que deixava Michael confuso. Afinal, não era uma casa de campo destruída, cercada por campos abandonados, não era um armário sufocante. No meio da colina, ele encontrou o homem descendo até o acampamento. O cachorro não estava por perto.

— Foi uma boa noite, rapaz?

Estava escuro demais para ver o rosto dele claramente, mas, mesmo assim, Michael ouviu o sorriso em sua voz.

— As irmãs Bickerstaff. O que elas sabem?

O homem se virou e um raio de luar revelou seus traços em prata: o nariz grande, as orelhas de abano do velho, o brilho fosco do olho falso. Ele ainda estava sorrindo.

— Elas são úteis — foi tudo o que disse.

Michael assentiu, embora não concordasse. Depois de um instante, disse:

— Queria que você não tivesse me obrigado a deixar aquele bilhete.

— Por que não? Por que eles não deveriam saber seu nome?

— O Lobo Vermelho. — Dizer aquilo em voz alta o deixava entusiasmado, mas talvez trouxesse uma dor mais profunda, mais infeliz, que ele não sabia explicar. Ele estava quase falando das coisas sobre as quais eles nunca conversavam e, quando as nomeasse, tinha certeza de que tudo ia desaparecer, como uma bolha de sabão. — Os jornais estão usando. E eles não entendem. Não mesmo.

O homem riu, fazendo barulho pelo nariz.

— Esse é o nosso fardo, rapaz. Nunca ser compreendido.

Por certo tempo, Michael não quis se mexer nem falar. Ele podia ouvir vozes rindo e conversando ao longe e ver manchas de luz alaranjada das fogueiras à sua direita, mas, ali, na colina, estava frio e a escuridão do Bosque do Violinista parecia chamá-lo com ardor. Ele queria ir para a floresta, com as imagens que ainda estavam frescas em sua cabeça, visitar os corações que batiam sob a terra por ele, mas pensar em Colleen o impediu.

— O que você está fazendo aqui? Com eles?

Michael apontou para o pé da colina, apesar de já ter se arrependido de fazer a pergunta.

Mas o homem não pareceu preocupado. Ele mostrou os dentes compridos em um sorriso, estranhamente parecido com o de seu cachorro.

— Eu faço cada coisa por você, rapaz. Pelo meu pequeno *barghest*. Sempre cuidei de você, não foi? Não dei sempre tudo de que você precisou?

Michael assentiu. Ele não podia questionar aquilo.

— Então confie em mim.

O homem foi embora, descendo a colina a passos rápidos, como alguém muito mais jovem do que era. Enquanto inspirava o aroma escuro da noite, Michael o observou ir embora.

35

A manhã estava clara e fria, e o céu era de um azul quase transparente, com apenas alguns toques de nuvens a leste. Heather e Nikki saíram do chalé devagar, repletas do cuidado natural dos moradores de cidades quando têm que enfrentar muito silêncio. Nikki carregava um mapa plastificado do terreno, que também fora deixado na mesa para elas.

— Olha, este lugar é enorme e muito extenso. O chalé mais perto daqui fica a quilômetros de distância.

A força do vento aumentou, jogando folhas mortas na pequena entrada do chalé. Heather fungou e mexeu no colarinho da jaqueta. Pela primeira vez em semanas, ela dormira a noite toda, e o chuveiro quente tinha sido forte o suficiente para ela sentir que já havia feito uma massagem. *Assim é melhor*, pensou, olhando em volta para a grama e para as árvores. *Eu devia ter imaginado que ficar naquela casa ia me fazer mal*. Ela olhou para o mapa que Nikki brandia em sua cara e ergueu as sobrancelhas.

— O povo do interior — disse, por fim — gosta muito de andar, né?

— A boa notícia é que, apesar de não estarmos hospedadas no spa, podemos ir até o restaurante de lá tomar café. Que tal?

Elas entraram de novo no carro e seguiram as ruas pavimentadas de volta para a entrada principal. Era um caminho relativamente longo, notou Heather. Se fossem caminhando, levariam pelo menos uma hora. Por fim, a construção principal do Moinho do Violinista surgiu, muito parecida com todas as pinturas e fotografias que Heather vira no apartamento da bruxabranquela. O lugar ganhara janelas novas, que economizavam energia, e uma nova trilha de cascalho para os carros, mas as pedras cinzas escuras da mansão em si, que pareciam uma tarde chuvosa devido à carga e à imponência, ainda estavam intactas. No enorme estacionamento de um dos lados da casa, havia apenas um punhado de veículos, e as grandes portas centrais estavam fechadas.

Nikki estacionou, as duas saíram do carro e pararam um instante para olhar o pé da colina. Atrás do caminho que haviam pegado havia um bosque fechado, que parecia impenetrável àquela distância. Heather não conseguia ver ninguém ali.

— Acho que está meio tarde para pegar a temporada deste ano, na verdade — afirmou. — Qualquer pessoa com bom senso e essa quantidade de dinheiro viajou para passar o inverno no exterior.

— Venha, vamos entrar.

A recepção era espaçosa e de bom gosto, mas, de certa forma, arruinada por uma série de placas brancas altas que detalhavam os tratamentos disponíveis no spa do Moinho do Violinista. Uma mulher jovem e alaranjada, de cabelos amarelos, sorriu para elas de trás de um balcão.

— Posso ajudar?

— Gostaríamos de tomar café — explicou Nikki. — O restaurante está aberto?

— Está, claro. — A jovem passou um panfleto para elas por sobre o balcão. Havia uma foto de um abacate na frente e não de bacon com ovos, como Heather imaginava. — Aqui está o cardápio. O restaurante fica logo depois do arco à sua direita. Tenham um ótimo dia.

— Posso fazer algumas perguntas?

Heather se apoiou na bancada e cruzou os braços.

— Claro.

A recepcionista reduziu a força do sorriso reservado para clientes satisfeitos e fez uma expressão de que estava pronta para dar informações.

— Você sabe alguma coisa sobre a história deste lugar? Especificamente sobre a comunidade que havia aqui nos anos 1970 e 1980?

A mulher assentiu com cuidado e pegou outro panfleto de uma gaveta do balcão. Este tinha uma foto em preto e branco da frente da casa.

— Aqui está. O Moinho do Violinista foi construído no fim do século XVIII e teve uma história interessante desde então. Os marcos estão descritos neste panfleto.

— É uma história interessante. — Heather assentiu devagar, olhando para o folheto. — E os boatos de que o Lobo Vermelho morava aqui? Você sabe alguma coisa sobre isso? Sobre Michael Reave?

O sorriso da mulher desapareceu.

— Como é?

— Eu soube por uma fonte confiável que ele fez parte da comunidade que existia aqui a partir dos anos 1970...

— Não sei nada sobre isso.

— Tem certeza? Porque...

— Não, sério, eu não sei. — A mulher se inclinou para a frente. — Eles pedem para a gente não falar demais da comunidade, por causa de todas as drogas e tal. — Ela olhou em volta rapidamente, como se seu gerente pudesse estar por perto. — Mas nunca ouvi nada sobre o Lobo Vermelho. Você está falando sério?

— Sobrou muita coisa daquela época aqui na propriedade? Você saberia me dizer?

A mulher fez uma careta e se recostou na cadeira. Enquanto olhava para o resto da recepção, ficou claro que estava procurando outra pessoa para lidar com elas. Heather baixou a voz. Podia sentir Nikki pouco à vontade ao seu lado.

— Eu só queria saber sobre coisas daquela época. Quantas pessoas estão hospedadas aqui agora? Imagino que não muitas, mas tem alguns carros no estacionamento. Você acha que eles iam querer saber da história da mansão? Que o Lobo Vermelho ficava nestes campos quando não estava picando corpos? Bom, tem gente que acharia incrível, mas duvido que sejam as mesmas que pagam oitocentas libras por noite para ter paz, tranquilidade e massagens com pedras quentes. Ainda mais agora que um fã específico do Lobo Vermelho está aparentemente causando problemas de novo.

A recepcionista respirou fundo lentamente, depois pegou outro panfleto do balcão. Era o mesmo que Nikki já tinha. Ela pegou uma caneta e começou a acrescentar coisas no mapa rapidamente.

— Olha, não sobrou muita coisa daquela época na propriedade, a não ser pela mansão e alguns terrenos particulares no noroeste da propriedade. Algumas casas antigas que estão caindo aos pedaços, um pedaço de terra com um trailer… Tudo continua basicamente ocupado. — Com a boca cerrada, ela marcou mais algumas coisas e depois entregou o mapa. — Só sei disso porque estava aqui durante a construção das ruas novas. Tiveram que fechar acordos com os moradores que continuam na propriedade maior.

— Obrigada. — Heather pegou o panfleto e o guardou no bolso. — Quem é o dono, afinal? Deste spa?

— Você não pode pesquisar isso no Google, caramba? — A recepcionista balançou um pouco a cabeça, visivelmente tentando recuperar a simpatia. — Ele faz parte de uma rede de spas, que pertence a um particular e a uma organização não governamental ecológica.

— A Oak Leaf.

Heather se lembrou do logo de bolota na placa de boas-vindas.

Nikki franziu a testa.

— Uma ONG ecológica? Por que eles teriam um spa?

— É um jeito bom de evitar que construam alguma coisa no terreno — respondeu Heather, afastando-se do balcão. — Senão, imagino que tudo seria dividido e transformado em vários shoppings. — Ela abriu um sorriso caloroso para a recepcionista. — Obrigada. Vamos tomar o café da manhã agora. Eu prometo.

✶ ✶ ✶

— Dá para acreditar — disse Heather, meia hora depois — que não tinha nenhuma salsicha?

— Tinha, sim — respondeu Nikki, tímida. — Tinha salsicha vegana.

— Aquilo não é salsicha. É um tubo de tristeza e arrependimento.

As duas desciam a colina, depois de deixar o carro de Nikki no estacionamento. De acordo com o novo mapa rabiscado, algumas das propriedades particulares só podiam ser acessadas a pé ou caso a pessoa tivesse o tipo de carro 4X4 que realmente gostava de lama.

— O que você quer fazer? — perguntou Nikki, enquanto continuavam a descer a colina. A manhã continuava clara, mas a força do vento estava aumentando.

— Só quero dar uma olhada. Entender isso aqui. E seria interessante saber se a gente consegue encontrar alguns lugares que nossa bruxabranquela pintou. — Dentro da bolsa, ela trazia cópias da maior parte dos quadros e fotos de Pamela Whittaker. A foto em que sua mãe aparecia escondida bem no fundo. — Ou até os locais onde as fotos dela foram tiradas. Seria interessante saber exatamente onde a comunidade ficava.

— Bom, se a gente encontrar algum proprietário que odeia visitantes, vou deixar você lidar com ele. Você foi bem cruel com aquela recepcionista, sabia?

Heather fez cara feia para Nikki.

— É verdade.

Elas seguiram em frente, ambas sem dizer nada. O silêncio era opressivo, tão repleto do assovio do vento e do canto tranquilo das aves que parecia um peso concreto. Heather percebeu que relutava em conversar, como se falar fosse expô-la. Mas a quê, ela não sabia. Por fim, passaram pelos gramados e ruas bem cuidados e chegaram a uma faixa de árvores cortada apenas por uma única trilha grosseira. Apesar do dia claro, as árvores eram uma massa sólida de escuridão e pareciam guardar as próprias sombras bem perto de seus troncos e galhos. Na entrada do bosque, Nikki hesitou.

— Tem certeza de que é o caminho certo?

— Tenho. — Heather indicou o mapa. — Viu? E esta trilha não dura muito. Tem uma clareira depois e a primeira das casas antigas. Isto é só um pequeno braço do bosque maior.

Nikki se virou e olhou de volta para a colina, onde a casa já parecia uma caixa cinzenta baixa. Mais pessoas chegavam ao estacionamento.

— Vamos acabar com isso logo.

Sob as árvores, o inverno pareceu estranhamente próximo, com uma umidade no ar que lembrava geadas e névoas no fim da noite. A trilha de terra que seguiam estava cheia de poças enlameadas, e Heather ficou tão concentrada em andar nas áreas mais secas que se surpreendeu quando elas emergiram mais uma vez sob o céu. A grama era mais grossa e alta e rapidamente deixou a barra da calça de Heather escura por causa da umidade. Quando se aproximaram das árvores do outro lado, viram que o bosque era muito mais fechado e escuro, e a trilha, um pouco menos aberta. Tudo isso fez com que ficassem surpresas quando, dez minutos depois, emergiram em um gramado bem cuidado, com uma casa bem mantida pousada no meio. Mais árvores se curvavam aos fundos da casa, que fora construída com uma pedra cinza similar à da mansão do Moinho do Violinista. Na trilha de cascalho à porta da casa, havia um Land Rover verde e robusto, com lama nas rodas. Ao lado dele, tinha um carro menor e mais moderno e as duas viram a porta da casa se abrir e uma mulher mais velha sair, vestida com uma capa de chuva verde-escura e com uma bolsa grande nas mãos. Ela olhou direto para elas, claramente surpresa, depois voltou a se inclinar para dentro da porta. Heather e Nikki a ouviram falar, mas não entenderam o que ela disse. Então a mulher entrou no carro amarelo menor e foi embora — havia uma rua pavimentada na lateral do terreno que desaparecia por entre mais árvores.

— Fomos descobertas — disse Heather, sem necessidade.

Enquanto caminhavam na direção da casa, uma sombra apareceu à porta, sem realmente sair para a luz. Quando chegaram à trilha de cascalho, Heather viu que era um velho corcunda, muito mais velho do que a mulher que havia desaparecido no carro amarelo. Apoiado em uma bengala, ele observava as duas se aproximarem. O corredor tinha um piso de linóleo com um desenho de plantas verdes contra um fundo amarelo pálido.

— Bom dia!

Heather ergueu a mão para cumprimentá-lo, mas a única resposta do homem foi inclinar a cabeça um pouco. Ao lado dela, Nikki se aproximou e murmurou:

— Vamos continuar caminhando e subir aquela estrada. Não acho que eles gostem de estranhos por aqui.

— Vamos, é só uma conversa rápida. Ele devia conhecer essa região nos anos 1970 e 1980. Parece velho o bastante, pelo menos.

Elas foram até a porta e o homem saiu um pouco mais para encontrá-las. À medida que a luz frágil da manhã caía em seus rostos, ela o viu franzir a testa de repente e cerrar as mãos sobre a ponta da bengala. Ele era claramente muito velho: a pele fina e enrugada salpicada de verrugas e manchas cobria uma cabeça que perdera quase todo o cabelo, e tinha nariz e orelhas enormes, como os velhos têm. Seus ombros eram curvados, quase pareciam empurrar a parte traseira da cabeça pelada, e ele usava um aparelho auditivo, uma ponta bege de plástico encaixada com cuidado em seu ouvido.

— Olá — disse Heather outra vez, decidindo enfrentar a situação. — A gente veio do alto da colina. Só estamos dando uma volta. É uma área linda.

Por um longo instante, o velho não respondeu — Heather teve a estranha sensação de que o haviam paralisado de surpresa, mas ele pareceu voltar à vida. Caminhou a passos arrastados para fora da casa, com a cabeça ainda inclinada para o lado, o que fazia com que olhasse para elas com apenas um olho avermelhado.

— Pois é, e vocês escolheram uma bela manhã para explorar. — Sua voz era amistosa, levemente aquecida por um toque do sotaque local. — O bosque quase canta quando o sol sai.

— Você sabe muito sobre a região? Sobre a velha casa na colina? — Heather sorriu. — Estou interessada na história local. Gosto de aprender um pouco sobre os lugares que visito.

O homem então fez uma pausa e estreitou os olhos para vê-las sob a luz forte. Havia algo no modo como ele olhava para ela, como se pudesse ver as mentiras que contara sem muito esforço, o que trouxe todos os receios de Heather à tona de repente. Então, arrastando seu corpo e a bengala com um esforço óbvio, ele deu um passo para o lado e indicou o corredor escuro.

— Senhoras, vocês vieram ao lugar certo. E parece que a Linda deixou uma chaleira no fogo antes de ir embora. Querem se juntar a um velho para uma xícara de chá?

Heather olhou para Nikki, viu um minúsculo dar de ombros e se virou de volta para o homem.

— Adoraríamos, obrigada.

Ele voltou a entrar e as duas o seguiram pelo corredor escuro. Heather viu de relance várias fotos em preto e branco nas paredes e um papel de parede estampado antigo, antes que virassem à direita e entrassem em uma grande sala de estar. Havia gravuras e pinturas nas paredes e duas janelas largas davam para um gramado alto, que levava até a floresta.

— Que casa linda — disse Nikki, indo até a janela olhar a vista. — Deve ser um lugar muito tranquilo para se viver.

— Pois é, pois é. Falando nisso, sou o Bert. Vai ser bom ter companhia hoje. A Linda, coitada, gosta de me contar todas as fofocas de que as faxineiras ficam sabendo, mas quase nunca sei do que ela está falando.

As duas se apresentaram e Heather sentiu como se aquilo não fosse real, como se não estivesse na casa de um estranho, depois de deixar a casa da mãe — e os fantasmas dela — para trás. A sensação aumentou quando ela se virou para se sentar no sofá mais próximo e encontrou um cachorro preto enorme no canto da sala. Ele era muito grande, despenteado e tinha focinho longo de lobo, como um pastor alemão. Estava esparramado em cima de uma caminha que era pequena demais. Heather olhou de volta para Bert para perguntar sobre o cachorro — de que raça era, qual era o nome dele, se ia comer as duas —, mas o homem tinha entrado no corredor. Em vez disso, ela olhou para Nikki, que observava os quadros das paredes.

— Aquilo não é uma foto da mansão?

Heather olhou para o ponto que Nikki havia indicado e viu: uma imagem muito parecida com as que a bruxabranquela tinha no álbum, só que muito mais antiga. Uma série de homens e mulheres uniformizados como empregados estava parada do lado de fora, alinhada ao cascalho da entrada, com um punhado de pessoas vestidas com roupas antigas paradas ao lado deles, um tanto quanto incomodadas. Heather imaginou que a foto fosse dos anos 1920 ou 1930, a julgar pela moda e pela traseira de um carro extremamente antiquado.

— Antes de ser invadida pela plebe catinguenta — murmurou Heather.

Alguns segundos depois, Bert reapareceu à porta carregando uma bandeja com chaleira e xícaras. Nikki se levantou num pulo e o ajudou a pousá-la na baixa mesinha de centro. Quando já estavam acomodados, com xícaras de chá esquentando as mãos geladas, Bert se inclinou para a frente e perguntou com a voz repentinamente mais direta:

— O que você queria saber?

Heather tomou um gole de chá e deu de ombros.

— Houve uma comunidade aqui nos anos 1970, não houve? Você conhecia o lugar na época, seu Bert?

O velho assentiu devagar, sem olhar para elas, como se confirmasse alguma coisa para si mesmo.

— Ah, sim, sim, eu conhecia. Era animado, muito animado. Lembro de quando a comunidade estava no auge, de quando as coisas viviam *aos pulos*.

Ele voltou a sorrir, mostrando os dentes longos.

— Sabe quem morava na casa grande na época? — Nikki sorriu para diminuir a brutalidade da pergunta. — É muito interessante pensar na história do lugar, sabe, enquanto estamos hospedados nele.

— Vocês estão na casa grande, é? — perguntou Bert.

Heather teve a estranha sensação de que ele sabia que era mentira. No entanto, assentiu. Ele esfregou o polegar na asa de sua xícara, para a frente e para trás, para a frente e para trás.

— Não lembro bem. Ela foi da mesma família por várias gerações, mas eles foram indo embora, como acontece às vezes com grandes famílias. — A mão livre apertava seu joelho de maneira convulsiva e algo no movimento fez Heather estremecer. Parecia um caranguejo, andando de lado por uma área árida de praia. — Muitas fofocas corriam sobre eles, sobre aquela família. E a maioria era horrível. — Ele abriu um sorriso rápido, que logo desapareceu. — Por fim, a casa foi vendida para a empresa que é dona dela agora e acho que eles ficaram felizes por poderem se livrar dela. É difícil manter um lugar como aquele, sabe?

— Do que você se lembra da comunidade?

Ele fungou, assentiu e se recostou na cadeira.

— Do barulho. Eles faziam muito barulho e umas coisas estranhas no bosque. Parte daquilo teria deixado meu pai de cabelo branco, mas a gente vive em uma época diferente agora, não é? Bem diferente. — Ele olhou para a janela, a luz do sol refletia em sua careca. — Não vou dizer que entendia muita coisa, mas eu ajudava quando podia. Comprava comida, às vezes ensinava quais cogumelos podiam ser comidos. — Ele sorriu. — Apesar de alguns deles estarem mais interessados nas variedades menos seguras, se é que me entende.

Ele pousou a xícara e, pela primeira vez, Heather notou que havia marcas marrom avermelhadas sob suas unhas, como se tivesse mexido na terra. Sem saber direito por que, ela olhou para o cachorro atrás dela e não ficou surpresa ao ver que o bicho a encarava com olhos castanhos iluminados por feixe de luz do sol.

— Você os conhecia bem? — perguntou. — Os jovens, quero dizer. Minha mãe conhece uma senhora chamada Pamela que disse que ficou aqui um tempo. Você a conheceu?

Do lado de fora, o sol passou por trás de algumas nuvens e a sala de estar ensolarada escureceu. Algo naquilo a deixou inquieta. De repente, o gramado pareceu lúgubre, e o bosque pareceu prometer horrores.

— Muitos jovens vieram para cá, procurando um jeito de fugir dos pais e viver vidas mais interessantes e livres. Eles queriam conhecer o interior, morar mais perto da natureza, mas a maioria percebeu que não gostava muito quando o inverno chegava e ficava frio. Começaram a sentir falta do aquecimento central da casa dos pais. — Bert voltou a sorrir e seus olhos se apertaram, formando redes de rugas — Mas alguns eram dedicados. Alguns realmente adoravam esta região. Entregaram-se a ela. Mas não consigo me lembrar de nomes, infelizmente. — Ele deu algumas batidinhas na têmpora. — Não sou mais tão rápido aqui em cima. É uma pena.

— Parece que você passava muito tempo lá — afirmou Nikki.

— Eu ajudava os jovens, só isso. Não posso dizer que entendia o que estavam fazendo — respondeu Bert com uma voz que escoava toda a determinação que sentia.

De repente, Heather se sentiu culpada e viu Bert pelo que ele era: um senhor muito idoso, que morava sozinho em uma casa isolada.

— Você pode nos contar mais alguma coisa sobre a região, seu Bert?

O rosto dele se iluminou com o pedido.

— Ah, posso. Tem muita história por aqui.

Ele se levantou, quase pairando sobre elas, e Heather percebeu que, antes de as costas dele começarem a se curvar, Bert havia sido muito alto. Ele arrastou os pés até um armário próximo e pegou alguns papéis, que levou de volta para a mesinha de centro. Diferentes dos panfletos chiques do spa, aqueles eram impressos em preto e branco e em papel barato.

— Uma batalha da guerra civil, a mais ou menos um quilômetro e meio daqui. — Bert pegou um dos folhetos e o entregou a Heather. Havia um desenho de um soldado britânico na frente, claramente copiado de algum livro de história. — Uma que foi muito sangrenta, pelo jeito. Não tem nada para ver lá agora, claro, mas vocês podem dar uma olhada, sentir o clima do lugar. Claro, a lenda local diz que é assombrado.

— Assombrado? — perguntou Nikki.

Bert sorriu, como se achasse o absurdo daquilo tudo muito engraçado.

— Se você for até lá em uma noite sem lua, vai ouvir sons de batalha. Tem muito dessas coisas aqui, vocês vão ver. A mulher de branco que assombra as estradinhas e o *barghest* que percorre campos, ruelas e todos os lugares solitários.

— *Barghest*? — Heather tomou um gole do chá. Tinha um sabor desagradável de grama. — O que é isso?

— É um nome para cachorro fantasma — disse Bert. — Existem versões da lenda por todo o país. *Black Shuck, Gyrtrash, Padfoot*. Cães demoníacos. Um pedaço muito popular do folclore britânico. Olhos em chamas e mandíbulas cheias de baba.

Ele soltou uma risada calorosa.

Heather sentiu outra pontada de incômodo quando lembrou da carta de suicídio da mãe: *monstros na floresta*. O velho tinha voltado a mexer nos folhetos, aparentemente disposto a encontrar alguma coisa. Apesar do chá, ela sentia frio e percebeu que não gostava de Bert. Não gostava nem um pouco dele, mas não sabia dizer por quê. Ele assentiu ao encontrar o que procurava e passou uma fotografia a Nikki. Mostrava um bosque denso na primavera, tomado pela luz dourada do amanhecer e salpicado com jacintos.

— É lindo — disse Nikki.

Bert assentiu, sério.

— O Bosque do Violinista, esse que vocês atravessaram uma pequena parte para chegar à minha casa, é muito antigo, sabiam?

— Todos os bosques são muito antigos, não são? — disse Heather.

— Ah, não. — Bert se recostou na cadeira, com as mãos sobre as coxas e os cotovelos voltados para fora, como se fosse dar uma avaliação ruim para um carro usado. Ele puxou ar por entre os dentes amarelados e balançou a cabeça. — Não, não. Árvores foram plantadas, sabe? Florestas foram planejadas. Mas bosques antigos existem há muito tempo. Muito mais do que qualquer um de nós. — Ele lançou um olhar rápido para Nikki e o corpo de Heather enrijeceu, mas ele não concluiu a frase.

— Bosques antigos são florestas que existem desde antes do século XVII. Se estavam aqui antes de 1600, então provavelmente não foram plantadas: cresceram de forma natural. Sempre fizeram parte da paisagem.

Ele se inclinou para a frente e bateu na foto com uma unha um pouco longa demais.

— Jacintos costumam indicar que uma floresta é antiga. *Anemone nemorosa* e prímulas também. Temos tudo isso no Bosque do Violinista.

Ele disse aquilo com um orgulho evidente, e Heather lutou contra a vontade de perguntar se fora ele que havia plantado aquele bosque quando era jovem — velho para isso ele parecia ser, pelo menos.

— Onde esta foto foi tirada? Aqui por perto?

Nikki pegou outra fotografia. Era de uma praia que parecia fria, com um céu cinzento e um mar de aço salpicado por espuma branca. Havia uma noção grosseira de romance na cena e uma construção estranha aparecia em um dos lados da imagem. Heather a tirou das mãos da amiga para ver mais de perto.

— Ah. — Bert ergueu as sobrancelhas. — Pois é, pois é. Depois do Bosque do Violinista, se você andar o suficiente.

— E o que é isso?

Heather indicou a construção. Era uma estrutura alta de pedra marrom escura, marcada aqui e ali por janelas estreitas de vitral. Ela pairava sozinha, uma torre no fim do mundo.

— A Torre do Violinista, como chamam por aqui. Era a família da mansão que cuidava e muitos boatos surgiram sobre ela: sobre para que era usada, por que foi construída... — Ele sorriu e olhou para elas com a cabeça inclinada. — Mas ninguém sabe, não de verdade. Está abandonada agora.

Quando terminaram o chá, Bert as acompanhou até a porta. O sol sumira e fora substituído por uma coberta de nuvens espessas, escuras com uma possível chuva.

O velho olhou para o céu e abriu um leve sorriso.

— Bom, parece que o sol acabou para vocês. — Ele se virou para olhar para Heather. — Se cuida, viu?

36

Tinham percorrido a primeira parte do bosque quando uma chuva pesada começou, de forma regular, como se sugerisse que estava planejando ficar o dia todo. Decididas a tentar um atalho e com guarda-chuvas sobre suas cabeças, elas atravessaram outro agrupamento de árvores, mais esparso, e chegaram a um trailer que parecia antigo. O veículo um dia tivera uma faixa vermelha e marrom na lateral, mas estava camuflado com manchas de ferrugem e uma cobertura espessa de folhas mortas e destroços da floresta. No passado, alguém havia tentado cercar o trailer com painéis de arame, mas eles basicamente já tinham caído, e arbustos espessos e emaranhados haviam crescido em torno das rosas.

— Olha, aquilo deve ser da comunidade. Quer dar uma olhada lá dentro?

Nikki fez uma careta. A chuva estava ficando mais forte e o solo sob suas botas se transformava rapidamente em lama.

— Dá para a gente voltar mais tarde? Devíamos ir buscar o carro.

— Pode ir. Te encontro daqui a pouco.

— Tem certeza?

Heather assentiu.

— Pode ir. Só quero dar uma olhada rápida. Depois volto para o chalé. Acho que nossa exploração acabou por hoje.

Quando Nikki já havia continuado a seguir na direção da clareira, Heather andou com cuidado por entre as plantas selvagens, até chegar à porta frágil, que se abriu com um chute forte. Depois de fechar o guarda-chuva, ela entrou.

Estava escuro e a única luz entrava por uma série de janelas pequenas e sujas. O lugar tinha um cheiro forte de roupas úmidas e mofadas. Heather sacou o celular, ligou a lanterna e girou devagar para entender todo o cenário. Havia um tipo de sala de estar com assentos acolchoados que podiam se tornar camas, armários e uma mesa dobrável. Nos fundos, havia uma pia minúscula, mais armários cobrindo o espaço disponível nas paredes e, então, lá atrás, uma porta fechada, que levava a outro cômodo. Em vários pontos, ela viu mais provas de que o veículo tinha mais de quarenta anos: um papel de parede laranja e marrom, com uma estampa floral familiar, adesivos nas portas dos armários que exigiam que o governo "banisse a bomba" e vários na geladeira que mostravam Smurfs com rostos azuis modificados pela umidade. Mas o mais interessante eram os sinais de que os proprietários tinham se interessado por um tipo de estilo de vida alternativo. Heather viu o que só podia ser um bong muito velho, deitado de lado na pia, e um antigo cartaz na parede detalhava os meses e os signos do zodíaco, além das fases da lua e de alguns conselhos esotéricos.

Heather adentrou na van e sentiu o fedor do lugar cobrindo sua garganta. A chuva ficou ainda mais pesada e batia no telhado com um rugido persistente. Ela abriu um dos pequenos armários com a mão livre e fez uma careta ao ver as enormes teias de aranha dentro. O armário acima daquele, contudo, estava cheio de pequenas garrafas de vidro marrom com tampas brancas. Ela aproximou o celular e tentou ler alguns dos rótulos, mas estavam todos embaçados e retorcidos pelo tempo. O que conseguiu ver foram várias agulhas nos fundos, pesadas e antiquadas e pacotes de plástico do que pareciam camisinhas e curativos antigos.

— Parece mesmo coisa de adolescentes de muito tempo atrás. — Ela fez uma pausa, pensando melhor. — Por outro lado, talvez os jovens não sejam tão burros.

Entrando ainda mais no pequeno espaço, ela chegou à pequena área de serviço ao lado da pia. Ali fora deixada uma pequena tábua de madeira manchada com a superfície atravessada por marcas profundas de faca. No chão, ao lado dela, havia uma grande caixa de madeira, decorada com pentagramas e runas pintadas com o que um dia fora tinta prateada. Heather abriu um leve sorriso ao imaginar os hippies que haviam vivido naquele espacinho apertado e abaixou-se para abrir a tampa. Para sua decepção, estava vazio, mas, quando ia fechá-lo, Heather viu uma pequena ponta branca saindo do fundo. Ela se abaixou e a segurou com as unhas. Quando a puxou, um fundo falso se soltou, revelando uma abertura cheia de seda para cigarro e pedaços de papel alumínio. Sob toda a parafernália antiga para uso de drogas, havia duas Polaroids, e as bordas brancas familiares trouxeram uma pontada inesperada de nostalgia para Heather. Ela pegou as fotos e as levou até a janela mais próxima para aproveitar a fraca luz natural.

As duas eram de bebês, ambos muito novinhos, com rostos ainda muito vermelhos e amassados. Um deles estava deitado em um cobertor amarelo e vestia um macacãozinho branco grande demais — as meias estavam vazias, já que os pezinhos do bebê ainda não as alcançavam. O outro estava no colo de uma mulher cuja cabeça havia sido cortada da imagem depois do queixo. O bebê estava enrolado em um cobertor de tricô azul e rosa e olhava para a câmera com uma expressão de confusão irritada específica de crianças muito pequenas. Havia alguns fios de cabelo ruivo em sua cabecinha macia.

Heather ficou imóvel. Não havia nada de especialmente sinistro naquilo, pensou. As pessoas adoravam tirar fotos de bebês. A julgar por seu Facebook, era um passatempo destinado a ser sempre popular. Mas sua mente não parava de se lembrar de Anna na sala de visitas, pondo a mão na barriga e dizendo "eles levaram meu filho". E, quanto mais ela olhava para a foto da mulher, mais estranho parecia que o fotógrafo tivesse cortado a cabeça dela — era só ter dado um passo para trás que teria incluído a mãe e o bebê tranquilamente.

E por que as fotos ainda estavam ali? E escondidas?

Ela virou as polaroides. No verso das duas, alguém desenhara um minúsculo coração com uma canetinha vermelha.

Com um passo trôpego para trás, a bota de Heather pousou em algo macio e mole. Ela ergueu o pé e fez um ruído no fundo da garganta. Era um pássaro morto, um pássaro bastante grande. Vermes se moviam rapidamente por baixo e em torno de suas penas, uma civilização minúscula se contorcendo.

É só uma coincidência, disse Heather a si mesma, enquanto enfiava as fotos no bolso. *É só uma coincidência, é só uma coincidência.*

Naquele instante, ela ouviu um barulho alto vindo do cômodo dos fundos. Alguma coisa tinha se jogado contra a porta, por isso Heather se virou e correu, pulando o pássaro morto e voando para fora da porta. Ela seguiu e atravessou a grama e o limite das árvores. Um baque forte pôde ser ouvido quando algo escancarou a porta do trailer, mas ela não olhou para trás. Em segundos, já estava em meio à floresta, respirando alto demais. E, mesmo enquanto tentava se convencer de que estava bem — *era só uma raposa, uma raposa que fez a toca ali, só isso* —, a sensação de que alguém estava correndo atrás dela era irresistível.

Desorientada por causa do solo irregular, ela tropeçou e parou apoiada no tronco de uma árvore, antes de se forçar a segurar o fôlego e ouvir.

A chuva escorria pelas árvores, criando um casulo de ruído que encobria todo o resto.

— Merda.

Heather respirou devagar. Em algum lugar na direção do trailer, ela podia ouvir alguma coisa: um craquelar de gravetos sendo quebrados sob pés, talvez. Em algum lugar perto dali, uma ave grasnou e deu um susto nela.

Talvez não fosse uma raposa. Ela olhou na direção do barulho, apesar de não conseguir ver ninguém na luz fraca. *Talvez seja um sem-teto. Alguém que estava usando o lugar para fugir da chuva.*

Ela esperou, tão tensa que suas costas começaram a doer, mas nada se materializou entre as árvores. Como se seguisse sua deixa, a chuva começou a ficar ainda mais forte e, imaginando que o ruído esconderia seus movimentos de quem quer que estivesse ouvindo, Heather começou a abrir caminho pela floresta até o chalé.

Quando voltou, Heather encontrou Nikki andando de um lado para o outro, com uma pá de lixo e uma vassoura em uma das mãos.

— Estamos aqui há menos de um dia, não tem como você já ter encontrado alguma coisa para arrumar.

Ela tirou as botas, incomodada com o tom casual demais de sua voz. Sentia-se suja por causa do trailer e de sua fuga aterrorizada, como se tivesse trazido o ar abafado e apodrecido do veículo para aquele espaço aconchegante. Queria tomar um banho.

— Ah. Bom. — Nikki parou na pequena cozinha, analisando o chão. — A gente deve ter deixado uma janela aberta ou alguma coisa assim porque um pássaro entrou. Tinha penas para todos os lados.

— Como é que é?

— Já resolvi, peguei quase todas, eu acho. — Nikki bateu a pá contra a lixeira e Heather viu uma pequena pilha de penas marrons desaparecerem no saco de lixo. — O pássaro mesmo deve ter dado a volta pelo chalé e voado para fora, o filho da mãe... Hev, você está bem? Parece que vai vomitar.

Ela se virou enquanto tirava o casaco, para que Nikki não pudesse ver seu rosto.

O que foi que me seguiu até aqui? E como foi que conseguiu?

— Você procurou em todos os quartos? O pássaro, quer dizer?

— Procurei. Não tem sinal dele. Tem certeza de que está bem?

— Tenho.

Heather se juntou à amiga na cozinha, pegou uma garrafa de vinho do balcão e se serviu de uma taça. *Não deve ser nada*, pensou, mas a sensação de enjoo só pareceu aumentar. *Se você contar, vai assustá-la à toa.*

— Ouça, estou um pouco cansada. Que tal encerrarmos o dia e descansarmos um pouco? Quero beber uma taça de vinho e tomar um banho quente ou algo assim.

Ela tirou o celular do bolso e olhou para a tela, mas ainda não havia nenhum recado de Ben. A ideia de ligar para dizer que alguém estava deixando penas no chalé fez com que se sentisse ainda pior.

— Claro. — Nikki sorriu, apesar de Heather estar vendo a pequena ruga entre suas sobrancelhas que mostrava que a amiga estava preocupada. — De qualquer jeito, está chovendo demais para a gente caminhar. Amanhã vamos continuar de onde paramos.

37

Antes

Ossos, brancos contra a terra negra.

Michael se ajoelhou, curioso, e afastou bolinhos de lama e pedaços de musgo até uma forma surgir: buracos de olhos vazios, focinho longo e dentuço. Era o crânio de uma raposa, ele tinha quase certeza, e estava ali havia algum tempo. O suficiente para perder toda a carne, para deixar toda a pele embaixo do solo do bosque e emergir naquela manhã, limpo e, de certa forma, alerta, encaixado muito bem nas mãos dele.

Havia ossos por toda a sua área do Bosque do Violinista e ele sabia a localização da maioria deles, a não ser das mulheres cujos corações ele trazia, aconchegados na lama — aquela era a regra. O crânio pareceu um tipo de mensagem, mas ele não saberia dizer qual era. Um aviso? Uma bênção? Será que a Floresta estava tentando falar diretamente com ele?

Michael havia acabado de devolvê-lo à terra escura e de virá-lo para que seus olhos observassem a copa das árvores quando um barulho estranho o fez erguer o corpo. Ele levou um tempo para identificá-lo: um bebê que ainda não chorava, mas choramingava de forma tocante, como costumam fazer os bebês quando não gostam de alguma coisa.

— Olá?

Ele se levantou, se afastou do crânio e limpou as mãos na calça. O dia estava quente e as nuvens de mosquito surgiam enormes no ar. Quanto mais se aproximava do som do bebê, mais ele ouvia outros barulhos mais tranquilizadores: lá estava Colleen, a voz mais aguda do que o normal enquanto tentava acalmar a criança, e lá estava a voz de outra pessoa, que falava com ela. Um segundo depois de reconhecer sua voz, ele a viu, andando por uma trilha antiga com uma das irmãs Bickerstaff. Colleen usava uma camisa de manga curta com pequenas rosas roxas estampadas, e o bebê estava enrolado em um cobertor amarelo. De tempos em tempos, ela o ninava, tentando fazê-lo se acalmar, mas o choramingar já se aproximava de um choro forte.

— Então está de babá hoje?

As duas mulheres olharam para ele ao ouvir sua voz. Nenhuma delas o ouvira se aproximar.

— Ah, Mike. — Colleen sorriu. Mechas louras estavam grudadas à sua testa alta e suada. — Só estou dando uma folga para a Eileen. A gente acha que os dentes do coitadinho — Ela pôs a mão rapidamente na bochecha do bebê — estão nascendo. Andar com eles às vezes os acalma.

— Um pouco de conhaque no leite funciona também — afirmou a Bickerstaff. — Era isso que nossa mãe fazia.

Colleen pareceu levemente escandalizada.

— Todo mundo está um pouco agitado na comunidade, então achei que era melhor caminhar em um lugar tranquilo. — Ela sorriu de repente. — É o segundo bebê da primavera!

Como já havia se aproximado dela, Michael olhou para o rosto do bebê. Colleen, feliz por ele estar interessado, puxou o cobertor para que ele pudesse ver melhor. O rostinho estava manchado e rosado, e ele podia ver algumas mechas de cabelo ruivo surgirem da cabecinha macia.

— Dois bebês e outro a caminho. — Ele olhou para a irmã Bickerstaff. Era a Lizbet. — Tem certeza de que aqueles anticoncepcionais estão funcionando, moça?

Lizbet fez uma careta para ele.

— Não é nossa culpa se as meninas se esquecem de tomar, né? Você devia ficar feliz por não ter que pensar nisso, Michael. Só Deus sabe onde a gente estaria se os homens tivessem que se responsabilizar pelo que têm nas calças, aqueles animais sujos.

Animal. Sujo.

Michael engoliu em seco. Algo em sua expressão deve ter mudado, porque uma expressão de puro medo passou pelo rosto de Colleen.

— Ela só está brincando, Mike, só isso.

Ele poderia. Poderia estender a mão e quebrar o pescoço de Lizbet como um graveto. Levaria apenas alguns segundos. Sua mãe, que o chamara de sujo e monstruoso, também havia morrido em segundos e depois mofado dentro da casa de gelo. Então sua carne macia se transformara em gravetos marrons. Mas Lizbet sorria para ele, com olhos cheios de informações que ela não devia ter, e o instante passou.

— Levem a menina até o riacho — respondeu ele, por fim, sem olhar para as duas. — O som da água lá deixa tudo mais tranquilo. Isso pode acalmá-la.

38

Heather tinha que admitir que era uma região muito bonita. Colinas suaves à distância, amontados de plantas, árvores escuras mantidas a certa distância por campos vazios e vivos com o movimento da grama alta. Ela imaginou que seria maravilhoso no verão — e, naquele fim de ano, com a maior parte das folhas vermelhas e douradas na altura de seus tornozelos e não nas árvores, havia uma desolação agradável na paisagem. E também havia o silêncio. Se não fosse pelo canto constante das aves, talvez ela pudesse esquecer a sensação de que estava sendo assombrada — a noção de que, em vez de escapar dos fantasmas e horrores da casa de sua mãe, havia simplesmente trazido todos consigo.

Pelo menos estou chegando perto. Era mais fácil deixar as preocupações de lado quando a verdade sobre sua mãe — e o Lobo Vermelho — parecia estar logo ali na esquina.

— Olha. O que é aquilo?

Elas haviam chegado a uma das pequenas ruas de terra e, na entrada de um entroncamento, havia, meio escondida por um arbusto, uma estranha figura de metal retorcido. Heather e Nikki se aproximaram para olhar mais de perto.

— Eu não esperava ver algo assim aqui. Tipo, é comum quase tropeçar nessas coisas pela rua Peckham, mas aqui?

A estátua tinha cerca de um metro e meio de altura e era feita de contornos graciosos de metal cor de prata e cobre. A figura estava de pé, com as mãos estendidas para a frente, e cada dedo curvo parecia uma faca derretida.

— Olha, tem uma placa. — Nikki bateu nela com a palma da mão esquerda: era uma pequena placa de metal, com letras cuidadosamente gravadas. Ela leu em voz alta. — "O Homem Metamorfo, uma obra de Harry Bozen-Smith." Aberta para encomendas. Siga as placas até meu ateliê.

Heather ajeitou as costas e olhou para o fim da rua. O caminho ali era mais estreito, com árvores nuas acumuladas em ambos os lados, mas ela já podia ver a "placa" seguinte: outra figura de metal, esta com os braços erguidos e o corpo curvado, como uma bailarina se alongando.

— Vamos lá dar uma olhada.

Elas desceram a estrada estreita e encontraram mais três figuras de metal antes de chegarem a outro entroncamento. Aquele levava a um campo com a grama cortada para criar uma trilha bem cuidada. No meio do campo, havia um trailer e um barracão. As portas do barracão estavam escancaradas e era possível ver uma mistura de máquinas e ferramentas, estátuas pela metade e o que parecia ser um carro muito antigo sendo reduzido a suas peças. O trailer também era velho, mas limpo e brilhante, com uma placa bonita na lateral: "Harry Bozen-Smith, artista".

— Olá? — gritou Heather.

Depois de um instante, um homem surgiu do barracão, usando um macacão manchado de óleo e tinta e uma camiseta preta. Ele esfregava a mão com um pano e, quando foi iluminado pela luz do dia, Heather olhou rapidamente para Nikki e viu suas sobrancelhas erguidas.

Harry Bozen-Smith era atraente de um jeito até meio incompreensível. Tinha cabelos escuros bagunçados, uma barba bem-aparada e grandes olhos castanhos, emoldurados por um par de sobrancelhas grossas e expressivas. Seus braços, ao jogar o pano em um balde, eram musculosos, mas não de forma excessiva. Ao ver as duas, ele sorriu — um tipo de sorriso sonhador de príncipe da Disney.

— Puta merda — murmurou Nikki.

— Estamos em um anúncio de calças jeans? — sussurrou Heather em resposta.

— Olá! — Ele deu alguns passos para se aproximar delas. Usava um par gasto de botas e tinha uma tatuagem que circundava o alto do bíceps, quase escondida sob a camiseta. — Posso ajudar? Vieram comprar alguma coisa? Iam deixar meu dia mais feliz.

— Vimos sua estátua na esquina — explicou Heather. — Harry, né?

O homem assentiu.

— Não vejo muita gente por aqui nesta época do ano.

— Você trabalha aqui sozinho?

Harry Bozen-Smith deu de ombros.

— Na verdade, eu moro aqui, no momento. Querem ver o meu trabalho?

Nikki fez que sim com a cabeça e o seguiu, enquanto Heather lutava contra certo desânimo — tinha ido a muitas exposições de fim de ano em escolas universitárias de artes plásticas para temer aquele tipo de coisa —, mas, quando ele levou as duas até os fundos do trailer, ela teve uma surpresa agradável. Havia uma pequena tenda presa ao trailer e, sob ela, uma série de formas e figuras, todas montadas a partir de ferro-velho ou peças de metal não identificáveis. Ela viu uma lebre de cobre, com o olho feito de uma lanterna de bicicleta brilhante, e uma família de morcegos, com a formação mantida por pedaços de arame. Mas a obra mais impressionante era um grande lobo rosnando, feito de metal prata e preto. Heather se abaixou para olhar de mais perto e viu o próprio reflexo na lateral brilhante do corpo do animal. *Sei o que você é, e acho que você também sabe.* Ela desviou o olhar no mesmo instante.

Nikki se ajoelhou para examinar um corvo mais de perto: o metal escuro havia sido tratado com óleo, o que fez as penas do bicho brilharem como um arco-íris, mesmo à sombra.

— Que incrível — disse ela. — Você se inspira na paisagem?

Com as mãos nos bolsos, Harry sorriu.

— É. Este lugar… — Ele desviou o olhar e o voltou para o campo. — Este lugar é cheio de coisas estranhas.

— Estamos tentando descobrir mais sobre ele, na verdade — respondeu Heather. — Você sabe alguma coisa sobre a história do Moinho do Violinista? — Ela pôs uma mecha de cabelo solta atrás da orelha. O vento ficou mais forte e a lona pegou o som oco das primeiras gotas de chuva. — Conhecemos um cara ontem que disse que tem um campo assombrado em algum lugar por aqui.

— Tem sim, é verdade. Já fui lá. Não vi fantasma nenhum… — Heather olhou para ele, mas não conseguiu saber se estava brincando. — Mas tem umas energias fortes. Muito fortes.

— E havia uma comunidade hippie na mansão do Moinho do Violinista. Já ouviu falar sobre isso?

Harry endireitou as costas. Pela primeira vez, Heather pensou em se perguntar por que ele estava sem jaqueta — o dia não estava nada quente.

— Olha, é um assunto infame por aqui. — Ele sorriu. — Cresci no vilarejo do fim da estrada e minha mãe falava sobre isso com os vizinhos quando eu era pequeno. Foi um escândalo grande o bastante para que continuassem falando durante décadas.

Nikki sorriu também.

— Escândalo? Me conte.

— Ah, você sabe. — Harry deu de ombros. — Nada especificamente escandaloso para quem mora em Londres, eu imagino, mas aqui? Drogas, bebidas e mulheres mais soltinhas. Sempre preferi as histórias da minha avó sobre o Moinho do Violinista. Ela falava mais sobre fantasmas e tal, fadas e bruxas, sabe como é. Eu sempre…

As palavras dele se perderam em uma rajada de vento, e as duas entraram ainda mais embaixo da lona.

— Que nada — Heather assentiu, incentivando-o. — Sério, me interesso muito sobre folclore local.

Harry ficou levemente envergonhado e esfregou a nuca com uma das mãos.

— É... bom. Ela disse que havia uma mulher que assombrava a floresta aqui, uma mulher que usava um casaco vermelho. Ela jurava pela vida dela. Já sabe por que o lugar se chama Moinho do Violinista, não sabe?

— Não.

Heather passou os braços em torno do próprio corpo e olhou para a grama. A floresta escura continuava ali, esperando por elas.

— Bom — disse Harry —, houve um moinho aqui, muito tempo atrás, mas foi ele que ganhou o nome do bosque. E dizem que o bosque pertencia a um violinista, um homem que chegou ao vilarejo com um violino mágico. Quando o tocava, as crianças ficavam tão encantadas com a música, tão absortas, que faziam tudo que ele queria. Ele as levava embora para sua casa escondida na floresta e elas nunca mais voltavam.

— O quê? — Heather ignorou o olhar de surpresa que Nikki lançou para ela. — Do que você está falando?

— Do bosque — disse Harry, baixinho. — Os moradores do vilarejo ficaram irritados e, quando ele voltou para pegar mais crianças, o seguiram até as árvores, mas não o encontraram. Ele nunca voltou, assim como nenhuma das crianças. — Ele deu de ombros. — É uma história meio assustadora, mas a gente adora essas coisas quando é criança, né? Eu sempre pedia para a minha avó contar essa.

— É fascinante — disse Nikki, séria. — É parecida com a lenda do Flautista de Hamelin, mas com uma variação local. Harry, eu trabalho em uma faculdade, no curso de Letras. Acho que meus alunos iam adorar usar uma história de folclore antiga como esta. Eu adoraria escrever sobre essa história, se você não se importar.

— Ah, claro, fique à vontade. — Ele parecia perplexo. — Aqui, pegue, leve o meu cartão. — Ele pescou um cartão de visita um pouco amassado do bolso e o entregou a Nikki. — Me ligue. Você sabe. Se quiser ouvir mais histórias antigas. — Ele sorriu. — Ou quiser comprar um corvo gigante.

Enquanto se afastavam, voltando para as ruas sinuosas, Heather deu uma cotovelada nas costelas da amiga.

— Que ligeira... — disse. — Você nunca perde tempo, Nikki Appiah.

— Ah, dá um tempo.

Mas Nikki riu ao exclamar aquilo e seus olhos brilhavam. Por um instante, Heather sentiu uma onda genuína de alegria — era bom brincar com a amiga, como fazia quando eram crianças no pátio da escola. No entanto, quando a chuva apertou, o bater das gotas nos guarda-chuvas a fez lembrar do trailer abandonado e dos rostinhos perdidos das crianças nas fotos e toda a sensação de felicidade e segurança pareceu escorrer para o solo.

Elas passaram o resto da tarde vagando pelos campos, tirando fotos aqui e ali e sentadas em muros baixos de pedra. Heather pegava a pasta com as pinturas de Pamela Whittaker de vez em quando e tentava combinar as imagens com a paisagem que as cercava, mas nunca ficava convencida de que estava certa. Aos poucos, foi percebendo que estava tentando identificar um lugar exato, como se pudesse capturá-lo no Google Street View, prendê-lo como uma borboleta em um quadro para ser bem examinado, mas o Moinho do Violinista e seus arredores mudavam o tempo todo, estavam em um estado constante de fluxo, erodido por estações, animais e tempo. Era um lugar incognoscível — a não ser, talvez, se a pessoa estivesse preparada para viver ao ar livre por um tempo, como a comunidade havia feito. Ela tentara imaginar a mãe ali, morando com um bando de cabeludos que fugiam de banhos, mas era difícil. Na verdade, ela percebeu que era difícil até imaginar sua mãe feliz.

Nikki não reclamava de nada e seguia Heather até onde quer que os impulsos vagos da amiga as levassem, mas ela notou que Nikki passava muito tempo olhando para o celular e, sempre que havia um pontinho de sinal, seus dedos voavam pela tela. Cedendo a seus instintos mais curiosos, Heather olhou por cima do ombro da amiga em dado momento e viu parte suficiente da tela para entender que ela estava envolvida em uma conversa animada com Harry, o artista.

Sorrindo, Heather desviou o olhar. Aquilo a fez pensar em Ben Parker e seus cabelos louros bagunçados — mas, claro, havia muito pouca chance de ele responder às suas mensagens, o que nem de longe a surpreenderia.

Quando a luz começou a sumir do céu, as duas aceitaram a derrota e voltaram para o chalé com pés doloridos e estômagos vazios. Depois de entrarem, Nikki começou a preparar um chilli, dispondo os ingredientes com cuidado no balcão, antes de dourar um pouco de carne moída em uma frigideira.

— E aí? — Heather se apoiou no balcão da pia, tentando não olhar para a escuridão que cercava o chalé. — Harry, o artista. Como está a situação?

Nikki continuou cortando cebolas.

— O que você quer dizer com "como está a situação"?

Heather bufou.

— Faça-me um favor, né, Nikki. Sou uma jornalista investigativa, lembra?

— Essa é a desculpa que vai usar? — Nikki lançou um olhar pesaroso para ela, antes de jogar as cebolas na frigideira com a ponta da faca. — Não sei. Estou pensando em pedir para ele fazer uma obra para mim.

— Ah, *essa* é a sua desculpa?

Nikki jogou o pano de prato nela.

— Vamos ficar aqui só por alguns dias, não é? Mas… — Ela deu de ombros e Heather percebeu que havia vencido. — A gente combinou de sair para beber amanhã. Tem um lugar que ele conhece perto daqui com uma torta de peixe boa. — Quando olhou nos olhos de Heather, ela pareceu envergonhada. — Mas claro. Não vou se você quiser que eu fique.

Heather revirou os olhos.

— Quem sou eu para atrapalhar o amor verdadeiro? E aqueles músculos. — Quando Nikki abriu a boca para protestar, Heather balançou a cabeça. — Não, é sério, vai. Fico feliz em saber que você vai se divertir de verdade nessa nossa aventura, e não ficar só andando na lama comigo o dia todo.

— É só por uma noite e… — Nikki suspirou. — Mas estou preocupada com você, Hev. Você acha mesmo que devia ficar sozinha? Depois de tudo o que aconteceu?

— Ai, meu Deus, não começa. Estou bem. — Ela pensou na ave morta na cômoda da mãe, nas pétalas subindo a escada como gotas de sangue. Forçou-se a abrir um sorriso. — É sério. Está me fazendo bem ficar longe de lá. Talvez minha mãe estivesse certa sobre este lugar. É muito tranquilo.

— Se você tem certeza… — Nikki foi até a despensa e pegou uma lata de tomates picados. — A gente tem outra garrafa de vinho tinto? Fica melhor com chilli do que o branco.

— Acho que ainda tenho uma na mala.

As sombras no quarto dela já estavam iguais à escuridão profunda da noite. Heather ligou a luz e começou a vasculhar a mala, tentando achar a garrafa de vinho escondida entre as meias e camisetas sujas. Seus dedos haviam circundado o gargalo quando ela viu uma forma escura apoiada com cuidado no meio de seu travesseiro. Com o coração já batendo apressado no peito, ela largou o vinho e se levantou.

Apesar de não ser do tamanho nem do formato certo, por um instante horrível, ela teve certeza de que era uma ave morta, mesmo enquanto seus olhos confirmavam a verdade: era uma velha foto Polaroid, muito parecida com as duas que tinha encontrado no trailer abandonado. A foto mostrava uma imagem típica de dois namorados — um homem e uma mulher sentados em uma praia, o mar formava uma faixa azul lisa atrás deles e o braço do homem envolvia os ombros estreitos da mulher de forma possessiva. Os dois usavam casaco e gorro e tinham as bochechas rosadas de frio. O rosto da mulher estava timidamente voltado para o lado e um pouco aconchegado no peito largo do homem e sua mão esquerda estava aconchegada entre os joelhos dele. Ela sorria e seus olhos brilhavam. Parecia muito jovem. Não havia dúvida de que aqueles dois eram um casal, e a imagem era encantadora em sua simplicidade: um casal em uma praia, se divertindo, muito apaixonado.

Só que o homem era um famoso serial killer e a mulher, sua mãe.

Heather tirou a foto do travesseiro. Sua respiração soava alta demais, assobiando como uma chaleira no fogo. Ela sacudiu a foto e pressionou os dedos na superfície brilhante, em uma tentativa estranha e levemente desesperada de provar que era falsa — algo elaborado no Photoshop e impresso em papel chique. Mas ela já havia lidado com fotos suficientes nos arquivos do jornal para saber o que era. Era real. Uma foto verdadeira de Michael Reave e Colleen Evans, aconchegados um nos braços do outro. A mãe até estava usando o mesmo casaco grosso que usara na foto de Pamela.

Ela virou a fotografia. No verso, havia duas frases rabiscadas, cada uma escrita com uma letra e uma cor de caneta diferente. A primeira, escrita com uma esferográfica preta, dizia:

Ar fresco!! 27 de março de 1983

A segunda, em caneta vermelha e com uma letra conhecida e quadrada, afirmava:

Sei o que você é, e acho que você também sabe.

Por longos minutos elásticos, Heather não conseguiu fazer nada. Ficou parada com a Polaroid presa entre os dedos. Não conseguia parar de olhar para a data.

Vinte e sete de março de 1983. Heather havia nascido em outubro daquele ano.

Não.

Se a data estivesse correta, então sua mãe já estaria grávida naquela foto, com seis ou sete semanas de gestação.

Não.

Com certa relutância, ela voltou a virar a foto e a olhar para a mãe, com aquele ar de menina que nunca vira antes. Não havia como saber, por causa do casaco pesado que cobria sua barriga, só que a gravidez de algumas mulheres só aparecia de verdade bem mais tarde, especialmente na primeira gestação. E seus pais não haviam se casado quando ela tinha um ou dois anos? Por que ela nunca questionara isso? Eles sempre haviam dito que se conheciam desde a escola e que tinham começado a namorar quando Colleen tinha dezenove anos, mas devia ser mentira.

Uma imagem do pai flutuou por sua mente — o rosto redondo, que ruborescia com facilidade, o cabelo louro-acastanhado que se tornava ruivo perto das orelhas ou quando ele deixava a barba crescer.

Não pareço nada com ele. Nunca pareci.

— Não.

Ela não percebeu que havia falado em voz alta até ouvir Nikki chamá-la da sala de estar.

— Hev? Você vai trazer a garrafa ou não?

Com certa relutância, seus olhos foram atraídos de volta para a foto de Michael Reave. Ele era jovem ali, até bonito, com o rosto ainda livre das rugas que seriam desenhadas pelo tempo na cadeia. Ela não pôde deixar de notar o cabelo preto dele, o formato específico das maças de seu rosto, a posição do nariz.

— Hev?

A voz de Nikki soou mais próxima, como se ela estivesse parada no pequeno corredor que levava ao quarto.

— Estou indo, desculpa, me distraí!

Heather olhou em volta, mas nenhuma outra coisa parecia ter sido tirada do lugar. A janela estava fechada e trancada, como havia deixado, e a mesinha de cabeceira, coberta com o lixo que costumava tirar dos bolsos toda noite: notinhas, trocados e embalagens de doces. Tudo estava normal, a não ser...

Ela sentiu uma mão fria passando pelas costas e se virou de volta para a cama. Estava arrumada, as cobertas haviam sido puxadas até o travesseiro, que também estava no lugar certo e tinha sido afofado. Heather só arrumava a cama pouco antes de se deitar e normalmente só prendia o lençol de baixo outra vez ou pegava um travesseiro caído. Quem quer que tivesse deixado a foto também fizera sua cama.

Por um segundo horrível e sufocante, ela achou que fosse rir. Então ouviu os passos de Nikki voltando para a cozinha e sentiu a vontade passar. Em vez disso, pôs a foto no bolso, pegou a garrafa de vinho e bateu a porta ao sair.

39

Antes

Ele se lembrava de onde cada uma delas estava com tanta clareza que costumava sentir que quase podia vê-las. Mulheres sentadas na beira do riacho com os pés na água, ou no alto das árvores, com as almas presas nas raízes, se espalhando pelas folhas. Quase podia ouvi-las suspirar enquanto caminhava pelo bosque e o bater suave de seus corações estava sempre presente. Seus corpos estavam longe, arrumados com precisão e cuidado em lugares distantes e repletos de verde, mas, na verdade, estavam ali, com ele, no Bosque do Violinista. Todos de casacos vermelhos.

Chovia no dia em que ele perdeu Colleen e, muito embora ainda não tivesse passado das seis da tarde, a floresta já corria apressada para a escuridão. Michael atravessava as sombras, contente, ouvindo os túmulos e o gotejar da chuva nas folhas e na lama, quando escutou um grito cortante e repentino. Ele parou, imóvel, e os pelos de seus braços se arrepiaram. Gritos não lhe causavam medo — como poderiam? — e ele já estava acostumado com o barulho gerado na comunidade, mas aquele ruído não se encaixava, era um ruído que não devia estar ali. Alguns segundos passaram e ele ouviu outro grito, de certa forma ainda mais desesperado, mas abruptamente interrompido.

Ele saiu do bosque, para longe da proteção das árvores, adentrou na chuva, e correu até a mansão. No caminho até lá, viu duas figuras descendo a colina às pressas e seguiu na direção delas. Eram as irmãs Bickerstaff, vestidas de maneira estranhamente similar ao dia em que ele as conhecera, com as cabeças encostadas e a lateral do corpo grudada enquanto andavam, apesar de uma delas estar segurando um xale sobre a cabeça das duas e a outra, um pequeno embrulhinho contra o peito. Quando o viram, ela pressionou a pequena forma ainda mais contra o corpo para que ele não a visse. Uma delas — Lizbet, pensou ele — olhou para ele com seu olhar cinzento e frio, mas não falou nada. A chuva apertou e Michael percebeu que a trilha sob seus pés estava rosada, colorida por um sangue aguado, um sangue que estava sendo lavado delas.

— O que está acontecendo?

Elas se aproximaram ainda mais. Atrás delas, os campos e cercas pareciam embaçados e indistintos já que a chuva impedia que seus contornos fossem vistos.

— Ele queria ver — afirmou Beryl, como se aquilo explicasse alguma coisa. — Quando viesse ao mundo.

— Ver o quê?

Michael deu um passo para a frente para ver a coisa que elas carregavam, mas as duas irmãs se olharam com nojo, como se ele fosse uma criança suja a seus pés.

— Você logo vai vê-lo de novo — respondeu Lizbet.

— Quem estava gritando?

— A Anna não está muito bem. Suba e dê uma olhada, se está tão preocupado.

— Cadê a Colleen?

As duas mulheres abriram sorrisos gelados e idênticos.

— Ela é das boas, não é? Boa demais para alguém como você.

— Não entendi.

— Não achou que ia poder ficar com ela, achou, Michael? — Apesar do xale, o rosto de Beryl estava molhado, com um brilho pouco saudável. — Você é mesmo um idiota.

Com isso, elas se afastaram, desceram a colina e voltaram à comuna, deixando um rastro de sangue aquoso para trás. Michael ergueu os olhos para o casarão. Havia luminárias acesas às janelas da sala, lançando quadrados de luz amarela forte na entrada de cascalho. A mansão sempre havia parecido um refúgio, um lugar onde ele podia existir de maneira completa. Ele dormira com as luzes acesas a noite toda, jantara em meio a um silêncio que não era desafiado, lavara sangue de suas mãos e roupas muitas vezes. No entanto, naquela noite, ela não parecia um lugar seguro. Naquela noite, ele olhou para a mansão e viu o que Colleen via: um lugar vazio que abrigava um monstro, talvez vários monstros. De repente, percebeu que, se voltasse para lá, se abrisse a porta naquele instante, sua irmã estaria esperando por ele com seu sorriso gentil e seu casaco vermelho. Ela não estava morta — nenhum dos corações enterrados na floresta pertencia a ela, não de verdade, e ela ainda podia pegá-lo, se o quisesse.

Ele se virou e desceu a colina correndo. As irmãs Bickerstaff já haviam sumido, desaparecido entre o monte de barracas, carros e vans salpicados pela comunidade, mas ele não estava procurando por elas. Havia algumas pessoas espalhadas por ali, apesar da chuva. Michael viu rostos pálidos e desconfiados, alguns relaxados pelas drogas e pela bebida, outros impressionantemente atentos, com olhos sempre se voltando para a mansão, de onde os gritos tinham vindo. Por uma ou duas vezes, pensou ter visto o grande cachorro preto correndo ao seu lado, uma forma surgindo nos espaços entre os trailers.

Colleen mantinha o trailer no limite da comunidade, mas ele já sabia o que ia encontrar antes de chegar lá. Michael parou, escorregando, e sentiu o gosto de algo estragado no fundo da garganta. A paisagem gritante, avermelhada, tremia e chamava, tornando os campos e a floresta fluidos e oníricos.

O trailer havia sumido, assim como a pequena barraca exterior, onde ela gostava de dormir às vezes. No lugar dele, havia uma área de grama amarelada e morta e algumas bitucas de cigarro úmidas espalhadas.

Colleen tinha ido embora.

40

Naquela noite, Heather não foi para a cama. Quando seguiram para seus respectivos quartos, ela esperou mais ou menos meia hora, até Nikki adormecer, depois desceu o corredor em silêncio e foi para a sala de estar, onde ficou sentada com o celular no colo e as pernas dobradas embaixo do corpo pelo resto da noite. Ficou ouvindo e olhando o número de Ben Parker na pequena tela eletrônica. O telefone estava sem sinal, mas ela podia usar o aparelho fixo do chalé para ligar para ele. Seria fácil assim. Apesar de ser tarde, ela tinha quase certeza de que ele atenderia.

No entanto, em vez disso, ela ficou acordada, com um pequeno abajur aceso ao seu lado, e uma faca de cozinha ao alcance da mão no sofá. Ela ficou ouvindo e observando; seu corpo vibrava, tenso, como energia passando por um fio. Alguém ali sabia quem ela era. Alguém ali estava brincando com ela. Por quê? O que eles queriam?

Será que o novo Lobo Vermelho a estava vigiando?

Quando Nikki acordou na manhã seguinte, Heather havia feito uma jarra de café e guardado a faca. À luz do dia, a paisagem verdejante ao redor delas parecia menos ameaçadora e todos os horrores da noite anterior — *quem é meu pai, afinal de contas* — soavam ridículos.

— Que cedo que você acordou. — Nikki bocejou, abrindo bem a boca, antes de pegar a xícara de café com ambas as mãos. — Ansiosa para sair?

Heather sorriu, mas sentiu que parecia um gesto doentio e falso.

— Não exatamente. Estou morrendo de dor de cabeça.

Nikki se sentou em um dos banquinhos da cozinha e fez uma expressão de desgosto com a boca.

— Enxaqueca?

Heather assentiu e tomou um gole de café, ignorando a sensação escorregadia de culpa no peito.

— Mas que inferno... Quer ir ao médico ou alguma coisa assim?

— Não, mas acho que vou ficar descansando hoje. Por que você não adianta o encontro com o Harry? Passe o dia com ele.

— Mas...

— Não se preocupa comigo, sério. Não é muito legal te arrastar até aqui e depois te condenar a um dia de tédio porque estou com enxaqueca, né? Sente o clima. Vê o que ele diz.

— Se você tiver certeza...

Quando Nikki desapareceu de carro, Heather se vestiu e ficou parada por um instante com a Polaroid nas mãos. Alguém estava de sacanagem com ela. Alguém que a havia seguido desde Londres, que sabia mais sobre a história de sua mãe do que ela. Apesar de tudo, achava difícil acreditar que a pessoa responsável pela foto fosse o novo Lobo Vermelho — ele estava ocupado demais despedaçando mulheres em Lancashire para deixar bilhetes na casa da mãe dela nos arredores de Londres —, mas ela tinha consciência de que, por mais racional que essa conclusão fosse, ainda assim era perigosa. Seu vínculo mais concreto com aquela pessoa, fosse ela quem fosse, era a foto que havia sido deixada em seu travesseiro. Estava na hora de ver o que ela podia descobrir sobre aquilo.

Estava frio e nublado quando ela saiu, e o vento tirava seu fôlego. Era um saco que Nikki tivesse saído de carro, já que significava que teria que andar o dia todo, mas, depois de começar a caminhar pelos campos, ela ficou quase feliz — o frio e o frescor do ar afastaram os efeitos da noite em claro e ela se sentiu mais forte, mais concentrada.

E talvez fosse mais do que apenas uma sensação. No meio da colina que levava à forma imponente da mansão do Moinho do Violinista, ela percebeu que havia visto a construção estranha no fundo de uma foto, em uma mesa de centro. O velho chamado Bert dissera que era a Torre do Violinista, uma construção que tinha pertencido à família que havia morado na velha mansão — e, como todas as torres daquele tipo, não tinha utilidade nem propósito óbvio. Isso significava que aquela foto havia sido tirada ali, no litoral.

Ela parou onde estava, ignorando as rajadas geladas de vento, e, com dificuldade, tirou o mapa do bolso do casaco. Ele claramente havia sido produzido para turistas e incluía as atrações naturais próximas e as áreas de mata virgem, mas não continha a praia, que apenas aparecia no limite do mapa. Heather estreitou os olhos e procurou algo que parecesse uma torre, mas não conseguiu encontrar. Ou ela havia ganhado outro nome, ou fora deixada de fora. Franzindo um pouco a testa, ela dobrou o mapa e continuou subindo a colina. Precisava de uma conexão de internet confiável.

— Ah. Posso ajudar?

A mulher alaranjada de cabelo amarelo pareceu sofrer ao vê-la. Heather bateu os pés para secá-los no mármore limpo do saguão e abriu seu sorriso mais bonito.

— Oi, pode. Será que eu poderia usar seu Wi-Fi?

A mulher franziu a testa de maneira teatral e pareceu consultar uma folha de papel em sua mesa.

— Está hospedada aqui?

— Você sabe que não. — Heather se apoiou na mesa, depois pensou melhor. — Desculpa, não quero ser um pé no saco. Não tem um café ou algo assim? Posso comprar um café, um sanduíche o que você quiser. O lugar em que estamos hospedadas fica em um tipo de buraco negro tecnológico e preciso muito mandar uma coisa para o trabalho. Prazos, sabe como é.

A mulher cerrou os olhos.

— Como posso ter certeza de que você não vai começar, sei lá, a falar com os outros hóspedes sobre assassinatos, drogas e tal?

Heather ergueu as mãos.

— Não pretendo fazer nada disso, prometo. Você já me ajudou bastante. Vou até te mencionar na minha avaliação do Tripadvisor. — Ela olhou para o crachá na camisa da mulher. — Melanie.

— Está bem. — Melanie se virou para a tela do computador. — O café fica à direita. A senha do Wi-Fi vem no recibo quando você compra alguma coisa. Então, vai *mesmo* ter que comprar alguma coisa.

Em minutos, Heather estava com uma xícara de café, um prato de torrada com abacate e o laptop apoiado em uma pequena mesa com o navegador aberto. Ela logo encontrou a Torre do Violinista no Google Maps, apesar de seu nome ter mudado para Vista da Garça e pertencer à mesma ONG ecológica proprietária de parte do spa. Aquilo era interessante, mas, pelo que Heather podia ver, a construção continuava vazia. Ela não conseguiu encontrar nenhuma informação que dissesse se a torre estava sendo usada como hotel, depósito ou algum tipo de sede para a ONG. Vasculhando um pouco mais, ela encontrou várias referências aos "boatos" que o velho Bert havia mencionado, apesar de todos serem irritantemente vagos. A família que a construíra havia perdido a força e morrido, mas ela teve a impressão de que nenhum dos moradores da região se lembrava deles com carinho.

Por fim, ela desistiu da Torre do Violinista — agora pelo menos sabia onde a foto da mãe e de Michael Reave havia sido tirada — e começou a procurar sites sobre Polaroids. Através deles, descobriu que era possível descobrir a data em que o filme havia sido fabricado, e talvez até mesmo a data em que a foto fora tirada. Uma série comprida de números no verso da foto, muito apagados e quase impossíveis de ler, revelaram que o filme tinha sido fabricado em abril de 1982, o que batia com a data rabiscada em tinta preta. De acordo com o site, na época, filmes instantâneos eram muito caros e várias famílias que tinham Polaroids os guardavam para ocasiões importantes. Ela imaginou alguém — talvez Michael Reave — comprando o filme e até sorrindo ao pensar nos momentos "especiais" que capturaria com ele.

Heather olhou para a foto, pousada ao lado dela na mesa. Devia haver milhares de imagens iguais àquela, pensou: fotografias de casais em praias, abraçados. Muito poucas, suspeitava ela, tinham uma história tão sombria.

Ela tirou da bolsa as fotos dos bebês que achara no trailer e as manteve voltadas para baixo em seu colo por algum motivo que não conseguia explicar direito. Não demorou muito para descobrir que, sim, aquelas fotos provavelmente tinham sido tiradas com o mesmo rolo de filme que produzira a foto de Reave e de sua mãe — o rolo fora produzido no mesmo dia do mesmo ano, de acordo com os códigos no verso das fotos. Ele até dizia em que turno de trabalho o filme fora feito.

Pensando em fotografias, ela se lembrou da que tinha dado a Ben Parker, da festa e da menina ruiva que cresceria para se tornar professora de Educação Física. Parker dissera que Fiona estava lá para receber um certificado por alguma iniciativa ecológica — por isso, do nada, ela digitou Prêmio Jovens Amantes da Natureza na busca. A iniciativa tinha acabado vinte anos antes, mas ainda havia vestígios na internet: alguém criara uma página básica na Wikipédia sobre o prêmio, descrevendo o tipo de atividade que as crianças tinham que fazer para receber o certificado — coisas como caminhadas, secagem de flores e fabricação de bonecas com espigas de milho. A iniciativa tinha sido patrocinada pela Oak Leaf, a mesma ONG que fora responsável pelo spa em que estava.

— Mais uma porra de uma coincidência.

Só que não podia ser. Heather se recostou na cadeira e ignorou a comida. O que aquilo significava? Será que significava alguma coisa? De forma inevitável, seus olhos se voltaram para a foto da mãe na praia. Será que ela podia ter estado *com* Michael Reave enquanto namorava o pai de Heather? Isso podia significar que o homem que a havia criado era *mesmo* seu pai, mas ela não se lembrava de o pai ter mencionado uma comunidade ao norte e pensar que sua mãe havia feito dois homens disputarem suas afeições parecia estranho... Por outro lado, várias das coisas que ela havia pensado que sabia sobre Colleen Evans eram mentira.

A outra opção era horrível demais para contemplar.

— Está fazendo mais pesquisas sobre a região, Heather?

Ela levou um susto. Bert tinha aparecido ao seu lado. Fora de casa e sob as luzes fortes do café do spa, ele parecia ainda mais enrugado e olhava para ela com a cabeça inclinada, assim como quando os dois tinham se conhecido.

— Ah, oi, Bert. Só estou, bom, trabalhando um pouco enquanto estou aqui.

Ele ergueu uma das sobrancelhas ao ouvir aquilo e, quando Heather tentou esconder a Polaroid no bolso, ele viu a foto.

— Isso é da praia? Posso dar uma olhada?

Heather ficou imóvel. Naquele longo instante desconfortável, ela não conseguiu pensar em nenhum bom motivo para não entregar a Polaroid, por isso a passou para o velho enquanto sentia o rosto ruborescer. Estava certa de que ele reconheceria Michael Reave. Afinal, ele tinha uma das fotos mais famosas da história criminal britânica e era claramente a mesma pessoa, até mesmo com a mecha de cabelos brancos na têmpora. Então, Bert perguntaria o que ela estava fazendo com aquela foto... Mas, em vez disso, ele apenas encarou a imagem, com o rosto imóvel. Por fim, assentiu.

— Sim. Que interessante. A torre estava meio capenga naquela época — afirmou. — Ela passou por uma reforma extensa em dado momento e fico feliz em dizer que agora está bem mais bonita.

— Você sabe quando foi isso, seu Bert? A reforma.

— Ah, em meados dos anos 1980, eu acho. É, isso mesmo. — Ele sorriu, esticando os lábios secos sobre os dentes grandes. — Tornaram o lugar habitável de novo. — Ele pareceu querer olhar o verso da foto, mas, em vez disso, a devolveu educadamente. — Está percebendo que sua história tem a ver com a região, é?

Heather voltou os olhos para ele, atenta.

— Por que está dizendo isso?

Ele deu de ombros, em um movimento unilateral das costas tortas.

— Você disse que a amiga da sua mãe morou aqui por um tempo. Não é ela? Na foto.

— Ah. Ah, é, isso mesmo. A Pamela. — Ela sorriu. — Para ser sincera, Bert, eu só gosto de ver fotos antigas.

Ele inclinou a cabeça para o lado, em um movimento que não parecia muito que estava assentindo.

— Bom. Vou deixar você continuar o que estava fazendo então, moça.

Quando ele já havia se afastado um pouco, Heather se virou para observá-lo. Não parecia ser um cliente típico de spas e ela não conseguia entender por que ele havia se arrastado colina acima em um dia chuvoso, mas, ao se aproximar do saguão, ela viu a loura sair de trás do balcão para cumprimentá-lo e os dois conversarem por alguns minutos. Talvez, pensou ela, a recepcionista fosse parente dele — uma neta ou sobrinha.

Ela ficou no café por mais algumas horas, vasculhando ainda mais fóruns sobre a contracultura, o uso de drogas e a história do Moinho do Violinista, mas não achou nada que indicasse quem podia estar brincando com ela. Por fim, guardou suas coisas e foi embora, saindo para um dia que havia ficado um pouco mais claro. As nuvens cinzentas acima estavam se dissipando, deixando à mostra áreas provocadoras de um céu azul suave e onírico, e ela atravessou o gramado sem saber direito para onde ir. Pelo menos Nikki estava longe do chalé, segura com Harry. Eles deviam estar tomando chope em algum pub aconchegante, falando sobre antigas histórias de fantasmas e comendo uma tábua de frios. A ideia era reconfortante e Heather se agarrou a ela. Era melhor pensar naquela situação do que se preocupar com o que ia encontrar quando voltasse: outro recado, uma ave morta. Algo pior.

Estava tão perdida em pensamentos que, quando o celular tocou, ela levou alguns segundos para reconhecer o som. Heather pegou o telefone, imaginando que fosse Nikki ou até mesmo Ben, mas percebeu que era um número confidencial. Ela atendeu a ligação e uma voz automática explicou que ela estava recebendo um telefonema da prisão de Berlmarsh e que devia se manter na linha caso quisesse aceitá-lo.

De repente, ela voltou a se sentir exposta. Olhou em volta, mas não viu ninguém. O Bosque do Violinista começava à direita dela e a mansão era uma forma pequena lá atrás. Sem saber o que fazer, ela esperou a ligação conectar.

— Alô?

Ela reconheceu a voz na hora. Uma onda de emoções contraditórias a fez olhar para os próprios pés. Ele parecia preocupado. Será que assassinos em série ficavam preocupados? Parecia uma reação humana demais.

— Seu Reave? Por que está me ligando? — Ela parou e balançou a cabeça. — Como conseguiu meu número? Duvido muito que a polícia tenha dado.

— Escuta.

Mas ele não continuou e ela ficou ouvindo sua respiração, lenta e comedida.

— O que foi? — De repente, Heather ficou furiosa, indignada por ele estar ligando no meio do dia e fazendo seu estômago revirar com um medo inegável. Ela queria bater em alguma coisa. Em alguém. — O que você quer, caralho?

— Onde você está? — Ela ouviu um barulho e o imaginou passar o telefone para a outra orelha. — Você não está em Londres?

— Não é da sua conta.

— Eu queria que você não tivesse feito isso. Meu Deus, como eu queria.

Um pouco de sua raiva então se esvaiu. Ele parecia mais do que preocupado, parecia assustado. E o que poderia assustar um assassino? A força do vento aumentou e a lembrou de que estava sozinha. *Posso só chegar e perguntar*, pensou ela. *Então você conhecia bem minha mãe? Por que estava tão ansioso para falar comigo? E sou filha de um serial killer?* Mas ela tinha a sensação horrível de já saber as respostas — e ouvir aquilo dele tornaria tudo verdade.

— Michael, se você sabe de alguma coisa...

— Eu sabia que eles não iam deixar isso de lado. Sabia que era um erro afastá-los assim. Eles são iguais a ela, veem tudo.

— Iguais a quem? — A voz dele começou a falhar, a ser intercalada por fragmentos eletrônicos por causa do sinal fraco. — Iguais a *quem*? De quem você está falando?

Ela olhou para o telefone. Os símbolos mostravam que a força do sinal havia caído para apenas uma barrinha. Era um milagre ele ter conseguido ligar.

— Eles querem me machucar, como ela fazia. Você tem que sair daí, está me ouvindo? Volte para... — Uma explosão estrangulada de estalos e estática surgiu na linha — ... de volta ao solo, é a colheita...

— Michael?

Ela ouviu mais algumas palavras soltas em meio à névoa eletrônica — talvez "vermelho" e "castigo" — e então a ligação caiu.

41

Estava ficando escuro e ninguém sabia onde Heather estava.
Era uma sensação estranha e mais reconfortante do que ela teria imaginado. Ela estava andando na direção de uma faixa de floresta antiga que devia correr pelos fundos do chalé — um atalho entre as árvores que lhe dava uma chance de pensar sobre as coisas. Os aromas da terra, ricos e espessos, tomaram suas narinas e ela respirou fundo, como se pudesse se livrar de tudo ao fazê-lo. Na floresta, saber quem seu pai era ou o que sua mãe havia feito ou deixado de fazer importava muito pouco.

O craquelar das plantas sob seus pés, o farfalhar do movimento de pequenas coisas, o murmúrio do vento. A cada passo, ela se sentia melhor.

Ela continuou andando, ouvindo o ruído nítido de seus passos, provando o sabor do ar fresco em sua língua. Então, encontrou uma grande árvore e parou. O chalé devia ser perto dali — ela devia pelo menos conseguir ver as luzes das janelas —, mas o bosque à sua frente não prometia nada daquilo. E uma voz interior sombria perguntava por que é que ela queria voltar correndo. O que ia encontrar no chalé? Mais cartas, mais penas? Reave soara abalado ao telefone, mas será que ela devia confiar nele? Alguém estava mesmo tentando assustá-la, mas por que Michael Reave se importaria com isso? A menos que a indicação da Polaroid fosse verdade. Ela passou os dedos pelo tronco da árvore e viu que alguém havia desenhado uma forma nela, provavelmente com uma faca. Heather levou um segundo para reconhecer o que era.

Um coração.

Estava frio e ela estava sozinha. Não estava em segurança: estava em perigo e absurdamente exposta.

— Porra. O que é que estou fazendo aqui?

Ela tirou o celular do bolso com pressa e o ligou. A luz da tela a assustou, iluminando as árvores nuas e os arbustos com um brilho artificial crepitante. Ela piscou rápido, assustada com a pouca visibilidade, e virou o telefone para a escuridão. Nenhuma figura surgiu, mas ela de repente teve muita consciência do tamanho da floresta e do quanto sua luz era fraca.

Heather ouviu um baque à esquerda, como se algo pesado estivesse andando rápido pela vegetação, por isso, deu as costas e começou a correr o máximo que podia no escuro. A luz do celular ziguezagueava e invocava uma multidão infinita de sombras caóticas. O barulho aumentava à medida que o que quer que estivesse atrás dela se aproximava, e Heather se viu soltando um pequeno grito de pavor. Ela estava em um pesadelo, o pesadelo primordial, em que fugimos de algo horrível, mas nossas pernas ficam irremediavelmente lentas, presas a alguma coisa. Contra a própria vontade, ela pensou nas histórias que Michael Reave havia contado a ela e nos quadros de Pamela Whittaker. A floresta era perigosa. A floresta era onde o lobo esperava.

Ela subiu um aclive correndo, batendo contra pequenos arbustos e os pisoteando. Gravetos e espinhos se agarravam a sua pele e suas roupas, puxando-a de volta como se a própria floresta estivesse contra ela. Ao chegar ao topo do aclive, onde esperava descobrir onde estava, ela tropeçou e caiu de joelhos na lama. Então sentiu um cheiro, uma combinação da terra escura e selvagem com outro aroma que parecia mais antigo e estranho. Ela se levantou rápido e ouviu um novo barulho muito próximo: um arquejar, rápido e quente.

O barghest. Black Shuck. O cão que assombra lugares solitários.

Esquecendo qualquer possibilidade de achar uma trilha, Heather se jogou de volta para o aclive e correu com os braços erguidos para se proteger do ataque que tinha certeza que viria. Estava certa de que várias coisas a perseguiam — criaturas de quatro patas, que podiam sentir o cheiro de seu medo — por toda parte, caçando-a. *Beba do rio*, pensou ela, desnorteada. *Beba a água do rio e torne-se um lobo.*

O chão sumiu de baixo de seus pés e, antes que pudesse reagir, Heather caiu de cara na terra molhada e coberta de detritos. Sem fôlego, ela não conseguiu fazer nada além de ficar deitada ali por um longo instante, enquanto sentia a lama penetrar sua calça. Tinha caído em cima de um arbusto e as folhas a cutucavam através do casaco, espetando-a como se estivesse deitada sobre vidro quebrado. Os ruídos haviam parado, mas, enquanto se levantava e olhava em volta, a sensação de estar sendo observada aumentou dez vezes. Havia olhos na floresta, vigiando.

— O que você quer? — Sua voz vacilou, desconfiada. — Quem é você?

Silêncio. Era um silêncio mais profundo que o de antes: nenhum pequeno animal se movia pela vegetação, nenhuma ave noturna chamava, até o vento parecia ter parado. Alguma coisa estava ouvindo. Para a grande surpresa dela, Heather percebeu que ainda estava segurando o celular. Ao cair, algum instinto a fizera segurá-lo contra o peito. Ela o ergueu, ativou a tela, e foi virando a pequena luz oval para um lado e para o outro, enquanto girava o corpo. A floresta vazia olhava de volta para ela, cheia de desconfiança e mentira.

— Sei que você está aí — disse ela. Uma raiva, familiar e tranquilizadora, começou a dominar seu corpo. Ela estava com frio, molhada, assustada, tinha sido toda arranhada e seu joelho esquerdo havia sofrido uma pancada forte. Tudo aquilo porque alguém estava brincando de esconde-esconde no bosque. — Diga alguma coisa ou vá embora. Entendeu?

Ninguém respondeu, mas, de soslaio, Heather viu um breve movimento nas sombras. Ela virou a luz na direção dele, mas o que quer que fosse tinha ido embora. Por outro lado, ela conseguiu encontrar a trilha até a clareira que levava ao chalé.

Ela seguiu feliz naquela direção, encolhendo-se quando os vários cortes e hematomas demonstraram sua presença. O chalé continuava em seu casulo de silêncio e a luz suave das lâmpadas brilhava à janela. Heather ainda estava a certa distância dele quando pensou ter visto a figura outra vez — alguém parado nos fundos do chalé, perto da janela de um dos quartos. Ela inspirou fundo, pronta para gritar, mas, um segundo depois, a forma sumira de novo, como se nunca tivesse estado ali.

Heather correu o resto do caminho de volta até o chalé e abriu a porta com força, quase convencida de que encontraria a figura sombria na cozinha, com sangue escorrendo das mãos. No entanto, encontrou o lugar vazio. As xícaras do café daquela manhã ainda estavam na mesa e o abajur que deixara aceso ainda lançava sua suave luz amarela. Quase convencida de que aquela tranquila cena de contentamento doméstico devia estar escondendo alguma coisa, ela vasculhou rapidamente todos os cômodos do chalé, mas não havia bilhetes, penas e nem fotos. As janelas e portas estavam trancadas. Ela se serviu de uma taça de vinho na cozinha e mandou uma série de mensagens para Nikki enquanto a bebia. *Oi, cadê você? Vai ficar com o Harry? Fala alguma coisa pfvr!*

Ela hesitou, e então acrescentou: *Acho que alguém me seguiu na floresta hoje à noite. pfvr me liga quando vir essa mensagem.*

Heather pousou a taça de vinho e foi para seu quarto. Ela tirou o casaco e fez uma careta ao ver a lama que tinha nas mãos e no rosto. Apesar de saber que era provável que o encontro de Nikki com Harry durasse mais do que elas haviam previsto, o chalé vazio a deixara muito nervosa. Elas nem sabiam quem Harry era de verdade. Ele era basicamente um estranho, e ela deixara a amiga sair com ele. Mais uma vez, ela pensou em ligar para o inspetor Parker, mas, quando olhou para o celular, viu que todas as mensagens que mandara para Nikki ainda não haviam sido entregues. O telefone ainda estava sem sinal.

— Beleza. — Ela tirou o casaco e o jogou no chão. Havia lama em seu gorro também. — Vou tomar um banho e tentar outra vez. Não tem porquê entrar em pânico ainda.

Estremecendo por causa da meia dúzia de hematomas novos, Heather foi até o pequeno banheiro da suíte para tomar o banho mais quente que pudesse.

42

Heather acordou assustada no meio da noite, com o coração disparado. Tivera certeza de que não conseguiria dormir, então se deitara depois de tomar banho apenas para descansar o corpo dolorido por um instante. No entanto, tinha a sensação de que havia sido arrancada de um sono muito profundo, um sono populado por sonhos vívidos sobre a floresta à noite e...

Ela ouviu o ruído de novo. O barulho de alguma coisa pesada se movendo do lado de fora, o craquelar de passos sobre folhas caídas. Não era, notou, o baque casual e alto de alguém — Harry, por exemplo — voltando para casa, e sim o caminhar cuidadoso de uma pessoa que não quer ser ouvida.

Um segundo depois, ela estava de pé, tirando a última muda de roupas limpas da mala. Depois de calçar as botas, ela seguiu pelo corredor até a cozinha. Não tinha noção de que horas eram nem de por quanto tempo havia dormido, mas a sala de estar estava vazia e todas as luzes, desligadas. A porta do quarto de Nikki estava entreaberta e uma olhada rápida confirmou que a amiga não havia dormido ali.

— Meu Deus do Céu, Nikki, cadê você?

Ela conferiu o celular para ver se as mensagens tinham sido recebidas. Viu que não. De repente, pensar que Nikki havia simplesmente ficado fora de casa até tarde sem avisar lhe pareceu absurdo. Ela trouxera a amiga para o perigo e agora ela havia sumido. Heather foi até a cozinha, pegou a faca mais longa e afiada que conseguiu encontrar e sentiu o peso em sua mão.

Bom, chega dessa merda.

Heather foi até a porta da frente e a abriu com cuidado. Por alguns segundos, ficou imóvel. Não conseguia ver mais nada de onde estava, mas, em algum lugar à direita, podia ouvir passos lentos e metódicos. O vento soprou em sua direção e ela conseguiu ouvir o ruído suave de nylon se esfregando em nylon.

Segurando a faca perto do quadril, Heather saiu para a escuridão, mantendo-se próxima à parede do chalé. Quando virou a esquina, ficou paralisada, certa de que seria vista por quem quer que estivesse ali, mas na hora percebeu que estava com sorte: a figura estava de costas para ela e parecia estar voltando para a floresta. Era alguém alto, que usava um casaco de inverno pesado com um capuz que cobria sua cabeça, fazendo com que se tornasse apenas uma forma escura. Enquanto a observava, a figura virou um pouco a cabeça e olhou claramente para as janelas do chalé.

O medo desapareceu. Ela nem sentia mais o frio. Em vez disso, uma paisagem quente e seca de ódio se formou dentro de Heather, assim como havia acontecido no dia em que enfiara uma caneta na mão de um homem. Ali, sem dúvida, estava a pessoa que a vinha aterrorizando havia semanas. E ela continuava fazendo isso, andando no escuro, procurando um lugar para deixar mais bilhetes e penas.

Antes mesmo de perceber que estava andando, Heather já havia percorrido o pequeno espaço entre ela e a figura e se jogado em cima do estranho. Os dois colidiram e caíram juntos, bufando e batendo contra as folhas e a lama com mais força do que Heather pensava ter.

— *Quem é você, caralho? O que você quer?*

A figura se debateu e tentou jogá-la para longe, mas Heather enfiou o joelho nas costas dela e as duas desabaram na lama outra vez.

Agarrando o casaco pelo ombro, ela virou a figura misteriosa para encará-la e levou a faca até sua garganta.

Lillian a encarou com os dentes cerrados à mostra.

Heather piscou e sua mão soltou um pouco a faca. Ela não conseguia entender o que estava vendo: era a vizinha de sua mãe, mas também não era. Havia mais rugas em seu rosto comprido e uma cicatriz profunda em uma das bochechas, branca e estufada na escuridão.

— Lilian?

A mulher abaixo dela sorriu e relaxou o corpo. De repente, parecia ter enlouquecido.

— Meu Deus, olha só para você — cuspiu ela. — É tão idiota quanto o resto da sua família patética.

— O quê?

Aproveitando a surpresa de Heather, a mulher a empurrou e se levantou rápido. O capuz caiu para trás e Heather percebeu que o cabelo dela tinha um tom mais escuro do que o de Lillian e o rosto, um formato levemente diferente: o nariz era um pouco maior e a mandíbula, um pouco mais fina. Ela se levantou e voltou a segurar a faca na altura da cintura.

— Quem é você?

A mulher balançou a cabeça, enojada.

— Bem que minha irmã me disse que você tinha a cabeça fraca. É tão fácil de manipular… Está fazendo as perguntas erradas, Heather Reave.

— Cala essa boca! — Heather ergueu a faca e o luar se refletiu na lâmina. — O que você sabe sobre isso?

— Você tem que se decidir. — A mulher voltou a sorrir e gotas de baba brilharam, molhadas, em seus lábios. — Você quer que eu cale a boca ou explique tudo? — Antes que Heather pudesse responder, ela continuou: — De qualquer maneira, você não tem tempo.

— Que conversa é essa?

A mulher que não era Lillian indicou o chalé com a cabeça.

— Vá lá para dentro e descubra. Não chame a polícia nem saia correndo para buscar ajuda. Já vou avisando que a sua amiga não tem tempo para essas baboseiras.

— Cadê a Nikki, caralho? — Por um segundo perigoso, a visão de Heather começou a escurecer. Ela respirou fundo e segurou o cabo da faca com força. Os nós de seus dedos estavam perdendo a cor. — O que foi que você fez, porra?

A mulher deu um passo para trás.

— Sempre perguntando a coisa errada. Você não tem que se preocupar com o que *eu* fiz. Eu...

— Cadê ela?

— Ah, você sabe onde ela está. Eu praticamente já disse, sua *idiota*. Ele está esperando por você. Agora ande logo, lobinha.

Dizendo isso, a mulher correu de volta para as árvores. Heather teve um sobressalto, seu corpo todo gritava pela necessidade de ir atrás dela, mas...

— *Nikki*.

Ela entrou correndo pela porta do chalé, querendo mais do que nunca ver a amiga na cozinha, bocejando de pijama e reclamando do barulho, mas o lugar estava escuro e silencioso.

— Nikki?

O banheiro ficava no caminho do quarto de Nikki, por isso ela chutou a porta enquanto seguia até lá. Nada: uma banheira vazia e seu breve reflexo encarando-a, pálido e descontrolado. Quando seguia o corredor até o quarto dos fundos, ela viu manchas escuras no carpete bege-claro que não notara antes. *É lama*, pensou. *É lama, tem que ser lama.*

O último cômodo era a lavanderia dos fundos, com a máquina de lavar e a secadora. Havia uma porta ali e prateleiras para as pessoas deixarem as botas enlameadas, mas ela e Nikki quase não a haviam usado. Quando abriu a porta, foi dominada por um aroma espesso e mineral, o cheiro de um açougue no auge do verão, e sentiu as pernas perderem parte da força. Ela bateu no interruptor e lançou um brilho caótico e amarelado sobre tudo.

Eu a trouxe para cá, pensou. *Eu a trouxe para cá, disse que era seguro. Ai, meu Deus, eu a trouxe para cá.*

Com os ossos pesados de medo, ela andou devagar até os fundos do cômodo. Caído no espaço entre a máquina de lavar e a porta havia um corpo. Por um instante, em meio ao choque e a quantidade enorme de sangue, foi difícil reconhecer que aquela não era Nikki, mas, por fim, seu cérebro entendeu o que seus olhos estavam vendo: era um homem de cueca. As partes de sua pele que não estavam manchadas de sangue tinham empalidecido muito. Seu pescoço fora cortado. Era Harry. Harry, o artista, que, com as mãos viradas para cima e apoiadas nas coxas e o rosto voltado para o teto, parecia um mártir de um quadro do século XVI.

— Porra. *Porra.*

Heather correu de volta para a sala de estar e pegou o telefone. Estava mudo. Ela pegou a base do aparelho e viu que os fios haviam sido cortados e paravam a um palmo da parede. Atrapalhada, ela pegou o celular, mas é claro que não havia sinal. Do lado de fora, o carro de Nikki ainda não havia aparecido. Estava presa ali.

Ela desabou contra a parede do chalé. Estava no meio da noite. Em algum lugar do lado de fora, havia um assassino — alguém que matara um homem, talvez enquanto ela dormia na mesma casa, e levara sua amiga. Ela não podia chamar a polícia. O vizinho mais próximo ficava a uma boa hora de distância. Para onde ela podia ir?

Você sabe onde ela está. Eu praticamente já disse, sua idiota.

Tinha sido isso o que a mulher havia dito. Ela dissera que Heather já sabia onde Nikki estava, que já havia contado.

— E ainda me chamou de idiota.

Heather pensou na Polaroid, com a praia ao fundo. A torre, pairando vazia atrás deles, a torre que pertencia à mesma ONG que era proprietária daquelas terras. Ela se lembrava vagamente de alguma coisa em relação àquela instituição, mas deixou para lá. Não era hora para isso. Se atravessasse a floresta, uma hora chegaria à torre. Naquele instante, era a maior chance de Nikki se safar com vida. E, mais do que isso: tinha a sensação de que tudo aquilo acontecera exatamente para ela ir até lá. Caminhar por aquele bosque pensando em matar alguém seria mais ou menos como voltar para casa.

Heather voltou para o chalé e pegou a faca. Vestiu o casaco, enfiou a arma no bolso interno e correu para a escuridão.

43

Heather ouviu o mar muito antes de conseguir vê-lo: um rugido enorme e sibilante, tão barulhento quanto silencioso, a tela em que todos os outros barulhos eram pintados — o craquelar das folhas secas sob seus pés, a própria respiração ofegante, o vento nas árvores.

A floresta tinha ficado escura, mas ela não sentira medo. Em vez disso, tivera a estranha sensação de estar sendo observada — não por inimigos nem pelo monstro que perseguia, e sim por uma presença silenciosa e calorosa, que a incentivava a seguir em frente. Quando emergiu das árvores, ficou parada e deixou os olhos se ajustarem ao luar refletido na vasta extensão de mar, à areia cinzenta que parecia conter uma luz própria. À sua direita ficava a torre, uma forma mais escura apontada para o céu noturno. Não havia nenhuma luz lá, nenhum brilho nas janelas estreitas, mas havia uma forma mais baixa agachada na base dela. A pequena casa dilapidada não aparecia nas imagens que vira da praia. Heather desconfiou que as pessoas haviam tomado o cuidado de sempre cortá-la das fotos. Baixa e coberta de chapisco barato, ela basicamente destruía o tom romântico triste criado pela praia e pela torre varrida pelo vento.

Não havia ninguém ali e nenhum movimento podia ser visto em lugar algum. Certificando-se mais uma vez de que a faca ainda estava em seu casaco, Heather subiu a encosta rochosa que separava a floresta da areia até chegar à planície de ardósia que levava à praia. O ângulo havia mudado a vista que tinha da casa, e ela percebeu uma faixa fina de luz surgindo por baixo da persiana de uma das janelas.

— Desgraçado.

Ela tirou a faca do casaco. O medo ainda lhe parecia algo muito distante. No lugar dele, voltara a sentir o fogo baixo da raiva que havia se aconchegado em seu peito quando enfiara a caneta na mão do colega. O que aconteceria depois não importava porque ela estava *certa*. A pessoa que estava perseguindo, a pessoa que pretendia machucar, era um monstro e ela não podia se sentir culpada por querer machucá-lo. E talvez encontrasse a mulher que se parecia com Lillian e a machucasse também. A sensação era incrivelmente libertadora.

Enquanto se aproximava da torre e da casa, ela foi tendo uma ideia melhor da disposição do lugar. A torre não ficava na areia — Heather imaginou que seria uma base muito instável —, e sim em um esporão de pedra que surgia da floresta em direção ao mar. Havia um tipo de trilha rústica que saía dela e a circundava em direção a algum lugar escuro que ela não podia ver. A casa ficava agachada sob sua sombra, como um tipo estranho de puxadinho.

Heather havia acabado de pisar na pedra quando a fina faixa de luz sob a persiana desapareceu. Ela parou onde estava e esperou, imaginando que outra luz seria acesa em outro ponto da casa, mas vários longos minutos passaram e a escuridão completa se manteve. Ela também tentou ouvir, desesperada para saber onde aquela pessoa estava, ou onde Nikki estava, mas nenhuma voz foi trazida pelo vento, nem o som de uma porta batendo, nem passos. Tudo estava estranhamente silencioso. Com a faca na altura do quadril, Heather deu a volta na casa até achar uma porta e a pequena escada que levava até ela. No escuro, tudo estava sem cor.

Espere. Espere, espere, espere. Ela apertou os olhos com força, tentando se concentrar na fraca voz da razão. *Tente usar o celular de novo.*

Tem que tentar. Você pode estar prestes a fazer com que você e Nikki sejam mortas, sua idiota.

Meia barra de sinal. Talvez fosse suficiente, mas, por outro lado, talvez ela conseguisse apenas dizer algumas palavras antes de perder a conexão. E aí o que aconteceria? Rapidamente ela mandou uma mensagem para Ben: *Torre do Violinista. Lobo Vermelho encontrado. Ele pegou a Nikki. Socorro.*

Heather não esperou para ver se a mensagem tinha sido enviada nem tentou ligar para o inspetor. O monstro que estava naquele lugar seria avisado de que ela estava ali e isso poderia condenar Nikki. *É melhor entrar em silêncio agora*, disse ela si mesma. *É melhor arriscar.*

A porta estava destrancada. Heather entrou em uma pequena cozinha nojenta, tomada pelas sombras. Uma janela quadrada deixava luar suficiente entrar para que ela visse uma pia cheia de pratos sujos, uma velha mesa de madeira coberta de marcas de queimadura e arranhões e uma caixa de cereal aberta no balcão. Havia um rádio antigo em uma prateleira do armário e o papel de parede estava descascando em faixas longas e mofadas. O lugar era velho e malcuidado, mas claramente ainda habitado.

Ela seguiu para o corredor que saía da cozinha e levava à ponta de uma escada em espiral. Havia portas para ambos os lados — e uma, aberta, revelava um cômodo usado tanto como sala quanto como quarto. Ela viu um sofá enorme e irregular coberto com lençóis, uma mesinha de centro cheia de xícaras e, quando entrou, pilhas de roupas sujas espalhadas por todo o chão. Com o coração na boca, conferiu todos os cantos do quarto, mas o lugar estava vazio.

Talvez ele tenha ido embora, pensou Heather de repente. *Talvez tenha me visto chegar e tenha saído. Pode ter saído pela porta. Não dava para ver quando eu estava andando pela praia.*

Ou, sugeriu uma parte mais sombria de sua mente, *talvez seja apenas uma casa inocente. Talvez você tenha invadido a casa de uma pobre alma solitária e vá assustar o cara pra caramba porque perdeu a noção da realidade.*

Heather saiu do cômodo e fechou a porta. Com a mão na maçaneta, ela parou. Um quadro na parede ao lado dela tinha chamado sua atenção. Era difícil de ver por causa do escuro, mas algo nele a fez tirar o celular do bolso outra vez e deixar a tela iluminar a pintura rapidamente. Mostrava uma paisagem estranha, avermelhada, um lugar plano e árido, com colinas suaves escondendo o horizonte. Em primeiro plano, havia uma única árvore baixa com galhos afiados que se estendiam como dedos e tão retorcida e escura que quase parecia uma rachadura no solo árido. Heather engoliu em seco e desviou o olhar. A pintura a assustara.

Fazendo o mínimo de barulho possível, ela abriu a porta. Atrás dela, a escuridão era completa, por isso ela voltou a ligar o celular e a lançar luz à frente. Havia uma série de degraus de concreto que levavam a um porão e um cheiro forte de sal e água sanitária.

Heather desceu a escada e virou a lanterna improvisada para o cômodo adiante. O piso era simples e envernizado e uma mesa longa e pesada fora posta em um dos lados da sala, muito mais nova e bem-cuidada do que a usada na cozinha. Uma grande caixa de plástico fora deixada em um dos cantos, cheia de frascos industriais de produtos de limpeza e outras coisas que ela não reconheceu. Ao lado da mesa, havia um carrinho de metal, cheio de ferramentas.

Ainda acha que está no lugar errado?, parte dela perguntou, irônica.

A luz cobria parte do carrinho e refletia em bisturis, facas e pequenas serras com dentes afiados minúsculos. Havia outras coisas ali também: estiletes, picadores de gelo, um rolo longo de corda de nylon e frascos marrons escuros com rótulos de papel branco. No canto, algo escuro e gelatinoso pendia da beirada. Havia cabelos saindo dele, mechas longas de cabelo ruivo levemente encaracolado. Heather recuou na hora, bateu os calcanhares na frente do último degrau e levando um susto.

— Porra. *Porra*.

Toda a certeza anterior pareceu escapar dela. Com os dentes cerrados para não gritar, Heather subiu a escada correndo e entrou no corredor, o que fez a luz do celular saltar e piscar. Por alguns segundos, ficou à entrada da cozinha, muito disposta a sair correndo e atravessar a praia, mas ouviu alguém se movimentando no andar de cima.

Foi um barulho muito rápido — meio passo, o erguer de um sapato no carpete —, mas foi o suficiente para que ela parasse.

Nikki, disse a si mesma. *A Nikki pode estar lá em cima.*

Ela foi até a escada e começou a subir, encolhendo-se a cada rangido do piso. No alto dela, havia um patamar largo, com o carpete arrancado e enrolado contra a parede. Heather pôde ver três portas, uma delas aberta para um banheiro pequeno e nojento. Com a faca erguida, ela abriu a mais próxima. As persianas daquele cômodo estavam bem-fechadas e ela mal conseguia enxergar algo além de uma vaga impressão de alguns móveis pesados: uma cama e talvez um armário.

— Nikki?

Ninguém respondeu.

Ela voltou a erguer o celular e viu de relance um espelho do outro lado do cômodo. Viu o próprio rosto, pálido e magro, o cabelo preto bagunçado sobre a testa — então, em choque, viu o rosto piscar e erguer ambas as mãos para proteger os olhos.

— Mas o quê…

A figura saltou sobre ela e a jogou no chão com um estrondo. Heather gritou, a faca voou de sua mão e, então, a figura pôs ambas as mãos em torno do pescoço dela. Era um homem, percebeu ela tarde demais. Um homem que tinha seu rosto, sua estatura e seu cabelo. Ele bateu a cabeça dela contra o piso e os olhos dela se encheram de estática.

— Eu sou o lobo — gritou o homem. — Eu sou o lobo!

Com certa dificuldade, Heather o empurrou e fez com que ele batesse a cabeça no batente da porta. Por um segundo, ele ficou pasmo, e ela aproveitou a oportunidade para se arrastar para longe.

— Quem é você? Cadê a Nikki? — A faca estava ao lado de seu pé, então ela a pegou. Tinha deixado o celular cair, mas, para sua surpresa, ele se levantou e ligou o interruptor do quarto, lançando uma luz artificial forte sobre os dois. — Eu… Quem é você?

Ele ficou imóvel, olhando para ela. Como havia mais luz, ela pôde ver que eles não eram idênticos no fim das contas, claro que não. Ele tinha o rosto mais largo, sobrancelhas mais grossas e havia cicatrizes, muitas delas, pelos antebraços. Seu cabelo também era mais curto, mas, tirando isso, a semelhança era impressionante — não havia dúvidas de quem ele era, não de verdade. Por alguns segundos estranhos e horríveis, Heather percebeu que queria rir, ou vomitar, não tinha certeza ainda.

— Por que você se parece comigo?

O homem quase soou petulante, uma criança irritada por estar confusa. Ele levou a mão à cabeça, devagar, e tocou no lugar que havia batido no batente da porta.

— Sou sua irmã. — Heather fez uma pausa e soltou um ruído estrangulado, algo entre uma risada e um soluço. — Sou a porra da sua irmã, não sou? Quem é o seu pai?

Ele pareceu confuso com a pergunta. Em vez disso, tirou uma faca do bolso traseiro. Era fina, letal e não estava limpa. Quando ele a ergueu, Heather se viu notando outros detalhes: as mãos dele estavam manchadas de sangue e a camisa azul-marinho tinha áreas mais escuras.

— Escuta aqui — disse o homem. — Escuta aqui. — Ele balançou a faca para ela. — Eu sou o lobo. *Eu* sou o *barghest*. Não pode haver dois de nós. É o meu trabalho.

— Como assim? Qual é o seu trabalho?

Ele deu um passo para a frente e Heather ergueu sua faca também. Se tentasse se levantar e descer a escada correndo, teria que dar as costas para ele e ainda não sabia onde Nikki estava.

— Levar todas elas para *casa*. — A última palavra soou repleta de tanta saudade e de uma emoção tão pura que Heather se viu abismada. Lágrimas corriam livremente pelo rosto magro do homem. — Elas nasceram aqui, pertencem à floresta, então só estou levando todas de volta para casa. Não posso deixar você me impedir porque foi para isso que fui criado.

— Como assim, elas nasceram aqui? — Estremecendo, Heather se lembrou de Anna no hospital, com as mãos pairando sobre a barriga.

O modo como ela havia gritado sobre o bebê, o bebê que tinha sido tirado dela. — Puta que pariu. Os bebês que nasceram na comunidade? É isso que você quer dizer? Eles devem ter a minha idade agora, ou serem mais velhos, e você... — O mar rugiu em meio ao silêncio. — Qual é o seu nome?

— O meu nome?

— É, o seu nome, caralho. Você é meu irmão, eu deveria pelo menos saber a porra do seu nome.

— Eu sou o lobo, eu...

— *Seu nome.*

O lampejo de raiva pareceu assustá-lo.

— Lyle — respondeu ele em voz baixa. — Meu nome é Lyle, Lyle Reave, e eu sou o *barghest*, o novo Lobo Vermelho. Foi para isso que fui feito.

— Escuta aqui, Lyle. Minha amiga Nikki, que você sequestrou, não nasceu aqui. Ela não nasceu no Bosque do Violinista, entendeu? Não tem nada a ver com isso, tá? Me deixe tirá-la daqui. Só isso. E aí te deixo em paz.

— Não. — respondeu ele, baixinho. — Não, é tarde demais.

— O que você quer dizer? Onde ela está, Lyle?

— Na torre — respondeu ele, voltando a avançar. — Com a outra. É por isso que ela não pode ir embora, porque ela viu a moça e me viu. E, de qualquer maneira, o velho lobo está lá agora. — Ele pareceu ficar mais feliz. — Mas talvez isso esteja certo. Se você é minha irmã, então pertence à floresta também. Posso levar você até lá.

— Não!

Com a faca erguida, ele avançou. Heather saltou sobre ele e tentou empurrá-lo com todas as forças, mas Lyle era forte demais. Em vez disso, ele a empurrou de forma grosseira na direção do corrimão, que bateu no meio das costas de Heather, e a atacou com a faca. Heather saiu da frente bem a tempo de evitar um golpe que teria atingido seu peito, mas ele continuou indo atrás dela. Um corte fino de agonia desceu por seu braço esquerdo e ela percebeu que fora atingida.

— Para com isso! — Ela balançou a própria faca, mas a arma pareceu muito pouco elegante diante da pequena lâmina má dele e esbarrou no braço de Lyle. — Você acha que Michael Reave ia querer que me matasse? Sua própria irmã?

Mas o rosto do homem estava contraído, como uma máscara. Não havia nada em seus olhos além de uma aridez horrível que a fez pensar no quadro vermelho do andar de baixo. A faca dele surgiu de novo e atingiu na barriga desta vez. Heather soltou um grito agudo, horrorizada com a umidade quente imediata que encharcou seu casaco. A escada estava logo atrás e, com os dedos escorregadios com seu próprio sangue, ela se agarrou a um dos balaústres para se equilibrar.

— Foi bom você ter vindo — disse ele. Ainda com as bochechas molhadas de lágrimas. — É assim que deveria ser. Eu sou o lobo.

— Ah, *vai se foder*! — cuspiu Heather por entre dentes cerrados. — Você é só um assassino, um inútil triste e desesperado. Todas as mulheres que você matou valiam dez vezes mais do que você!

Pela primeira vez, a faísca de uma estranha emoção passou pelo rosto dele, e Heather se lembrou do dia em que vira Michael Reave perder a paciência — *é a verdade*, pensou ela, com amargura. *Ele não quer ouvir.*

— Não tem nada de importante nem de misterioso em você — afirmou ela, antes de rir, divertindo-se de verdade. Ela se sentia zonza. — É só um homenzinho que machuca mulheres porque só assim se sente forte. Por Deus, existem perdedores como você aos montes.

O rosto de Lyle se contorceu e ele saltou sobre ela de novo. Mas, daquela vez, Heather o abraçou, ignorou a dor lancinante da faca entrando em sua barriga e se virou. Quando a gravidade já estava do seu lado, ela o empurrou com toda a força que tinha e Lyle Reave foi jogado para longe dela, para dentro do espaço escuro que dominava a escada.

Heather ouviu um grito, uma série de baques e depois silêncio. Ficou imóvel, esperando.

Mais tarde, ela não saberia dizer por quanto tempo ficou no alto da escada, sangrando por causa das três facadas e olhando para o escuro, esperando o irmão atacá-la outra vez. Quando pensava naquele instante, lembrava-se do barulho do mar em algum lugar fora dali e das contínuas gotas de sangue batendo no piso de madeira.

Em dado momento, o feitiço, ou o que quer que fosse, foi quebrado e ela pegou o celular e a faca antes de descer a escada bem devagar. Ao pé dela, encontrou um interruptor e o acendeu. Lá estava Lyle Reave, caído e encolhido ao lado do último degrau. Com os dentes cerrados, Heather levou os dedos ao pescoço dele — e pensou ter sentido um batimento leve ali, algum movimento da circulação do irmão, mas então pareceu perdê-lo. Era difícil dizer se ele estava vivo ou não por causa do pulsar em sua própria cabeça e da dor no braço e na barriga.

Nikki.

Nikki estava na torre, provavelmente com outra mulher, talvez sob os cuidados de alguma coisa que Lyle chamara de "velho lobo". Heather não tinha ideia de quem poderia ser — não podia ser Michael Reave, que, supostamente, ainda estava preso —, mas quem quer que fosse estava esperando Lyle. Ele podia entrar na torre, podia até chegar até as mulheres. Era onde ele deveria estar.

O mais rápido que pôde, Heather tirou a camisa e a calça manchada dele — sob elas, Lyle era magro, cheio de cicatrizes e tinha pequenas marcas redondas nas coxas, que sugeriam que alguém o usara como cinzeiro um dia — e, largando as próprias roupas no chão, as vestiu. As peças eram um pouco grandes, mas não muito, e ela desdobrou as mangas da camisa escura para cobrir a ferida no braço. Com a faquinha má, que caíra na escada, ela se levantou e cortou o cabelo de forma grosseira, tirando os quase oito centímetros que cobriam seu pescoço e os lados do rosto. Mechas suaves de cabelo caíram sobre o rosto e o peito de seu irmão quando ela fez isso.

Com o celular e a faca grande enfiada no bolso da calça, e o canivete letal na mão, Heather voltou para a escuridão.

44

Antes

Ela havia achado que estava segura. Pensara que tinha se safado daquilo tudo, deixado aquela época sombria para trás.

Sim, havia cometido um erro. O pior erro que qualquer um podia cometer, isso era verdade, mas essas coisas aconteciam. Colleen sempre fora inocente, otimista, do tipo que espera o melhor de todo mundo. Claro que era bom ter tanta certeza de que as pessoas tinham coração bom, não era? Ela ainda pensava isso. Ou pelo menos na maior parte do tempo. Quando saía da cama tropeçando às três da manhã, ouvindo os dois bebês gritarem tanto que pareciam capazes de fazer o céu desabar, e se sentava com seus corpinhos quentes encolhidos sobre os seios, sua cabeça inevitavelmente se voltava para os bebês nascidos no Moinho do Violinista e para as mulheres que haviam desaparecido nos anos anteriores. Sua *bondade inerente*, seu *otimismo inesgotável* não as havia salvado. Ela pagaria um preço por sua fraqueza.

Então talvez tenha sido por isso que, no fundo de sua alma, ela não ficou surpresa quando abriu a porta uma noite e viu os dois parados ali. Michael, mais perplexo do que irritado — ele havia perdido peso desde a última vez que o vira e estava com o rosto encovado — e o homem, com os olhos brilhando de triunfo. Ela fez um barulho no fundo da garganta e quis bater a porta, mas Michael enfiou a bota no caminho, mantendo-a aberta com facilidade.

— Você estava grávida? — foi tudo o que ele disse.

Ela ergueu o queixo e deixou o rosto demonstrar uma determinação que não sentia.

— Ah, é? E eu era a única que guardava segredos, não era?

Michael não se moveu. Parecia magoado e, por mais ridículo que fosse, ela sentiu uma pontada de tristeza. Ela realmente o havia amado — o considerara seu menino selvagem do interior, ansiara por suas mãos ásperas e cheias de cicatrizes e por todos os momentos que haviam passado juntos, sozinhos na floresta. Quando a menstruação não havia descido pela primeira vez, ela sentira um instante trêmulo de euforia. Aquele bebê, pensara ela, seria abençoado: nascido do amor e criado para amar a natureza… Tudo havia parecido perfeito. E então ela vira o interior da van dele.

— Essa criança pertence ao Moinho do Violinista. — O velho empurrou Michael para o lado com uma cotovelada. — Mais do que todas as outras. Ela é nossa.

— Volte — disse Michael. — Por favor, quero ver meu filho. Conhecê-lo. É um menino ou uma menina? Por favor, Colleen.

— Vou chamar a polícia — afirmou ela, olhando para a rua atrás deles. Era tarde da noite em um dia de semana e o pequeno largo estava vazio. Ela havia alugado a casa minúscula por muito pouco, um favor da proprietária do abrigo para mulheres, e ninguém sabia onde ela estava. Ela havia percebido o erro que cometera tarde demais. — Vou ligar para eles agora. Você não pode me ameaçar assim.

— Você acha que a polícia vai te proteger, menina? — O velho sorriu e mostrou os dentes grandes e amarelados. — Acredito que você deve saber que não é assim que a banda toca. A criança é nossa. Entregue o menino agora e não pense mais nisso. Sei que você fugiu e teve esse bebê escondida. Quem mais sabe dele? Não os seus pais, eu imagino.

Colleen olhou para Michael, torcendo para que ele tivesse ficado indignado com a ameaça clara à sua vida, mas ele estava olhando para os próprios pés. Ela notou que ele também havia se mexido e que seu corpo bloqueava a porta. Até onde ela chegaria se corresse para dentro de casa? Ele a alcançaria em instantes. Colleen sempre havia admirado a força e a graça dele. Agora, a ideia lhe dava ânsia de vômito.

— Como vou saber que vocês não vão vir atrás mim? Como vou saber... — Ela fez uma pausa para arquejar em pânico — ... que você não vai aparecer aqui uma noite com a sua van?

— Eu juro. — Ele olhou nos olhos dela. — Entregue a criança e nós vamos embora. Você nunca mais vai me ver. Vou ficar longe de você. — Seus olhos verdes brilhavam. — Mas vou escrever. E você vai escrever para mim. Só isso. Eu te amo, Colleen. Só quero o que é meu.

— Seu...

Ela soltou uma risada, apesar de lágrimas correrem pelo seu rosto.

— Ele vai escrever e você vai escrever de volta — acrescentou o velho. — E nós vamos saber onde você está o tempo todo. Está me entendendo, moça? Continue escrevendo para o meu menino porque vamos precisar saber se você está do nosso lado. Caso você comece a sentir necessidade de confessar. Você nunca mais vai falar desta criança para ninguém. Para você, ela não existe mais. E, por isso, vamos ficar longe de você. Isso *eu* posso prometer. — Ele abriu os lábios em um sorriso de escárnio. — Por que está choramingando? Você pode ter outros filhos. É isso que as mulheres fazem, não é?

Michael se virou para olhar para o homem mais velho. Uma expressão irritada tornara seu rosto sombrio por alguns instantes.

— Já chega.

— O que vocês vão fazer? Com o bebê?

— Cuidar dele, Colleen. Ele é meu filho. — Michael abriu um leve sorriso e, de repente, ela o odiou com todas as suas forças, com um ódio que podia derrubar as estrelas do céu. — Ou filha. Vou cuidar. Ele pode até, você sabe, me ajudar. A ser...

Ele lambeu os lábios e voltou a olhar para os próprios pés.

— A ser menos monstro? — sugeriu Colleen.

Ele lançou outro olhar magoado para ela e, de repente, ela não aguentou mais. Apenas ergueu uma das mãos.

— Você vai ficar aqui. Vai esperar aqui e não vai entrar na minha casa, ou juro por Deus que vou matar o bebê antes de você alcançar a gente. Entendeu?

O velho pareceu querer discutir, mas Michael assentiu. Tentando não vomitar a cada passo, Colleen desceu o corredor até o quartinho que usava como um quarto de bebê improvisado. Os gêmeos estavam em bercinhos iguais, protegidos em macaquinhos brancos e amarelos, com os rostinhos rosados contraídos enquanto dormiam. Ela parou diante deles, sabendo que não tinha tempo, que não tinha tempo nenhum: o velho horrendo ficaria impaciente, iria atrás dela e então tudo estaria perdido. Mas, ainda assim, foi difícil desviar o olhar, por saber que seria a última vez que os veria juntos.

Durante os longos anos que viriam depois, Colleen muitas vezes pensaria no momento em que havia decidido, procurando motivos, verdades. Horas passadas acordada, enquanto o amanhecer manchava as cortinas de amarelo. Sempre que levava Heather ao parque e observava crianças pequenas brincando no escorrega ou empurrando umas às outras na lama, a pergunta pairava sobre ela. Mas a verdade era que, quando tinha se inclinado e tirado o menininho do berço, ela não havia pensado. Sua mente fora tomada por um vazio horrendo, e toda a tranquilidade e a esperança tinham sido arrancadas dela em um único momento lancinante.

Ela o carregou pelo corredor e o entregou aos monstros.

45

Do lado de fora, o céu tinha mudado de cor. A escuridão sombria do meio da noite havia desaparecido e sido substituída por um tipo de lilás escuro e prateado. Heather ficou olhando para o alto por um momento, confusa. Quanto tempo ela levara para atravessar a floresta? Por quanto tempo ficara na casa? Parecia que fazia alguns minutos que havia encontrado o corpo de Harry no chalé, mas o amanhecer já se aproximava do horizonte.

Enquanto dava a volta na base da torre, procurando uma entrada, ela viu um carro antigo estacionado no lado mais distante, com duas figuras paradas ao lado dele. Uma delas levou a mão aos olhos e a observou com um interesse claro. Uma voz que ela reconheceu flutuou em sua direção.

— Lyle!

Heather assentiu, acenou e começou a correr até elas. Eram Lillian e a mulher que ela havia encontrado na frente do chalé, a irmã dela. Agora que estavam lado a lado, ficava claro que ela era alguns anos mais velha do que Lillian ou havia tido uma vida mais dura. Lillian usava um casaco comprido cor de caramelo, com a gola voltada para cima, e seus cabelos grisalhos balançavam com o vento, enquanto a outra ainda usava a parca pesada. Foi Lillian que se aproximou, com um sorriso largo no rosto.

— Você a pegou, Lyle? Você a matou?

Heather, que ainda estava à sombra da torre, virou o rosto para o lado e para baixo, tentando fazer com que não a reconhecessem até o último instante. No entanto, Lillian pareceu despreocupada e se aproximou dela com os braços abertos.

— Lobinho, seu pai vai ficar *tão* satisfeito

Heather agarrou a mulher mais velha pelos ombros e a tacou no carro. Ela grasnou como um pato e sua irmã gritou algo que Heather não conseguiu entender.

— *Quem é você?* — Heather ergueu a faquinha letal até a garganta de Lillian e a pressionou contra a pele dela. Quando a outra mulher se moveu, ela balançou a cabeça. — Outro passo e ela morre. Vai por mim, caralho.

— Fique calma, Heather, querida — disse Lillian. Ela pigarreou. — Somos velhas amigas do seu pai. Agora você sabe quem ele é, não sabe?

— Por quê? Você entrava lá em casa quando eu não estava, não entrava? Todas aquelas coisas no dia do velório, a coroa de flores, as penas. Você queria que eu viesse para cá. Por quê?

— Uma pequena reunião de família. — Lillian fez uma careta. — A gente achou que o Lyle devia saber sobre a irmã dele.

— Nós criamos aquele menino — cuspiu a outra. Heather olhou para ela rapidamente. A mulher parecia furiosa e manchas vermelhas caóticas surgiam no meio de seu rosto cinzento. — Quando o besta do seu pai foi preso, a gente se tornou tudo para aquele menino: mães, irmãs. Cuidamos dele aqui, longe do mundo. Mas, quando ele tinha idade suficiente, de repente...

— De repente, deixamos de ser boas o bastante. Fomos expulsas — continuou Lillian. — Agora me diga, Heather: essa história é justa? Depois de todo o trabalho que fizemos, das horas que dedicamos? Durante todos esses anos, a gente foi reunindo informações sobre os filhos do Moinho do Violinista. Fomos praticamente mães adotivas deles.

E, aparentemente, o seu pai aprovou que fôssemos dispensadas. Ele concordou que a gente devia ser afastada do menino, apesar de ele mesmo estar mofando na cadeia. — Ela grunhiu. — Quando ele percebeu que a nossa querida e doce Colleen tinha mentido, bom, a gente pensou que isso ia ser o presentinho perfeito para o Michael, não foi?

— A filha que ele nunca havia conhecido assassinada pelo precioso filho dele. — A outra mulher sorriu. — Mas é claro que ele não conseguiu. Eu já devia imaginar que não dá para esperar nada de bom vindo de homem.

— O que vocês sabem sobre minha mãe?

Lillian cerrou os dentes.

— Tudo. Sempre soubemos onde ela estava. Nós pensávamos nela com carinho, é claro. Fomos vê-la, não fomos, Lizbet? Assim que percebemos o que ela havia feito, o que havia escondido todos aqueles anos. Perguntamos a ela sobre isso, sobre você e sobre o que havia acontecido durante todos aqueles anos e ela contou tudo. Depois de um tempinho. Depois de um pouco de... incentivo. Ela contou sobre o homem que criou você, o pássaro, o modo como você o levou à morte...

— Vai se foder.

— E a gente também contou algumas coisas a ela: sobre a colheita e o papel que ela havia tido nela. Devo admitir que não fiquei muito surpresa quando soube que ela se matou. Ninguém quer descobrir que gerou um monstro. Ou dois.

Heather não se moveu. Não conseguia tirar os olhos do ponto em que a faca estava pressionada contra o pescoço frouxo de Lillian. Um pouco mais de força, só um pouquinho mais, e aquela mulher nojenta nunca mais diria nada. Em algum lugar acima delas, uma gaivota gritou e ela se afastou das duas, horrorizada com o que quase havia feito.

— Isso tudo é loucura — disse a elas. — *Vocês* são loucos. Vou entrar lá para pegar minha amiga. Se vierem atrás de mim, se um dia eu vir o rosto nojento de vocês de novo, vou matar vocês!

Alguma coisa naquilo deixou as mulheres felizes. Ela as viu se olharem com olhos brilhantes.

— Tal pai, tal filha — disse Lillian.

Heather as deixou paradas ao lado do carro. Do outro lado da torre, na fachada voltada para o bosque, ela encontrou a porta escancarada. Dentro, havia um espaço vazio curioso: lajotas salpicadas com areia e folhas mortas e, subindo em espiral pela torre, uma escada de pedra. Um aroma de sal e sangue pairava pesado no ar e um tipo de luz prateada entrava pelas janelas sujas. Ela havia posto o pé no primeiro degrau quando viu uma pilha de velhos tapetes de sisal em um dos cantos — o mais distante estava dobrado, como se alguém o tivesse jogado para longe com pressa. Ainda segurando a faca em uma das mãos, ela se afastou da escada e foi até os tapetes, antes de arrastá-los para longe e revelar um alçapão bem encaixado nas lajotas.

Ele revelou outra escada, que descia pela torre também em espiral. Havia luminárias elétricas modernas encaixadas na parede e, de algum lugar abaixo dela, Heather podia ouvir ruídos leves: alguém se movendo e um choro baixinho.

— Nikki?

Sua voz mergulhou no nada, mas, abaixo dela, os barulhos aumentaram. Heather desceu com uma das mãos apoiada na parede até chegar a uma porta de madeira simples. Atrás dela havia um pequeno cômodo frio e úmido e, nele, Nikki e uma mulher que ela não conhecia estavam encolhidas no chão, juntas. Ao vê-la, a outra mulher gemeu, um ruído desesperado e aterrorizado, mas Nikki ergueu o corpo e arregalou bem os olhos. As duas haviam sido amarradas com cordas de nylon — estavam com as mãos unidas atrás das costas e mordaças na boca — e Nikki estava sentada à frente da outra mulher, como se quisesse protegê-la de alguma coisa.

— Meu Deus. — Heather foi até elas, carregando a faquinha má, e a mulher atrás de Nikki gritou, apesar da mordaça. — Está tudo bem. Só vou soltar vocês.

Heather ouviu um barulho na escada e se virou com a faca erguida de novo.

— Aí está você, moça. Imaginei que uma hora ou outra você acabaria chegando.

Era o velho que havia servido chá a elas, que analisara a Polaroid de Heather. O velhinho curvado que as observara com apenas um dos olhos e parecera tão frágil e delicado. Naquele instante, parado à porta, bloqueando a escada, ele não parecia nem um pouco frágil. Seu cachorro, a enorme criatura preta e peluda, estava parado ao lado das pernas dele. Bert sorriu e assentiu, como se confirmasse algo.

— Meu Deus do Céu, mas como você se parece com ele… Com os dois. Onde está meu garoto, hein? O que você fez com ele?

— Ele está morto — disse Heather. — Quem é você?

O velho deu de ombros e deu mais um passo para dentro da sala. Atrás dela, as duas mulheres haviam ficado em silêncio.

— Você não pode salvá-las — respondeu ele, com calma. — Principalmente a minha Cathy. A Cathy pertence a este lugar, entendeu? Ela pertence a mim. — A alegria sinistra no rosto dele começou a desaparecer, a ser substituída por outra coisa. — Eu a *fiz*. Trouxe os pais dela para cá, dei a eles um mundo livre onde podiam viver e os frutos dele são meus. Todos eles….

— Todas as mulheres nasceram aqui no Moinho do Violinista. E depois o quê? Foram levadas embora? Adotadas?

Bert sorriu.

— As irmãs Bickerstaff, que você acabou de conhecer, eram enfermeiras, sabia? Ou, pelo menos, enfermeiras em formação. Mas não sei se elas se formaram, ou seja lá como isso seja feito. Elas sabiam que remédios usar, sabiam como fazer partos na terra preta e pura. Muito persuasivas, as irmãs Bickerstaff. Os filhos do Bosque do Violinista foram para suas novas famílias e nós esperamos até agora. Até a *colheita*.

— Você é um maluco da porra. — Heather engoliu em seco. Ficar de pé parecia a coisa mais difícil do mundo e um apito havia surgido em seus ouvidos. De certo modo, ela tinha consciência do sangue que se acumulava em sua calça e, sempre que se movia, novas ondas de dor dominavam seu corpo. — Todos vocês.

Bert cerrou os lábios. Agora que a olhava diretamente, ela podia ver que um de seus olhos era falso: parecia fosco sob as fortes luzes brancas.

— O Michael não estava nem aí para quem ele levava. Ele sempre foi tão primitivo. Aquele animalzinho. Mas eu queria a vítima perfeita, cultivada com o único propósito de ser morta. E, quanto mais esperávamos para fazer nossa colheita, melhor era. O poder de saber que existem vidas no mundo que são minhas *por direito*, que posso tirá-las a qualquer momento. Você não percebe como isso é *bom*? Como é *perfeito*? Gado, pronto para o abate. *Maduro*. — Ele sorriu, revelando seus grandes dentes. — Mas não podíamos ficar esperando para sempre. No fim, o tempo leva todos. Criamos o menino para que tivesse um gosto mais refinado do que o pai. E, se a polícia achasse que não tinha pegado o verdadeiro Lobo Vermelho tantos anos atrás, bom... O rapaz estava ansioso para ver o pai de novo. E um menino como o Lyle não pode ficar visitando as pessoas. Tenho certeza de que você concorda comigo.

— Seu velho maluco. Você ainda não entendeu? A sua maluquice chegou ao fim. Sua arma morreu e eu, a Nikki e a Cathy vamos sair daqui agora mesmo.

Ele inclinou a cabeça para o lado outra vez. O cachorro se sentou com as orelhas em pé.

— Vai ter que passar por mim, moça. Vai ter que me matar. E você não tem coragem para fazer isso porque seu sangue é fraco. O Michael era um idiota ingênuo, que eu moldei com facilidade para que se tornasse o que eu queria. E, no fim, o Lyle era ainda pior, manchado pelo sangue da sua mãe. E o que você é? Só o resultado de uma família incestuosa podre. — Ao ver a surpresa que passou pelo rosto dela, o sorriso dele se alargou um pouco mais. — Você não teria como saber disso, claro, mas a mulher que o Michael matou quando criança não era a mãe verdadeira dele. Um dia, pergunte a ele sobre a mulher de casaco vermelho. Pergunte o que ela fez com ele.

— Já chega. — Heather ergueu a faca. — Saia da minha frente. Agora.

— Já falei que você vai ter que me matar. — Ele ergueu as mãos abertas. — E você não tem coragem de fazer isso, garotinha.

Atrás dela, Heather ouviu Nikki se mover pelo concreto, mas os ruídos naquele cômodo quadrado estavam se tornando distantes e distorcidos. Ela podia ver o velho diante dela, a expressão sarcástica de nojo transformando seu rosto em algo parecido com um duende. Mas, pairando sobre ele e o obscurecendo, havia uma paisagem árida e avermelhada — um lugar que a atraía, que a chamava. Ela ergueu a faca.

— Você não me conhece.

Ela cravou a faca no peito do velho. Uma onda impetuosa de alegria passou por ela e, por alguns segundos, toda a dor de suas feridas foi apagada. O velho duende soltou um grunhido estrangulado e pareceu desabar diante dela. Havia um cachorro latindo em algum lugar.

Heather, Heather, Heather.

Então a realidade desabou sobre ela como uma onda. Em dado momento, ela havia puxado a faca de volta — tinha esfaqueado o homem na parte superior do peito, perto da clavícula — e jorros vivos de sangue cobriam suas mãos e seus braços. Tremendo de nojo e horror, ela largou a faca, que desabou no piso de concreto, fazendo barulho.

— Puta que pariu!

— Eu sabia — resmungou ele. — Todos vocês são fracos. — Bert pressionou a mão retorcida na ferida que tornava sua camiseta preta. — Por que... eu ainda... perco... meu tempo?

— Eu não consigo... — Heather olhou para a faca, depois de volta para o velho. — Eu não...

Da escada escura atrás dele, um braço surgiu e envolveu o pescoço do velho. Ele foi puxado para trás e, desta vez, gritou pouco antes de algo brilhante e letal abrir sua garganta como uma enorme boca. Bert ainda se debateu um pouco e bateu os braços no vazio, depois caiu de costas no chão em uma poça de sangue cada vez mais larga. Heather viu a figura na escada de relance: tinha o rosto dela, apesar de seus olhos não parecerem humanos, nem um pouco humanos. Então Lyle sumiu.

Seus passos soaram leves nos degraus e então uma porta bateu ao ser escancarada e fechada. Ele havia ido embora.

Com certa dificuldade, Heather se abaixou e pegou a faca do chão. Então cambaleou de volta até Nikki e a mulher chamada Cathy. Ela tirou a mordaça da amiga, depois usou o resto de suas forças para cortar a corda que prendia as mãos dela.

— Hev? Você está bem? Meu Deus, você está toda ensanguentada.

Heather assentiu, atordoada. Ela se sentou e teve a sensação clara de que não poderia se levantar. Nikki ainda olhava para ela, mesmo enquanto desamarrava a outra mulher.

Heather olhou lentamente ao redor da sala. Estava escurecendo.

— Ei, cadê o cachorro? Não vi para onde o cachorro foi.

— Que cachorro?

Nikki pegou o braço dela e a sacudiu.

— Fique acordada, Hev. Que cachorro? Não tinha cachorro nenhum aqui. Hev?

46

Antes

O pesadelo do Moinho do Violinista foi esquecido por Colleen, mas só até determinado ponto. As criaturas que ela havia deixado na floresta não se esqueceram dela, no fim das contas — e ela passara a vida sentindo que a observavam.

Como naquela festa de verão, quando vira o símbolo da Oak Leaf em uma tenda em que criancinhas faziam fila para pegar seus prêmios. Era a empresa *dele*, a maneira dele de vigiá-las e, apesar de o homem não estar ali, era como se ela pudesse sentir o hálito fétido do velho em sua nuca. Cega pelo pânico, ela havia pegado Heather no colo e seguido para o estacionamento.

Como quando vira o cartão, deixado à porta de sua casa. Quando pensara em como eles haviam chegado perto de descobrir a verdade, ficara praticamente sem forças.

E então, por fim, as irmãs Bickerstaff haviam aparecido, surgido à porta dela e forçado a entrada em sua casa. Todas as muralhas de Colleen, cuidadosamente construídas por tantos anos, haviam sido destruídas naquela longa tarde horrível. Ela ficara sabendo do destino de seu filho perdido, da colheita próxima, e ainda assim elas a haviam mantido presa com a pior ameaça de todas: conte a alguém e vamos atrás da sua filha também.

Quando tinham finalmente ido embora — depois de extrair todos os segredos dolorosos que ela guardara para si —, Colleen pegara seu bloquinho mais bonito, o que nunca usava para escrever para Michael. Sentara-se à mesa da cozinha e, assim como a filha, tentara encontrar as palavras certas.

47

A floresta não parecia mais escura com ele. As aves ainda cantavam, a luz do sol ainda penetrava por entre os galhos, uma bênção manchada sobre a terra e a grama. Michael Reave andava com o rosto voltado para cima, tentando absorver tudo aquilo, e Heather o observava de perto. Parecia errado ver que o Bosque do Violinista não rejeitava a presença dele, que os céus não escureciam e as árvores não morriam. Mas, por outro lado, lembrou ela a si mesma, ele era a criatura deles. Tinha alimentado as raízes e nutrido o solo à sua maneira.

— Heather? — Ele se virou para encará-la, sorrindo. — Olha, você está vendo aquilo? — Reave indicou com a cabeça um buraco próximo a um pequeno monte de terra fresca. — É a entrada de uma toca de texugo. Eu costumava vê-los às vezes, mas são animais tímidos. Às vezes tem famílias grandes vivendo lá dentro, nas tocas maiores. É uma pequena rede inteligente de túneis.

— Isso não é um passeio no bosque.

— Não, moça. — Ele guardou seu sorriso e seus olhos se ergueram para olhar por sobre o ombro dela. — Não, você está certa.

Atrás dela, Heather sabia que ele podia ver os policiais reunidos, inclusive o inspetor Ben Parker. Eles nunca se afastavam muito.

Até aquele momento, Michael Reave os tinha guiado até os corpos de quatro mulheres e uma delas, segundo ele, nunca havia sido listada entre as vítimas oficiais. Identificá-las ia ser difícil — ele só havia enterrado o que chamava de "partes moles" naquele bosque, apesar de ter incluído outras coisas algumas vezes: bijuterias, objetos de suas bolsas, presilhas ou até um sapato. Tinha aceitado fazer aquilo contanto que Heather continuasse a visitá-lo e fosse com ele naqueles breves passeios pelo Bosque do Violinista. Com a morte de Albert "Bert" Froame e a captura de Lyle Reave, não sobrara nada para que pudesse declarar que era inocente.

— Você foi feliz aqui.

Não foi uma pergunta.

— É. Um dia, fui feliz aqui. — Ele parou, então ela parou. As mãos dele estavam algemadas para trás e ele não fizera nenhuma ameaça a ela, mas Heather ainda assim não gostava de se aproximar demais. — Antes de tudo realmente começar… — Ele deu de ombros. — Houve uma época em que achei que estava livre e eu a passei aqui, com estas árvores. São boas lembranças.

Ela assentiu. Imaginou que, se ninguém soubesse o que estava enterrado ali, o lugar podia até parecer tranquilo.

— Eu queria perguntar… — Heather olhou para os policiais para ter certeza de que estavam perto o bastante para ajudar, mas longe o suficiente para não ouvir. — Sobre a mulher do casaco vermelho.

Michael Reave endireitou as costas. Ele respirou fundo, trêmulo, e prendeu o fôlego por um instante. Seus olhos brilhavam muito.

— Minha irmã — disse, por fim. — Minha irmã mais velha. Só que ela não era só isso. Meu pai, seu avô, era um homem doente e infectou a casa inteira com a doença dele. Minha irmã nasceu em 1947. O nome dela era… Evie. — Ele se interrompeu. Dizer o nome dela parecia causar certo tipo de dor nele. — E, então, quando ficou um pouco mais velha, logo depois de fazer treze anos, a Evie me teve.

Heather olhou para as mãos, sentindo-se mal. Pensou em Ben Parker, que dissera que assassinos quase sempre sofrem abuso.

— A mulher que dizia ser minha mãe me odiava por isso — continuou Reave. — Eu era um sinal de tudo que havia de errado com a nossa família, moça. Você entende? E a Evie... Acho que ela tentava compensar isso, o fato de a mãe dela me odiar. Mas ela só conhecia uma maneira de expressar isso. Por causa do que havia sido feito com ela, vinha até mim à noite. — Ele fez uma pausa, estremecendo. — Ainda lembro dela parada à porta do meu quarto, de casaco vermelho. Sorrindo. Ela dizia que só queria me amar.

— O que aconteceu com ela? Com a Evie?

— Ela morreu. Muito depois que fugi para o Moinho do Violinista, ela foi morar com pessoas ruins. A casa em que morava pegou fogo enquanto ela estava lá. Só fiquei sabendo porque saiu no jornal. — Quando olhou para Heather outra vez, ele já havia se recomposto. — E... Eu não acho que você deveria saber mais nada sobre isso. Não é saudável, moça.

Em algum lugar nas copas acima deles, uma gralha começou a fazer barulho. Ele olhou para os galhos e voltou a sorrir.

— Eu queria te contar outra história — disse.

Heather deu de ombros.

— Era uma vez, um homem rico que havia passado a vida toda fazendo coisas ruins. Ele havia sido mau, nunca tinha compartilhado sua riqueza e observara outros morrerem de fome. Machucara pessoas para o próprio prazer e apreciara aquilo. Então, um dia, ele mudou de ideia. Quando seu vizinho, um homem pobre, com filhos famintos, bateu em sua porta, ele prometeu ao homem pobre que podia levar metade de sua comida e seu dinheiro se, quando o homem rico morresse, ele observasse o túmulo por três noites seguidas. Ele estava com medo... — Com o rosto relaxado, Michael Reave fez uma pausa. — Ele estava com medo de o Diabo vir buscar sua alma.

Por muito tempo, Reave não disse mais nada, apesar de Heather ter certeza de que aquele não era o fim da história. Os dois andaram mais um pouco, com os passos suaves dos policiais acompanhando-os.

— Isso não muda nada, viu? — afirmou Heather, por fim. — Não muda quem você é e nem o que você fez.

— Não — respondeu ele. — Não muda.

Ele se virou para olhar para ela e, não pela primeira vez, Heather sentiu um arrepio incômodo: era como se estivesse olhando para o coração dela. Como se pudesse ver até seus ossos.

— O que foi?

— Eu só estava pensando. — Ele sorriu, aquele famoso meio sorriso arrependido que se tornara tão famoso por causa da foto da prisão. — Estava só pensando que a Colleen devia ter entregado você para mim, e não o Lyle. Há muito mais de mim em você.

Era primavera. As rosas-mosquetas da trilha do penhasco brotavam e as flores rosa claras e amarelas assentiam à brisa fresca do mar. Heather passou os dedos pelas pétalas enquanto caminhava por elas, colhendo uma ou duas flores, sem pensar em nada específico até chegar à beira do penhasco. Abrindo-se diante de seus pés estava a falésia e o sólido mar azul: provavelmente a última coisa que sua mãe havia visto.

Colleen Evans tivera que tomar uma decisão horrível — talvez a mais difícil que qualquer pessoa podia tomar — e, no fim, não conseguira conviver com ela. Não depois que as irmãs Bickerstaff tinham aparecido à sua porta, não quando chegara o momento da colheita sombria do Bosque do Violinista. A decisão a destruíra, a contorcera em algo afiado e frio. Heather se perguntou se Lyle, em sua cela de prisão, merecia saber daquilo: se merecia saber que entregá-lo aos monstros havia destruído sua mãe. Ela achou que, no fim das contas, era uma misericórdia que ele não merecia. Por menor que fosse, era uma misericórdia.

— Acho que sou mais parecida com você, na verdade — disse ela com veemência, mas o vento pegou suas palavras e as carregou para o mar. — Eu realmente acho isso. Desculpa não ter percebido antes, mãe. — Uma gaivota gritou acima dela, um som claro e cheio de esperança. — Desculpa.

Heather espalhou as pétalas de rosa-mosqueta de onde estava e se afastou da beira do penhasco.

Agradecimentos

Este livro basicamente deve sua existência à minha agente e amiga brilhante Juliet Mushens. Há muito tempo, temos o mesmo interesse por crimes reais e trocamos histórias e links da Wikipédia e, um dia, quando falei, brincando, que ia usar toda minha atividade suspeita na internet como pesquisa para um livro, ela me olhou fixamente — via WhatsApp — e disse: "Então, por que você não escreve um thriller, Sennifer?" Obrigada, Juliet, por ser o chute no traseiro de que eu precisava e, claro, por ser uma das minhas amigas mais queridas e inteligentes.

Bom, Flores da morte é de um gênero novo para mim, e nunca um livro me ensinou tanto. Tive a sorte de ter uma equipe extraordinária com mentes incríveis para guiar e me ensinar, com muita gentileza, tudo que eu precisava aprender. Um muito obrigada a Natasha Bardon, da HarperFiction, que entendeu a estrutura deste livro logo de cara e o fez funcionar, e a Jack Renninson, que manteve tudo funcionando e me deu conselhos ótimos em todas as etapas. Agradeço imensamente também à equipe da Crooked Lane Books, que fez com que eu me sentisse muito bem-vinda e divulgou o livro com tanto entusiasmo: Faith Black Ross, Melissa Rechter e Madeline Rathle, vocês arrasam. Meu muito obrigada também para Jenny Bent, outra agente que me apoiou em cada passo.

Estou escrevendo estes agradecimentos em meio a uma pandemia, e esta, com certeza, não é uma frase que eu esperava escrever, para ser sincera. Estamos em lockdown há cerca de três meses e não é uma época fácil para fazer nada criativo, muito menos escrever ficção. As duas livrarias maravilhosas em que trabalho, a Clapham Books e a Herne Hill Books, não me veem há algum tempo, mas meus colegas têm sido muito compreensivos e incríveis em um período que não tem sido dos melhores (por vários motivos). Nikki, Ed, Sophie e Roy, muito obrigada.

Como sempre, agradeço por ter o apoio, o incentivo e a companhia animada de um grupo de amigos escritores. Den Patrick, Andrew Reid, Adam Christopher, Alasdair Stuart e Peter Newman, obrigada por serem os melhores parceiros e companheiros de bar. Também gostaria de agradecer aos Onesies: espero voltar a fazer aventuras com vocês logo. E, claro, gratidão e amor eterno à minha mãe e ao resto da minha família, parte da qual talvez até leia este livro, já que ele fala de assassinatos e não de dragões.

Por fim, todo meu amor a Marty Perrett, meu parceiro e melhor amigo, que acho que sempre ficou um pouco preocupado com o meu interesse por desaparecimentos e modos de esconder corpos. No fim das contas, era tudo por um livro. Eu te amo, querido.

DIREÇÃO EDITORIAL
Daniele Cajueiro

EDITOR RESPONSÁVEL
André Marinho

PRODUÇÃO EDITORIAL
Adriana Torres
Júlia Ribeiro
Allex Machado

REVISÃO DE TRADUÇÃO
João Pedroso

REVISÃO
Nina Soares
Laura Folgueira

DIAGRAMAÇÃO
DTPhoenix Editorial

Este livro foi impresso em 2021
para a Trama.